Deniz Waters jr.
Lichte Träume

Deniz Waters jr.

Lichte Träume

Science-Fiction

Bibliografische Information der Deutschen Nationalbibliothek:
Die Deutsche Nationalbibliothek verzeichnet diese
Publikation in der Deutschen Nationalbibliografie;
detaillierte bibliografische Daten sind im Internet
über http://dnb.dnb.de abrufbar.

Die automatisierte Analyse des Werkes, um daraus
Informationen insbesondere über Muster, Trends und
Korrelationen gemäß §44b UrhG („Text und Data Mining")
zu gewinnen, ist untersagt.

© 2023 Deniz Waters jr.

Herstellung und Verlag: BoD – Books on Demand, Norderstedt

ISBN: 978-3-7583-0738-6

Inhaltsverzeichnis

Die Schreibblockade 7

Die Nano-Strategen 31

Burgen und Schlösser 47

Der neue Auftrag 67

Unerwarteter Besuch 83

Ein Neubeginn 111

Disposable Heroes 129

Lichte Träume 153

Brothers in Arms 163

Unerwartete Früchte 185

Snow White Queen 199

Die Amme der Weisheit 215

Zwischenspiel 233

Auf Abwegen 241

Zwischen Baum und Borke 251

The Philosophers Legacy 261

Im Angesicht des Unbekannten 277

DIE SCHREIBBLOCKADE

Sein Arbeitszimmer wurde von gedämpftem Licht durchflutet, während das sanfte Leuchten der Schreibtischlampe einen warmen Schein auf den Holztisch vor ihm warf. Nur das leise Summen des Computers, das sich wie ein entferntes Flüstern anhörte, und das gelegentliche, beharrliche Ticken der Wanduhr, das die Zeit langsam, aber sicher voranschritt, durchbrachen die ansonsten ungestörte Stille. Pascal hatte sich an diese Geräuschkulisse bereits gewöhnt und nahm sie kaum noch wahr.

Inmitten dieses stillen Rückzugsortes saß er auf seinem alten, aber bequemen Bürostuhl. Leicht zurückgelehnt ließ er seinen Blick langsam über die Wand rechts von seinem Schreibtisch wandern. Dort hingen goldgerahmte Urkunden und Auszeichnungen, die seine militärische Vergangenheit repräsentierten.

Seine Augen ruhten auf den Urkunden und Medaillen, die stumme Zeugen seiner Tapferkeit und Pflicht waren. Die goldglänzenden Embleme strahlten Stolz aus, während die Worte auf den Dokumenten sowohl Anerkennung als auch eine tiefe Verantwortung darstellten. Doch mit dem Stolz kamen auch Erinnerungen an die Bürde und die Entbehrungen seiner Dienstzeit.

Die Buchstaben darauf waren in schwarzer Tinte geschrieben, so kantig und schnörkellos wie die Morgenlinien auf einem Kasernenhof. Pascal starrte auf die Zeilen, die seinen Namen trugen, und spürte einen Stich des Stolzes in seiner Brust.

Die Worte erinnerten ihn daran, dass sein Mut und seine Tapferkeit nicht nur eine Belohnung waren, sondern auch eine Verantwortung. Eine Verpflichtung, sein Land zu verteidigen und diejenigen zu schützen, die ihm anvertraut waren. Während er die Urkunden betrachtete, spürte er die Wucht der Vergangenheit und die schwere Last der Zukunft. Sie strahlten eine Aura der Stärke und Entschlossenheit aus, aber auch eine tiefe Menschlichkeit. Sie waren ein Symbol für den Opfermut und den unbändigen Willen derjenigen, die sich dem Dienst verschrieben hatten.

Daneben hingen Medaillen, die im Licht der Lampe glänzten und ihre glitzernden Reflexionen auf den Schreibtisch warfen. Die Konturen der Medaillen waren klar und präzise, jeder Riss und jede Gravur erzählte eine Geschichte. Ihr Design vereinte Symbole, die die Tiefe des Mutes und der Hingabe eines Soldaten verdeutlichten. Als er die Medaillen betrachtete, durchzuckte ihn ein bittersüßer Stich des Stolzes und der Ehrfurcht. Sie waren nicht nur bloße Accessoires, sondern Symbole für seine persönliche Opferbereitschaft und den unbezwingbaren Willen, seine Kameraden zu beschützen. Eine stille Anerkennung für den Mut, den er bewiesen hatte.

Diese Medaillen waren ein stilles Zeugnis für die Verletzlichkeit und den Überlebenswillen des Menschen. Sie waren ein Symbol für jene, die bereit waren, alles zu geben, um ihre Überzeugungen zu verteidigen. Sie flüsterten von einer gemeinsamen Geschichte und schufen eine Verbindung zwischen den Generationen von Kriegern, die ihr Leben für ein höheres Ziel gegeben hatten. Geprägt von einem Mix aus Stolz, Opferbereitschaft und der Tragik eines jeden Krieges.

Die Rahmen und Schaukästen, in denen die Auszeichnungen präsentiert wurden, hatte Pascal selbst gefertigt. Mit bedachter Sorgfalt hatte er jedes Stück ausgewählt, um den Erinnerungsstücken einen angemessenen Rahmen zu verleihen. Es war undenkbar für ihn, diese Erinnerungsstücke einfach in einen gewöhnlichen Bilderrahmen zu stecken, wie es bei einem beliebigen Foto der Fall wäre. Sie mussten eigens von ihm gefertigte Rahmen sein.

Die Navajo-Indianer glaubten, dass beim Erschaffen eines Kunstwerks, sei es ein geflochtener Korb oder ein geschmiedetes Messer, ein Teil der Seele des Künstlers in dieses Objekt überging und damit eins wurde.

Während Pascal seinen Blick über die kunstvoll gefertigten Rahmen schweifen ließ, fielen ihm gelegentlich kleine Makel auf. Ein zarter Spalt hier, eine Unebenheit dort. Doch diese scheinbaren Unvollkommenheiten verrieten mehr als nur handwerkliche Nuancen; sie waren ein Echo der tiefen Emotionen, die der Künstler in seine Werke eingewoben hatte.
Wie die leisen Atemzüge eines zurückhaltenden Liebhabers flüsterten sie von menschlicher Ehrlichkeit und verliehen den Objekten eine anmutige Authentizität. Diese kleinen Imperfektionen wurden zu stummen Zeugen der individuellen Geschichten, der zerbrechlichen Träume und der unbezwingbaren Hoffnungen, die tief im Herzen des Künstlers verwurzelt waren. Die vergängliche Schönheit dieser kleinen Fehler berührte den Betrachter und erinnerte ihn daran, dass wahre

Kunst niemals perfekt ist, sondern ein Fenster zu den geheimnisvollen Abgründen der menschlichen Seele öffnet.

Es waren Details, die nur er selbst bemerkte, aber sie trübten seine perfekte Vorstellung von den Auszeichnungen und Erinnerungsstücken. Es war wie ein ständiger innerer Kampf zwischen dem Streben nach Perfektion und der Akzeptanz der menschlichen Fehlerhaftigkeit.

Er erinnerte sich an die Worte aus seiner Therapie, die ihm geholfen hatten, seine Sichtweise zu ändern. Perfektion konnte erdrückend sein, und die zarten Makel, wie feine Risse in einer zerbrechlichen Vase, machten die Objekte nicht nur einzigartig, sondern auch menschlich und berührbar. Wie wertvolle Münzen oder Briefmarken, die aufgrund von Fehlern eine besondere Wertsteigerung erfuhren, verliehen auch die Fehler in den Rahmen und Schaukästen den Auszeichnungen eine eigene Bedeutung.

Pascal nahm einen Schluck von seinem Kaffee und ließ seine Gedanken einen Moment schweifen. Dieser Raum war sein Rückzugsort, eine stille Oase der Kontemplation, wo er sich mit den Erinnerungen und Geschichten seiner Auszeichnungen verband. Hier konnte er in Erinnerungen schwelgen und die Geschichten nachempfinden, die diese Auszeichnungen und Erinnerungsstücke erzählten.

Die Zeit verstrich unbemerkt, während seine Gedanken wie ein endloser Strom durch seinen Geist zogen. Schließlich kehrte er zur Gegenwart zurück und wandte seinen Blick wieder dem Schreibtisch und dem Computer vor sich zu. Mit einem letzten sehnsüchtigen Blick auf die Wand voller Erinnerungen und stolzer Errungenschaften richtete er sich auf und konzentrierte sich auf die bevorstehende Arbeit. Es war an der Zeit, die nächsten Kapitel seines Lebens zu schreiben, mit der gleichen eisernen Entschlossenheit, die ihn in schwierigen Zeiten getragen hatte, und einem untrüglichen Gespür für das Wesentliche, das ihm half, die Flut der Ablenkungen zu durchdringen.

Als er wieder zum Schreibtisch zurückkehrte, fiel sein Blick auf den Bildschirm seines Computers. Zeilen von Code füllten den Monitor. Pascal war nicht nur ein Veteran, sondern auch ein Softwareentwickler. Doch heute war er gelähmt, eine Schreibblockade hielt ihn fest. Er versuchte sich zu konzentrieren, aber die Gedanken an seine militärische Vergangenheit hatten ihn überwältigt. Die Zeit verging, während er immer wieder dieselben Zeilen durchlief, aber er kam einfach nicht voran.

Schließlich stand er auf und ging in die Küche, um sich eine Tasse Kaffee zu holen. Auf dem Weg dachte er darüber nach, wie er diese Blockade überwinden könnte, doch er hatte keine Idee, was zu tun war. Mit seiner dampfenden Tasse Kaffee ließ sich Pascal auf der sonnendurchfluteten Terrasse nieder, umgeben von duftenden Blumen. Er schloss die Augen und atmete tief ein und aus.

Während er so dasaß und in Gedanken versunken war, wurde ihm plötzlich klar, dass er sich seit Wochen überfordert und gestresst fühlte. Die Arbeit als Softwareentwickler war anstrengend, und er hatte das Gefühl, nicht mehr voranzukommen. Er fühlte sich erschöpft bis auf die Knochen, jeder Nerv in seinem Körper schien überstrapaziert zu sein von den endlosen Codierungen, den erdrückenden Meetings und den gnadenlosen Deadlines.

Pascal schloss die Augen und ließ die schmerzliche Realität seiner Einsamkeit auf sich wirken. Selbst wenn er von den Zeichen eines erfüllten Lebens umgeben war, war da diese tiefe Leere, die sein Herz wie ein schwerer Stein beschwerte. An besonders stillen Abenden sehnte er sich danach, dass jemand an seiner Seite war – jemand, der ihn einfach nur in den Arm nahm und die Stille mit ihm teilte.

In schwachen Momenten konnte er nicht anders, als sich mit seinen Freunden und Bekannten zu vergleichen. So viele von ihnen schienen das Glück in festen Beziehungen gefunden zu haben. Bei jedem Paarfoto, das er auf sozialen Medien sah, bei jeder Liebesgeschichte, die ihm erzählt wurde, pochte die Frage in seinem Kopf: Warum sie und nicht ich?

Zwischen seinen Erfolgen und dem Alltag fand er sich oft in Momenten wieder, in denen er sich fragte, welchen Sinn all sein Handeln, seine Ziele und Bemühungen überhaupt hatten, wenn er niemanden an seiner Seite hatte, mit dem er sie teilen konnte. Dieses ständige Gefühl der Sinnlosigkeit, ein dunkler Schatten, der seine Tage überschattete, ähnelte den Berichten, die er von Menschen gehört hatte, die an Depression litten. Eine lähmende Schwere, die ihn daran erinnerte, wie isoliert er sich wirklich fühlte.

Dann gab es diese erdrückende Angst vor der Zukunft. Die Vorstellung, alleine alt zu werden, ohne jemanden an seiner Seite zu haben, der Lebensereignisse – sowohl die guten als auch die schlechten – mit ihm teilt, war beängstigend. Er sehnte sich nach Intimität, nicht nur nach der physischen Nähe, sondern auch nach dieser tiefen emotionalen Verbindung, bei der er sich vollständig verstanden und akzeptiert fühlte.

Zweifel begannen, in ihm zu nagen. Sollte er seine Standards oder Erwartungen an eine Partnerin überdenken? Vielleicht war er zu anspruchsvoll, oder er suchte an den falschen Orten. Aber dann erinnerte er sich an die kurzen, flüchtigen Momente der wahren Verbindung, die er in der Vergangenheit erlebt hatte, und wusste, dass er etwas Echtes und Bedeutungsvolles verdiente.

Jede Nacht, bevor er schlief, kuschelte er sich in seine Decke und hoffte, dass er irgendwann das Gefühl der wahren Intimität wiederfinden würde, das Gefühl, von jemandem geliebt und verstanden zu werden, genauso, wie er ist.

Möglicherweise war er zu anspruchsvoll oder einfach nur unwissend, wenn es darum ging, den richtigen Ort zu finden. Vielleicht war es auch einfach Schicksal, und er sollte sich darauf verlassen, dass die richtige Person zur richtigen Zeit auftauchen würde.

Er hegte den verzweifelten Wunsch, jemanden zu finden, der seine Seele berührte, der ihm das Gefühl gab, auf einer tiefen, unerschütterlichen Ebene verbunden zu sein. Jemanden, der ihn verstand und unterstützte. Eine Frau, die selbstbewusst und stark war und die er auch unterstützen konnte, wenn es nötig wurde.
Er seufzte und lehnte sich in seinem Stuhl zurück. Er vermisste den warmen Klang der menschlichen Stimme, das Zittern der Hand, die liebevolle Berührung, die ihn in eine Welt voller Nähe und Zugehörigkeit entführte.

Er fühlte sich so leer, dass er kurz davor war, alles Mögliche zu tun, um diese Leere zu füllen. Es war nicht nur das Fehlen einer Begleitung an seiner Seite, sondern ein schmerzhaftes Vakuum, das sich tief in seinem Inneren ausgebreitet hatte. Jedes Lachen, jede Ablenkung, jedes kurze Glück war nur ein flüchtiges Pflaster auf einer klaffenden Wunde, die ihm ständig ihre Existenz in Erinnerung rief. Er sehnte sich nicht nur nach Berührung, sondern nach wahrer Nähe, nach einer Verbindung, die ihm helfen könnte, dieses hohle Gefühl in seiner Brust zu füllen.

Beim Surfen im Internet stolperte er über eine Seite, die Escort-Damen anbot. Pascal hatte diesen Gedanken schon einmal gehabt, ihn aber immer beiseite geschoben. Doch heute, in seinem tiefen Bedürfnis nach menschlicher Nähe, schien es wie eine mögliche Lösung, zumindest für den Moment.

Marie war eine zierliche junge Frau mit einem bezaubernden Lächeln und einer ansprechenden Beschreibung. Etwas an ihrem Profil zog ihn an. Vielleicht war es die Art, wie sie schrieb oder ihre klaren, ehrlichen Augen auf dem Foto. Er kämpfte mit sich selbst. Sollte er wirklich diesen Schritt gehen? Es war nicht nur das Geld oder die Moral; es war die Angst, noch leerer und enttäuschter zurückgelassen zu werden.

Nach langem Zögern rief er an. Marie's Stimme war beruhigend, und sie schien das Geschäft und die damit verbundenen Bedenken ihrer Klienten zu verstehen. Dies linderte etwas von Pascals anfänglichen Ängsten.

Er beschloss, sie zu treffen, jedoch mit dem klaren Wunsch, den Abend ruhig und privat zu halten. Der Gedanke an ein öffentliches Date machte ihn noch nervöser.

Der Tag des Treffens näherte sich, und Pascal begann, sich mit fiebriger Hektik vorzubereiten. Er wollte sicherstellen, dass alles reibungslos verlief und er einen guten Eindruck hinterließ.

Je näher der Besuch kam, desto aufgeregter und nervöser wurde er. Als es an der Tür klingelte, atmete Pascal tief durch, bevor er sie öffnete. Marie stand vor ihm, noch schöner als auf den Fotos. Ihre Überraschung, als sie bemerkte, dass Pascal jünger aussah als erwartet, brachte ihn zum Lächeln. Ihre Worte, dass sie ihn süß fand, ließen ihn ein wenig entspannen.

Als sie das Haus betrat, warf sie einen anerkennenden Blick auf die sorgfältige Einrichtung. Aber es war ihre Neugierde auf Pascal, die ihn wirklich beeindruckte. Sie schien wirklich interessiert daran zu sein, wer er war, nicht nur an dem, was er ihr bezahlen würde.

Pascal beobachtete Marie und stellte fest, dass sie genau so aussah wie auf den Fotos: Ein engliegendes blaues Kleid, High Heels und lange, blonde, offene Haare. Ihr dezentes Parfum verlieh dem Moment eine besondere Note, und Pascal konnte nicht anders, als sich daran zu verlieren.

Marie schien Pascals Alleinsein sofort zu bemerken. Vielleicht war es der Mangel an weiblichen Details im Haus oder einfach nur ihre Intuition.

Während sie sich auf der Terrasse niederließen, schimmerten die Sterne über ihnen und die sanfte Beleuchtung des Hauses tauchte sie in ein warmes, goldenes Licht. Pascal überreichte ihr ein Glas Wein. Seine Augen trafen ihre, und für einen Moment gab es in diesem Blick eine unerklärliche Tiefe.

Es war nicht die Intensität eines Liebesblicks, aber es gab eine Art Verständnis, eine stille Akzeptanz ihrer jeweiligen Umstände und warum sie hier waren.

„Du weißt, das Haus hat auch einen Whirlpool", begann er schüchtern, seine Augen etwas unsicher, als er ihr Gesicht beobachtete, auf der Suche nach einer Reaktion.

Marie lächelte, ihre Augen leuchteten im schwachen Licht. „Das klingt wirklich entspannend. Ich kann mir vorstellen, wie schön es sein muss, sich darin zurückzulehnen und die Sterne zu beobachten."

Pascal nickte zustimmend. „Es ist einer meiner Lieblingsorte, um nach einem langen Tag abzuschalten."

Ihr Gespräch floss natürlich, von ihren Lieblingsreisezielen bis hin zu den Büchern, die sie zuletzt gelesen hatten. Pascal erzählte eine lustige Anekdote von einer seiner Geschäftsreisen. Marie lachte herzlich, ihre Augen funkelten und ihre Hand berührte flüchtig seine, als sie sich für die Geschichte bedankte.

„Es ist lange her, dass ich so gelacht habe", gab sie zu, während sie ihren Wein nippte. Ihr Kompliment ließ Pascals Herz schneller schlagen. Sie hatte diese Fähigkeit, ihn sich besonders fühlen zu lassen.

Die Nacht war kühl, aber die Wärme ihrer Unterhaltung und das sanfte Leuchten der Sterne hüllten sie in eine intime Atmosphäre. Die Zeit verging wie im Flug, und Pascal fühlte sich merkwürdig beruhigt in Maries Gegenwart.

„Ich zeige dir das Gästezimmer, wo du dich umziehen kannst", sagte er, seine Stimme zögerlicher, als er es beabsichtigt hatte.

„Liebling... hier oder in deinem Schlafzimmer?", fragte Marie mit einem schelmischen Lächeln.

Ein Kloß bildete sich in Pascals Hals. Dieses Spiel, so real es auch schien, war neu für ihn.

„Lass uns so tun, als wäre es mein Zimmer, okay?", erwiderte er, wobei seine Unsicherheit durch seine Worte hindurchsickerte.

Sie lächelte, offensichtlich bemüht, ihm bequem zu sein, und betrat das Gästezimmer.

„Könntest du mir bitte mit dem Reißverschluss helfen?", fragte sie und drehte ihm den Rücken zu.

Pascal trat zögernd näher. Als er ihre Haut unter seinen Fingern spürte, zitterte seine Hand leicht. Ihr warmer Duft, ihre Nähe - es war überwältigend.

„Sonst „ flüsterte sie, ihre Stimme gedämpft und vertraut, „küsst du mich am Nacken..."

Ein tiefes Seufzen entwich ihm, als er sich vorbeugte und ihre Haut mit den Lippen berührte. Es war ein Moment der Verletzlichkeit, gemischt mit einer neuen Art von Nähe. Nachdem er sich zurückzog, sagte er mit belegter Stimme:

„Ich werde mich jetzt auch umziehen... Schatz." Und er verließ das Zimmer, sein Herz immer noch wild klopfend.

Marie drehte sich schnell um und presste ihre Lippen auf die seinen, ein flüchtiger, leidenschaftlicher Kuss, bevor sie ihn gehen ließ.

Als Marie allein gelassen wurde, ließ sie ihren Blick durch das Zimmer schweifen, den Ausdruck eines leichten Staunens auf ihren Zügen. Sie fragte sich unwillkürlich, was für ein Mann hinter der Fassade von Pascal stecken mochte. Das abgeschiedene Haus, eingebettet am Rand des Waldes, erzählte eine Geschichte von Geschmack und Hingabe. Doch trotz des aufwändigen Dekors spürte sie die deutliche Abwesenheit einer weiblichen Präsenz.

Marie betrachtete ihren Gastgeber als Rätsel. Seine attraktiven Züge, seine Freundlichkeit, sein Charisma – all das war offensichtlich. Aber warum war er allein? Sie hatte gelernt, dass Einsamkeit viele Gesichter haben konnte, und Pascal war vielleicht eines dieser Gesichter. Mit diesem Gedanken richtete sie ihre Aufmerksamkeit auf ihren Bikini, sie wollte ihm gefallen, ihn ein wenig aus seiner Reserve locken.

Unterdessen hatte Pascal sein Schlafzimmer aufgesucht. Während er sich umzog, war Maries Duft immer noch spürbar, fast wie ein Echo ihrer Anwesenheit. Die Schnelligkeit, mit der alles geschah, ließ ihn einen Moment innehalten.

„Was mache ich hier eigentlich?", fragte er sich leise.

Er war beeindruckt, wie natürlich sie sich in ihrer Rolle bewegte, und obwohl er von Zweifeln geplagt wurde, schien sie alles so einfach zu gestalten. Pascal versuchte, die aufkommende Unsicherheit abzuschütteln und sich auf den bevorstehenden Abend zu konzentrieren.

Vor dem Verlassen des Zimmers hielt er kurz inne, sein Blick schweifte über das Interieur, und er fragte sich erneut, warum er es vermied, jemanden in diesen intimen Raum zu lassen. Die genaue Erinnerung, warum er sich diese Regel auferlegt hatte, war verblasst. Aber an diesem Abend, mit all den Emotionen, die in ihm brodelten, dachte er, dass es vielleicht an der Zeit war, einige seiner Barrieren zu durchbrechen.

Als Pascal Marie in ihrem Bikini erblickte, stockte ihm kurz der Atem. Ihr Erscheinungsbild raubte ihm schier den Verstand: Die Art und Weise, wie der Stoff ihre Kurven betonte, die gebräunte Haut, die durch das knappe Bikinihöschen sichtbar wurde, und die Art, wie sie sich im Licht bewegte. Und dann war da noch dieses unschuldige, sonnenhafte Lächeln. Er konnte spüren, wie sein Puls schneller wurde, sein Innerstes brodelte vor einer Mischung aus Bewunderung und Verlangen.

„Du siehst wirklich umwerfend aus, Schatz", stammelte er, während er sich fragte, ob es angebracht war, so offen zu sein.

Marie lächelte schüchtern, berührt von seinem Kompliment, und fühlte, dass Pascal mehr und mehr in die vorher abgesprochene Rolle des Partners eintauchte. Sie nahm seine Hand, gab ihm einen sanften Kuss und führte ihn zur Terrasse, wo der Whirlpool bereits prasselte und dampfte. Das Wasser schien genau die richtige Temperatur zu haben, als sie hineinstieg.

„Oh, ich habe die Badetücher vergessen", murmelte Pascal, ein wenig beschämt. „Und wie wäre es mit Champagner?", fragte er.

Marie nickte zustimmend. „Das klingt perfekt."

Während Pascal weg war, lehnte sich Marie zurück und ließ das warme Wasser sie umschließen. Sie dachte darüber nach, wie unterschiedlich ihre Begegnungen als Escort waren und wie angenehm diese spezielle Nacht sich bisher anfühlte. Pascal war weder überheblich noch behandelte er sie herablassend – eine willkommene Abwechslung. Sie musste sich jedoch daran erinnern, dennoch Distanz zu wahren.

„Professionell bleiben", ermahnte sie sich leise, „immer professionell."

Pascal kam mit einem Champagnerkühler, Champagner, Handtüchern und Erdbeeren zurück. Er stellte alles auf einen Tisch neben dem Pool und holte noch Gläser. Marie näherte sich ihm im Pool. Sie stießen auf den gemeinsamen Abend an und tranken. Marie näherte sich ihm weiter und setzte sich auf seinen Schoß. Sie legte langsam ihre Arme um seinen Hals und sah ihm verführerisch in die Augen. Als sie sich ihm näherte, fühlte Pascal ein Zittern in seiner Hand, das das Glas leicht klirren ließ. Er atmete tief durch, versuchte, sich zu beruhigen.

Sie näherte sich ihm langsam, ihre Lippen berührten sanft die seinen in einem zärtlichen Kuss. „Du bist so süß, Schatz", flüsterte Marie, bevor ihre Küsse leidenschaftlicher wurden.

Pascals Gedanken rasten. „Wie bin ich hierher gekommen? Alles fühlte sich so surreal an. Aber in diesem Moment... fühlte es sich irgendwie richtig an."
Er versuchte, sich vollkommen auf Marie zu konzentrieren, dennoch war ihm die neue und ungewohnte Situation deutlich anzumerken.

Während sie im Whirlpool saßen und Champagner tranken, tauschten sie Gedanken über verschiedene Themen aus.

Sie streichelten einander zärtlich und küssten sich immer wieder. Eine entspannte Atmosphäre umgab sie und sie fühlten sich wohl. Doch trotzdem war da eine gewisse Distanz zwischen ihnen. Pascal genoss es, einfach er selbst sein zu können, ohne Erwartungen erfüllen zu müssen, aber sich vollständig gehen lassen konnte er noch nicht.

Marie schien dies zu spüren und flüsterte ihm zu: „Es ist okay, Pascal. Lass dich einfach fallen."

Ihr Zuspruch gab ihm ein wenig Sicherheit, auch wenn die Unsicherheit in seinen Augen sichtbar blieb.

Gemeinsam saßen sie im Whirlpool, ließen sich von den sanften Strahlen des Mondes und dem Schimmern der Sterne über sich verzaubern. Als Marie behutsam seine Hand nahm, stockte sein Atem. Sie führte sie langsam unter ihr Höschen und flüsterte:
„Ich kann es kaum erwarten, dich tief in mir zu spüren."
Ihre Blicke trafen sich, eine elektrisierende Spannung lag in der Luft, durchzogen von Pascals spürbarer Nervosität und dem knisternden Verlangen beider.

„Ich liebe es, wie hart du wirst, Schatz", flüsterte sie weiter und begann ihn zu liebkosen und zu massieren. Die warmen Wasserstrahlen umspielten ihre Körper und entführten sie in eine Welt der Sinnlichkeit. Doch während ihre Blicke sich trafen und eine stumme Verständigung zwischen ihnen entstand, war Pascal von einem ständigen inneren Monolog geplagt: „Ist das wirklich okay? Kann ich das genießen, ohne mich später dafür zu verurteilen?"
Marie schien sein Zögern zu bemerken und flüsterte ihm sanfte Worte der Ermutigung ins Ohr, während sie ihm

zärtlich über die Wange strich. Ihr Versuch, ihn zu beruhigen, war süß, und obwohl es half, war Pascal immer noch nicht ganz bei der Sache.

Die Berührungen waren zart und dennoch erfüllt von Verlangen. Die feuchte Haut der beiden vermischte sich mit dem warmen Wasser, das ihre Körper umhüllte. Die Intensität des Augenblicks verstärkte sich mit jedem weiteren Atemzug.

Als ihre Lippen sich trafen, entstand ein leidenschaftlicher Tanz, bei dem ihre Seelen miteinander verschmolzen. Pascal versuchte, sich ganz auf den Moment zu konzentrieren, doch die Schatten seiner Vergangenheit und seine eigenen Unsicherheiten hielten ihn zurück.

Trotz seiner inneren Konflikte genoss Pascal die Nähe zu Marie. Ihre Körper bewegten sich im Einklang miteinander, und er fühlte sich mehr und mehr in den Moment hineingezogen. Doch während sie sich verloren, konnte Pascal den Gedanken nicht abschütteln, dass dies nur vorübergehend war.

Als sie schließlich aus dem Whirlpool stiegen, war Pascal dankbar für die kurze Pause, um sich wieder zu sammeln. Sie trockneten sich gegenseitig ab und schlüpften in ihre Bademäntel. Als sie ins Schlafzimmer gingen, atmete Pascal tief durch, bereit für den nächsten Teil des Abends, aber immer noch von seinen eigenen Gedanken und Gefühlen geplagt.

„Aha, also darf ich doch in dein Schlafzimmer?", sagte sie schelmisch und lächelte.

„Natürlich, Schatz", antwortete er, ein wenig schüchtern, und beobachtete sie, wie sie das Zimmer erkundete.

Dann kehrte sie zum Bett zurück und näherte sich Pascal. Ihr Bademantel glitt sanft zu Boden, und sie positionierte sich verführerisch auf dem Bett. Ein Hauch von Unsicherheit durchfuhr Pascal, als er ihren Körper betrachtete. Er atmete tief durch und entschloss sich dann, sich ebenfalls auszuziehen. Mit zögernden Schritten näherte er sich dem Bett und legte sich neben Marie.

Sie kuschelten sich aneinander, und trotz der Intensität des Augenblicks konnte Pascal eine innere Ruhe spüren, die er lange nicht mehr gefühlt hatte.

„Danke, dass du heute Nacht bei mir bleibst", flüsterte er und küsste sie zärtlich. Marie lächelte warm und drückte ihn näher an sich heran.

„Ich bin froh, hier zu sein", erwiderte sie mit einem beruhigenden Ton in ihrer Stimme. Die beiden verloren sich in einem weiteren leidenschaftlichen Moment, bevor sie schließlich, eng umschlungen, in den Schlaf sanken.

Der nächste Morgen brach an, und Pascal erwachte als Erster. Er betrachtete die schlafende Marie neben sich und konnte nicht anders, als sie anzustrahlen. Er fühlte sich so glücklich, dass er beschloss, ihr Frühstück ans Bett zu bringen. Er stand auf, zog sich schnell an und ging in die Küche.

„Ich habe Frühstück für uns gemacht", flüsterte er leise und berührte sanft Maries Arm. Marie öffnete langsam die Augen und streckte sich.
„Wie spät ist es?", fragte sie, während sie sich umdrehte.
„Kurz nach 10 Uhr", antwortete Pascal. „Sei nicht so faul, bitte. Steh auf." Er lehnte sich über ihren Körper.

„Nein!" Marie drehte sich schnell zu ihm um, legte ihre Arme um ihn und zog ihn zu sich herunter. Sie kuschelten kurz und küssten sich, bevor Pascal erneut bat, aufzustehen. Marie setzte sich im Bett auf.

„Oh, das ist so süß von dir", sagte sie und lächelte ihn an. Gemeinsam genossen sie das Frühstück im Bett und unterhielten sich über ihre Pläne für den Tag. Pascal fragte Marie, ob sie Lust hätte, zusammen spazieren zu gehen und den Tag am Stausee zu verbringen. Marie stimmte zu, und sie beschlossen, zum See zu fahren. Sie zogen sich warm an und verbrachten den Tag damit, einen Spaziergang zu machen.

Unterwegs hielten sie an den Resten des Limes an, der einst hier entlanglief. Pascal hatte Marie versprochen, ihr sein Traumhaus zu zeigen. Dass es sich dabei um die ausgegrabenen Reste des Kommandeurs der römischen Legion handelte, hatte er ihr bewusst verschwiegen.

„Siehst du diese gemauerten Säulen?", fragte Marie ihn, und Pascal nickte ihr zustimmend.

„Das ist eine Bodenheizung", sagte Marie und fuhr fort. „Hier wurde ein Feuer entfacht und erhalten, und die Wärme..." Pascal unterbrach sie: „Die Wärme zog durch die Kanäle dazwischen und beheizte das Badehaus, das sich dort oben anschloss." Er lächelte. „Nun ja, Geschichte und Archäologie faszinieren mich", sagte er mit einem weiteren Lächeln.

Sie genossen die frische Luft und die Natur und fühlten sich entspannt und glücklich. Später gingen sie zum Bistro am See, tranken Kaffee und aßen ein Stück Kuchen. Sie unterhielten sich lange, scherzten und lachten zusammen. Als die Sonne unterging, kehrten sie in Pascals Haus zurück. Sie kochten gemeinsam Abendessen, trieben Schabernack und lachten. Anschließend machten sie es sich auf der Couch gemütlich. Pascal saß am äußeren Rand, während Marie sich ausgestreckt hatte. Ihre Füße lagen auf Pascals Schoß, und seine Hände ruhten auf ihrem Schienbein, während sie gemeinsam eine Liebeskomödie schauten.

Pascal rollte hin und wieder mit den Augen, was Marie zum Lächeln brachte. Sie beobachtete ihn immer wieder, bis ihr eine Idee kam.

„Schatz...", sagte sie auf eine süße Art und Weise, die Pascal bereits sehr mochte. „Ja?", sah er sie an.

„Ich habe kalte Füße", sagte Marie schmollend.

„Oh! Ähm... ich bringe dir eine Decke", wollte Pascal gerade aufstehen, als er Marie mit den Augen rollen sah. „Andererseits... Ich könnte deine Füße auch ein wenig mit den Händen wärmen. Vielleicht massieren? Also, wenn du möchtest", schlug er vor.

Marie hob einen ihrer Füße, was Pascal zum Schmunzeln brachte. Er zog ihre Socken aus und begann, ihre Füße zu wärmen und zu massieren.

„Deine Hände sind so schön warm", stellte Marie fest. Pascal lächelte und fuhr fort, Maries Füße zu massieren. „Weißt du, was ich an dir mag?", fragte er schließlich und sah sie an.

„Nein... Zeige es mir." Marie sah ihn mit einem verführerischen Blick an.

Pascal grinste und küsste ihren Fuß auf den Spann. Marie reichte dies jedoch nicht. Sie wollte, dass er ihr mehr zeigt. So gab Pascal ihr einen weiteren Kuss nahe ihrem Knöchel. Dann ging er ein wenig weiter hoch, etwas unterhalb ihres Knies und erneut weiter hoch, bis er ihre Shorts erreichte. Er küsste die Innenseite ihres Schenkels.

„Ich mag deine Augen", flüsterte Pascal zwischen den Küssen. „Sie sind so schön und strahlen so viel Lebensfreude aus." Marie lächelte und sah ihm tief in die Augen.
„Ich mag dein Lachen", sagte sie leise. „Es bringt mich immer zum Lachen und ich fühle mich so glücklich, wenn ich es höre." Pascal lächelte und streichelte Maries Gesicht.
„Und ich mag deine Stimme", sagte er. „Sie ist so sanft und beruhigend, und wenn du sprichst, höre ich einfach gerne zu."

Sie ließen sich gehen und genossen ihre Küsse und Berührungen. Der Film war inzwischen uninteressant geworden. Marie drückte Pascal hoch, stand auf, nahm seine Hand und führte ihn mit einem verführerischen Blick ins Schlafzimmer. Pascal stand hinter Marie, seine Hände wanderten langsam unter ihr Top und suchten nach ihren wohlgeformten, festen Brüsten, die er sanft massierte. Seine linke Hand ließ er langsam über ihren Bauch herabgleiten, unter ihre Shorts. Seine Finger auf der Suche, stoppten, als sie diese wundervolle Wärme und Feuchte zwischen ihren Beinen fühlten.

Sie zog ihr Top aus und genoss seine Berührungen. Danach zog sie auch ihre Shorts und ihr Höschen aus, bevor sie ihre Arme um seinen Nacken legte. Pascal küsste zärtlich ihren Nacken und überdeckte ihn mit sanften Küssen. Dann löste Marie sich von ihm und bewegte sich wie eine Katze auf allen vieren vorwärts auf dem Bett. Pascal sah ihr hinterher, zog sich ebenfalls aus und folgte ihr auf dieselbe Art.

Sie hielt an, als er ihr nahe war und verblieb in dieser Position, in der sie ihm ihren jungen, knackigen Po anbot. Er kam ihr näher, küsste sanft ihre Pobacken und näherte sich mit seinen Lippen ihrer feuchten Lustgrotte, um sie zu verwöhnen. Sie genoss seine Liebkosungen, konnte es aber nicht erwarten, dass er fortfuhr. Genau in diesem Augenblick richtete Pascal sich auf, kam ihr noch näher und drang langsam in sie ein. Ihre Bewegungen wurden intensiver und leidenschaftlicher, während sie sich fest umarmten.

„Ich will, dass Du mich so nimmst, wie du es schon immer wolltest" flüsterte Marie, während sie seine Stöße genoss und auf mehr hoffte.

Pascal ließ sich nicht zweimal bitten und seine Stöße gingen nun tiefer und fester. Er bewegte sich etwas schneller, massierte und knetete ihre festen Brüste härter.

Marie genoss seine kräftigen, rauen Hände auf ihren Brüsten, löste ihren Griff um seinen Nacken und legte ihren Kopf auf das Kissen. Ihre Hände krallten sich in die Decke, ihre Zähne bissen in das Kissen, während ihr Stöhnen lauter wurde und nach mehr verlangte.

Pascal verstand diese Aufforderung und nahm sie fester und noch ein wenig härter. Nach einem kurzen Moment zog ihren Oberkörper wieder hoch. Marie befand sich jetzt auf allen vieren. Sie drehte ihren Kopf zur Seite, ihr Blick auf Pascal gerichtet. Ihre Augen sagten ihm, dass sie mehr wollte. Seine linke Hand legte Pascal um ihre Kehle, und belegte ihn mit einem leichten drücken. Mit dem anderen Griff er ihre Haare, an denen er sachte zog, während er sie härter nahm.

Er legte sich nach einiger Zeit auf den Rücken und forderte Marie auf, sich auf ihn zu setzen. Marie tat, was er wollte, und bewegte sich wie eine Tänzerin auf seinem Körper, bis sie gemeinsam zum Höhepunkt kamen und erschöpft aber befriedigt nebeneinander zum Liegen kamen.

Nach ihrer gemeinsamen Zeit im Schlafzimmer lagen Pascal und Marie nebeneinander, das Atmen noch schwer von der körperlichen Anstrengung. Sie waren einander nahe, und doch fühlte Pascal eine unüberbrückbare Distanz zwischen ihnen.

Am nächsten Morgen, als die ersten Sonnenstrahlen das Zimmer durchfluteten, fanden sie sich wieder in derselben Position, dicht nebeneinander, und doch schienen Welten zwischen ihnen zu liegen. Sie verbrachten den Vormittag gemeinsam, scherzten und lachten, doch als Marie sich nach dem Frühstück fertig machte, um zu gehen, wurde Pascal von einer Welle der Reflexion erfasst.

Er saß auf dem Bett und beobachtete, wie Marie ihre Sachen sammelte. Er spürte einen Stich der Traurigkeit und vielleicht auch der Reue. Die vergangenen Tage waren intensiv und erfüllt von körperlicher Nähe gewesen, aber in diesem Moment wurde ihm bewusst, dass er nach etwas Tieferem suchte.

Das sanfte Morgenlicht offenbarte all die feinen Details von Maries Körper, die Pascal so bewunderte. Er betrachtete die zarte Kurve ihres Schlüsselbeins, die geschmeidige Linie ihres Rückens und die Art, wie ihre langen Haare sanft über ihre Schulter fielen. Er bemerkte auch die grazile Art, wie sie ihre

Hände bewegte, fast wie eine Ballerina, die jeden ihrer Schritte sorgfältig choreographiert.

Als sie aufstand, um sich anzuziehen, konnte er nicht umhin, den sanften, katzenhaften Gang zu bemerken, mit dem sie sich bewegte. Jeder ihrer Schritte war so leise und behutsam, als ob sie auf Samtpfoten ginge. Für Pascal war das nicht nur verführerisch, sondern es war die Verkörperung der Eleganz und Anmut, die er so sehr an Frauen schätzte.

Er beobachtete sie, wie sie sich vor dem Spiegel betrachtete, und fand sich in stummer Bewunderung wieder. Es war nicht nur reine körperliche Anziehung, die er fühlte. Es war die Art und Weise, wie sie sich bewegte, die feinen Details ihres Körpers, die er so bewunderte und die tiefe Sehnsucht, diese Schönheit nicht nur zu berühren, sondern auch zu schätzen und zu verehren.

Er sehnte sich nach einer Partnerin, die nicht nur körperliche Anziehung bot, sondern auch die Eleganz und Anmut besaß, die er in Marie sah. Jemand, die ihn nicht nur mit ihrem Äußeren, sondern auch mit ihrer Bewegung und ihrem Wesen in ihren Bann zog.

Marie kam zu ihm, küsste ihn zum Abschied und ging. Er hörte das leise Klicken der Tür und fühlte eine erdrückende Stille im Raum. In der sinnlichen Ekstase der vergangenen Nacht hatte er kurz das Gefühl gehabt, gefunden zu haben, wonach er sich sehnte. Doch jetzt, in der Stille des Morgens, wurde ihm klar, dass er nur einer Illusion nachjagte.

Die Begegnung mit Marie war wie ein wunderschönes, aber flüchtiges Kunstwerk – voller Farben und Leidenschaft, aber ohne bleibende Substanz.

In seinem Herzen sehnte er sich nach einer tieferen Verbindung, einer echten und aufrichtigen Nähe, die über körperliche Anziehung hinausgeht.

Er schloss die Augen, atmete tief durch und ließ die Ereignisse der letzten Tage Revue passieren. Inmitten der intensiven Gefühle und Leidenschaften spürte er eine Leere, die ihn daran erinnerte, dass wahre Erfüllung nicht einfach gekauft oder inszeniert werden kann.

Inmitten der intensiven Gefühle und Leidenschaften spürte er eine Leere, die ihn daran erinnerte, dass wahre Erfüllung nicht einfach gekauft oder inszeniert werden kann. Wahre Nähe und Intimität können nicht bloß durch körperliche Anziehungskraft hergestellt werden, sie erfordern echte emotionale Bindung und Verständnis.

Während die Momente mit Marie sicherlich unvergesslich waren, war es dieses tiefere Verständnis und diese wahre Bindung, nach denen sein Herz sich sehnte. Letztlich lehrte ihn diese Erfahrung, dass die Jagd nach Momenten der Ekstase niemals die tiefe Zufriedenheit ersetzen kann, die aus einer echten, authentischen Verbindung entsteht.

Ein schönes, aber flüchtiges Kunstwerk kann das Auge erfreuen, aber nur die wahre Kunst des Miteinanders kann das Herz erfüllen.

DIE NANO-STRATEGEN

Professor Schneider stand vor dem imposanten Gebäude des Bundesnachrichtendienstes in Berlin. Der Bau ragte wie ein massiver rechteckiger Klotz vor ihm empor und schien den Himmel zu durchdringen. Majestätisch und stolz erhob es sich, beherrschte die Szenerie und überwältigte die Sinne.

Die graue Betonfassade trug die Spuren der Zeit, gezeichnet von Wind und Wetter. Narben vergangener Ereignisse zeichneten sich auf ihrer Oberfläche ab, als ob das Gebäude die Last der Geschichte auf seinen Schultern trug. Jeder Riss und jede Textur erzählten von vergangenen Ereignissen und geheimen Geschichten, die hier gewoben wurden.

Die Fenster erstreckten sich in perfekter Symmetrie über die gesamte Fassade, wie tausend Augen, die die Welt beobachteten.

Jeder Glasausschnitt schien eine eigene Geschichte zu erzählen, während sie den Blicken der Außenwelt verborgen blieben. Der Professor fühlte sich von diesen Fenstern beobachtet, als ob sie seine Gedanken durchdringen könnten.

Ein unangenehmes Gefühl überkam ihn, während er sich fragte, welche Geheimnisse hinter diesen Fenstern verborgen waren. Konnten sie alles sehen? Wussten sie alles? Das Gebäude strahlte eine Aura der Allwissenheit aus, und Schneider spürte, wie die Bedeutung seiner eigenen Forschungen im Vergleich zu den Machenschaften, die sich hinter diesen Fenstern abspielten, verblassen konnte.

Die Fenster des BND-Gebäudes waren wie die Augen einer unerbittlichen Gottheit, die über alles wachte und nichts entkommen ließ. In ihren kalten, undurchdringlichen Blicken lag eine Mischung aus Faszination und Unbehagen, die Schneider nicht abschütteln konnte.

Er konnte nicht anders, als sich zu fragen, ob er als Forscher selbst zu einem Objekt der Beobachtung geworden war und ob seine neuesten Entwicklungen möglicherweise schon längst bekannt waren. Während er vor den Fenstern stand, spürte er, wie die Enge des Gebäudes und die Überwältigung der Macht, die es verkörperte, auf ihn niederdrückte.

Es war ein Ort, an dem Wissen und Kontrolle in ihrer reinsten Form zusammenkamen, und Schneider konnte nicht anders, als sich zu fragen, ob er hier wirklich willkommen war oder ob er nur ein weiteres Puzzlestück in einem Spiel war, von dem er nur die oberflächlichen Regeln kannte.

Der Anblick des Gebäudes schuf eine erdrückende Atmosphäre, als ob man vor den Toren eines unantastbaren Machtzentrums stünde. Es war eine Mischung aus Ehrfurcht und Furcht, die tief in den Eingeweiden des Betrachters brannte. Man fühlte sich klein und unbedeutend angesichts dieser architektonischen Gigantomanie, die einem den Atem raubte.

Die Eingangstür wirkte wie ein massives Tor, das nur den Auserwählten den Zutritt gewährte. Trotz ihrer massiven Präsenz vermittelte sie eine gewisse Unnahbarkeit. Die glänzenden Metallgriffe luden ein, doch zugleich schienen sie zu warnen, dass das Betreten dieses Ortes große Verantwortung mit sich brachte.

Das Sicherheitspersonal, das das Gebäude umgab, wirkte auf den ersten Blick erstaunlich unauffällig. Sie trugen keine auffälligen Anzüge oder Uniformen, sondern waren wie gewöhnliche Menschen gekleidet. In ihren unauffälligen Alltagsoutfits passten sie perfekt in die Menge und hätten leicht mit gewöhnlichen Passanten verwechselt werden können. Keine strengen Gesichter oder Haltungen deuteten darauf hin, dass sie Sicherheitspersonal waren. Stattdessen wirkten sie beinahe zu normal, als ob sie nichts mit der Sicherheit des Gebäudes zu tun hätten.

Ihre unaufdringliche Präsenz und ihr dezentes Auftreten ließen sie nahtlos in der Umgebung aufgehen. Es schien, als würden sie bewusst auf jegliche Merkmale verzichten, die ihre wahre Rolle verraten könnten. Doch tief im Inneren wusste Professor Schneider, dass dies ein raffinierter Täuschungsakt war. Diese vermeintlich unauffälligen Menschen waren die wahren Hüter der Geheimnisse, geschult darin, in der Menge unsichtbar zu sein und ihre wahren Absichten zu verschleiern.

Schneider konnte nicht umhin, von ihrer unkonventionellen Art der Tarnung fasziniert zu sein. Es war eine Meisterleistung, wie sie sich unauffällig unter die Menschen mischten, ohne auch nur den geringsten Verdacht zu erregen. Sie schienen regelrecht unsichtbar zu sein, und dennoch spürte der Professor ihre Präsenz wie einen leichten Hauch von Spannung in der Luft. Es war, als ob sie darauf warteten, dass der richtige Moment kam, um ihre wahre Stärke und Entschlossenheit zu zeigen.

In diesem undurchsichtigen Ort der Geheimnisse waren es gerade die unauffälligsten Menschen, die die größte Bedeutung hatten. Schneider fragte sich, wie viele weitere Geheimnisse hinter den Mauern verborgen waren und welche Rolle diese scheinbar gewöhnlichen Menschen dabei spielten.

Es war ein Ort, an dem Wissen und Macht zu einer unverrückbaren Einheit verschmolzen waren. Hier wurden die Geheimnisse der Nation gehütet, Entscheidungen von globaler Bedeutung getroffen und Informationen von unschätzbarem Wert bewahrt. Das Gebäude selbst war der physische Ausdruck dieser Geheimnisse, seiner strengen Ordnung und seiner undurchdringlichen Hülle.

Wenn man vor diesem Koloss stand, durchströmte einen ein Gefühl des Unbehagens. Die Steine und das Metall schienen eine unsichtbare Aura auszustrahlen, die den Betrachter faszinierte und zugleich auf Distanz hielt. Hier war ein Ort, der die Neugier weckte, aber auch das Bewusstsein schärfte, dass hinter den Mauern dieses Gebäudes Mächte am Werk waren, die das Vorstellungsvermögen überstiegen.

Der kalte Wind blies ihm um die Ohren, als er aufgeregt auf und ab lief, während er darauf wartete, abgeholt zu werden. Die Kälte drang durch seinen Mantel und kroch in seine Knochen. Sie verstärkte das Gefühl der Dringlichkeit und Bedeutung dieses Augenblicks. Das Gebäude vor ihm schien den Wind zu kanalisieren und die Atmosphäre der Anspannung zu verstärken.

Eine schwarze Limousine näherte sich dem Professor. Der Fahrer stieg aus und öffnete die Tür. Ein Mann stieg aus, lief auf Schneider zu und begrüßte den Professor herzlich. Schneider und Müller hatten bereits in der Vergangenheit zusammengearbeitet, also war dies nicht ihr erstes Treffen.

In diesem Moment schien die Zeit stillzustehen, und alles um sie herum verschwamm zu einem nebligen Hintergrund. Das Gebäude selbst schien den Atem anzuhalten und den Moment der Begegnung ehrfürchtig miterleben zu wollen.

„Professor Schneider, es ist mir eine Ehre, Sie wiederzusehen", sagte Müller mit einem freundlichen Lächeln. „Bitte steigen Sie ein."

Der Professor nickte und stieg in die Limousine, während Müller höflich die Tür schloss. Die Limousine fuhr drei Ebenen tief in eine Tiefgarage, und Professor Schneider spürte den Druck in seinen Ohren wachsen. Sie hielten schließlich an einem unscheinbaren Aufzug, und Müller führte Schneider hinein. Der Aufzug fuhr ebenfalls mehrere Ebenen hinunter, und mit jeder Etage wuchs das Gefühl der Isolation.

Sie gingen einen Schmucklosen Gang entlang, passierten eine Glastüre, durch die nur jeweils eine Person durchgehen konnte und begaben sich zum Besprechungsraum.
Als sich die Türen öffneten, traten sie in einen weiten Raum, der sich noch im Rohbau befand. Die nackten Betonwände und der kühle Boden gaben dem Raum eine sterile und unwirtliche Atmosphäre. Keine Fenster durchbrachen die monolithischen Wände, was den Eindruck der Abgeschiedenheit nur verstärkte.

Während Schneider den Raum betrachtete, spürte er ein beklemmendes Gefühl in der Magengegend. Der erdrückende Beton, das Fehlen jeglichen Tageslichts und die gedämpfte Atmosphäre des abhörsicheren Glaskastens schienen ihm die Luft zum Atmen zu nehmen. Es fühlte sich an, als ob der Raum selbst die Schwere und Geheimhaltung der Organisationen widerspiegelte, die ihn hierher eingeladen hatten.

Jeder Schritt, den er in diesem Raum machte, ließ ihn mehr und mehr das Gewicht der Verantwortung und die Grausamkeit der Realität spüren. Die Kälte des Betons drang durch seine Schuhe, und er konnte nicht anders, als an die kalte Bürokratie und Maschinerie von Militär und Geheimdienst zu denken, die hinter solchen Mauern agierten.

Dieser Ort schien das perfekte Sinnbild für die Zwiespältigkeit seiner Gefühle zu sein. Einerseits fühlte er sich geehrt und anerkannt für seine Arbeit, andererseits war er tief beunruhigt darüber, wofür seine Forschung eingesetzt werden könnte. Die erdrückende Atmosphäre des Raums schien seine inneren Bedenken und seine Abneigung gegenüber den militärischen und nachrichtendienstlichen Organisationen zu verstärken.

In der Mitte des Raumes befand sich ein modern aussehender Glaskasten, dessen Wände und Decke mit einer Art glänzender Folie überzogen waren. Müller deutete auf den Kasten und erklärte: „Das ist unser abhörsicherer Besprechungsraum. Das Glas und die spezielle Beschichtung verhindern, dass jegliche Form von elektronischer Überwachung funktioniert. Es ist unmöglich, hier Wanzen oder Abhörgeräte zu installieren."

Schneider war beeindruckt. Er trat in den Glaskasten ein und spürte sofort die gedämpfte Akustik. Es war, als ob die Welt draußen verstummt war und nur dieser eine Raum in der Tiefe des Gebäudes existierte.

Müller schloss die Tür hinter ihnen, und der Klang hallte in der Stille wider. „Wir nehmen die Sicherheit hier sehr ernst, Professor Schneider", sagte er mit einem ernsten Unterton.

Schließlich erreichten sie einen hochmodernen, abhörsicheren Raum, in dem bereits zwei Männer warteten. General

Münch, ein imposanter Mann mit grauem Haar und einem eisernen Blick, stand neben General von Hintz, einem schlanken, aber entschlossen aussehenden Offizier vom Beschaffungsamt der Bundeswehr. Die Generäle waren in makellose Uniformen gekleidet, die mit zahlreichen Auszeichnungen und Abzeichen dekoriert waren, jedoch ohne dabei überladen zu wirken. Jeder Orden und jedes Abzeichen schienen eine Geschichte zu erzählen, eine Geschichte von Dienst für ihr Land.

General Münch strahlte Autorität und Entschlossenheit aus. Sein Blick war scharf und durchdringend, als ob er jeden Gedanken und jede Bewegung um sich herum erfassen könnte. Trotz seiner langen Dienstjahre zeigte sein energischer Auftritt, dass er noch immer mit voller Entschlossenheit seinem Pflichtgefühl nachging.

General von Hintz hingegen verkörperte eine stille Stärke. Seine schlanke Gestalt und sein ernstes Gesicht vermittelten den Eindruck von Präzision und fokussierter Zielstrebigkeit. Die Auszeichnungen auf seiner Uniform zeugten von seiner Erfahrung und Expertise auf dem Gebiet der Beschaffung und Logistik. Jeder einzelne Orden schien sorgfältig platziert zu sein, und doch wirkte die Gesamtheit vielmehr wie ein stolzer Beweis für seine Verdienste und Fähigkeiten.

Als die Generäle sich erhoben und einige Schritte auf den Professor zukamen, spürte Schneider ihre Präsenz und die Wirkung, die sie auf ihr Umfeld hatten. Es war, als ob die Geschichte des Militärs und die Verantwortung, die sie trugen, in diesem Moment lebendig wurden. Der Professor erwiderte den festen Händedruck von General Münch und spürte die Ernsthaftigkeit und das Gewicht, das dieser Moment mit sich brachte.

„Guten Tag, Professor Schneider", begrüßte er den Wissenschaftler mit einem leichten Nicken. „Wir haben viel über Ihre bahnbrechenden Entwicklungen im Bereich der Nanobots gehört. Bitte haben Sie keine Bedenken, uns die Details zu präsentieren."

Müller reichte dem General zur Begrüßung die Hand. Nach einem kurzen Nicken begrüßte er von Hintz auf dieselbe Weise.

„Professor Schneider, ich darf Ihnen den Herrn General Münch vorstellen, vom Kommando Strategische Aufklärung." Der Professor nickte Münch zu.

„Und natürlich General von Hintz, Beschaffungsamt der Bundeswehr, Forschung und Entwicklung."

Der Professor fühlte sich geehrt und nahm seinen Platz am Besprechungstisch ein.

„Danke sehr, Herr Professor, dass Sie sich die Zeit für diese Besprechung genommen haben. Ich kann mir vorstellen, dass Sie aktuell sehr viel um die Ohren haben. Dennoch haben sowohl das Militär als auch der Nachrichtendienst großes Interesse an Ihrer Forschung", eröffnete von Hintz die gemeinsame Besprechung.

Während Schneider seine Präsentation vorbereitete, ließ er seine Gedanken schweifen. Er hatte die Technologie der Nanobots mit purer Leidenschaft und Neugier entwickelt, stets getrieben von dem unersättlichen Wunsch, die Grenzen des Wissens zu erweitern. Doch tief in ihm nagte ein Gefühl des Unbehagens. Mit jedem Schritt, den er in seiner Forschung weiterging, wuchs die Angst, dass seine Entdeckungen als Waffe missbraucht werden könnten.

Es waren nicht nur die offensichtlichen Gefahren, die ihm sorgen bereiteten, sondern die Tatsache, dass diese winzigen Maschinen auf molekularer Ebene Zerstörung anrichten könnten. Sie hatten das Potenzial, Leben zu retten oder Leben zu nehmen – je nachdem, in wessen Hände sie fielen.

Diese Bedenken hatte er nie mit den Militärs geteilt, und er hatte auch nicht vor, es jetzt zu tun. Doch er hoffte insgeheim, dass er durch seine Programmierung sicherstellen könnte, dass die Nanobots nicht zu schädlichen Zwecken eingesetzt werden könnten. Dies war sein stiller Pakt mit sich selbst – eine stille Zusage, dass er trotz der Finanzierung durch das Militär einen Weg finden würde, seine Forschung ethisch korrekt zu halten.

Ohne weitere Worte begann er seine Ausführungen, was die anwesenden Generäle sehr schätzten. Schneider zeigte einige Videos, die die Funktionsweise der Nanobots veranschaulichten. Auf dem Bildschirm war zu sehen, wie die winzigen Roboter präzise und koordiniert durch Gewebe navigierten, um gezielte Aufgaben zu erfüllen. Die Generäle verfolgten gebannt die Darstellung und zeigten sich beeindruckt von der Effektivität und Vielseitigkeit dieser Technologie.

Anschließend präsentierte Schneider technische Zeichnungen der Nanobots, erläuterte jedoch nur kurz die grundlegenden Funktionsprinzipien, ohne zu sehr ins Detail zu gehen. Er betonte die Fähigkeit der Nanobots, medizinische Eingriffe zu unterstützen, verletzte Soldaten zu versorgen und sogar feindliche Waffen unbrauchbar zu machen. Die Generäle unterbrachen ihn zwischendurch, um Fragen zu stellen und spezifische Aspekte genauer zu erörtern. Diese Interaktion verdeutlichte das aufrichtige Interesse und die Anerkennung der Generäle für die potenzielle Bedeutung dieser Innovationen.

Schneider spürte die wachsende Begeisterung in der Runde und fühlte sich in seinem Fachgebiet bestätigt. Die Möglichkeit, seine Forschung einem so bedeutenden Publikum zu präsentieren und auf solch großes Interesse zu stoßen, erfüllte ihn mit Stolz und Motivation. Er war zuversichtlich, dass seine Arbeit einen positiven Einfluss auf die nationale Sicherheit haben könnte und dass die Generäle bereit waren, diese Möglichkeiten weiter zu erkunden.

Nachdem Professor Schneider die grundlegende Funktionsweise der Nanobots vorgestellt hatte, neigte General Münch den Kopf und fragte: „Professor Schneider, könnten diese Nanobots an ein kleineres Aufklärungsfahrzeug angeschlossen werden, um bestimmte Bereiche zu erkunden oder zu überwachen?"

Schneider nickte bedächtig. „In der Theorie ja. Die Nanobots sind so programmiert, dass sie sich in jeder gewünschten Form zusammenschließen können. Das bedeutet, sie könnten sich zu einem Aufklärungsfahrzeug oder einem anderen Gerät formieren, je nachdem, was man von ihnen verlangt. Dies würde es ermöglichen, einen Raum oder Bereich diskret und effektiv zu überwachen."

General von Hintz schien beeindruckt. „Das ist faszinierend. Das bedeutet, wir könnten potenziell jede Form oder jedes Werkzeug haben, das wir benötigen, einfach durch Programmierung der Nanobots?"

„Genau", bestätigte Schneider. „Mit den richtigen Anweisungen könnten sie sich theoretisch in jedes gewünschte Instrument oder Gerät umwandeln. Die Flexibilität dieser Technologie ist ihre größte Stärke."

„Herr Professor, wir sind äußerst beeindruckt von Ihren Fortschritten. Sie haben das Potenzial, die Zukunft der Kriegsführung zu verändern. Wir werden Ihre Ergebnisse weiterhin genau verfolgen und möglicherweise in künftige Strategien einbeziehen", bedankte sich Müller für die Präsentation.

„Nun, Professor Schneider. Ich kann mich dem nur anschließen. Diese Technologie könnte uns als KSA einen bedeutenden Vorteil bringen, wenn es um den Vorsprung in der Nachrichtentechnik geht, und ich bin mir sicher, der Bundesnachrichtendienst sieht das sehr ähnlich", fügte Münch der Aussage des Generals hinzu.

„Ich danke Ihnen sehr, meine Herren", sagte Schneider und nahm sich einen kurzen Moment Zeit, um seine nächsten Worte sorgfältig zu wählen. „Nun, ich denke, es wäre voreilig, in diesem Stadium in Jubel auszubrechen. Es gibt noch viele Schwierigkeiten und Probleme, die wir bewältigen müssen. Wir alle hier sind uns bewusst, dass es sich um eine neuartige Technologie handelt und dass die weitere Entwicklung große Anstrengungen erfordern wird."

„Sie haben Recht, Professor Schneider. Wir kommen zur Frage des zusätzlichen Personals", unterbrach Müller ihn und reichte den Generälen jeweils eine Akte, die sie sofort öffneten und darin blätterten.

Schneider nickte zustimmend, während Müller begann, seine Ausführungen auf der Leinwand zu präsentieren.
„Interessante Person, Professor. Knaub, Pascal; 31 Jahre alt; Diensteintritt: 04. April 2004; 4 Jahre Fallschirmjägerbataillon 263 'Saarland-Brigade'; Division spezielle Operationen; 2 Einsätze Afghanistan; Dann Wechsel zur KSA - Bataillon Elektronischer Kampf."

„Ah ja, einer deiner Männer", sagte von Hintz beeindruckt zu Münch, welcher nickte und ebenfalls nicht unbeeindruckt war von dieser Vita.

„Kette-Führerschein auf Leopard 2 und Hägglunds; 4 Einsätze Kosovo; Ausgebildet an diversen Waffen, darunter Maschinengewehre, Sturmgewehre… ich werde nicht alle aufzählen, wenn es recht ist, meine Herren."

Die anwesenden Generäle nickten lächelnd, während Schneider erstaunt, den Ausführungen Müllers folgte. Ihm war bekannt, dass Pascal ein ehemaliger Soldat war, aber er hatte keine Ahnung, weder über seine Einsätze noch über die Ausbildungen, die er bekommen hatte. Müller scrollte die Liste hinunter und fuhr dann fort:

„Einsatzmedaillen der BRD und NATO. Schützenabzeichen der US-Army, US Airforce, Niederlande, Luxemburg. Donnerwetter, der Mann ist herumgekommen", stellte Müller fest.

„Ah! Das hier ist interessant: Tätigkeit im Einsatz für das Amt für Militärkunde; Sicherheitsüberprüfung Ü3; Fernmeldeaufklärung; Hervorragende Bewertungen; Dienstzeitende: 30.06.2014."

„Entschuldigung, Herr Müller, Sicherheitsüberprüfung? Was ist das genau?", hakte der Professor nach.

„Ein sehr genauer Backgroundcheck. Es geht um die Verlässlichkeit des Soldaten und ob er Zugang zu Verschlusssachen bekommt", erklärte Müller kurz.

„Er bekam Zugang zu Verschlusssachen bis National Top-Secret und NATO Top-Secret."

Münch nickte bestätigend, ebenso wie Schneider, der leicht nickte.

„Das würde bedeuten, Herr Müller, wir hätten keinerlei Probleme damit, ihn in dieses Projekt mit aufzunehmen. Korrekt?", fragte von Hintz nach und sah Müller und Münch dabei an.

„Nun, meine Herren, ich übertreibe nicht, wenn ich sage, wir brauchen diesen Mann in unserem Team. Er ist geradezu genial im Coden und sehr einfallsreich bei der Lösung von Problemen, Kreativ, Analytisches Denken...", warf Schneider ein.

„Nein, Herr General, wir haben da keinerlei Einwände. Unter Anwendung der üblichen Sicherheitsmaßnahmen sehe ich keine Probleme", antwortete Müller dem General und beendete seine Ausführungen.

Schneider war erfreut über diese Einschätzung und fühlte sich ermutigt und dankbar für die Anerkennung seiner Arbeit. Die Besprechung wurde beendet. Schneider sollte regelmäßig berichte liefern, die dieses Gremium über die Fortschritte informiert. Doch während er das Gebäude verließ und sich auf den Weg zurück zum Labor machte, machten sich langsam Bedenken in seinem Kopf breit.

Die Bedeutung seines Projekts und die Verantwortung, die damit einherging, lasteten schwer auf seinen Schultern. Als er durch die belebten Straßen Berlins fuhr, füllten ihn gemischte Gefühle. Er erinnerte sich an vergangene Zeiten, als Wissenschaft und Fortschritt unweigerlich von den Mächtigen zur Kriegsführung genutzt wurden. Nun war auch er gezwungen gewesen, einen Pakt mit dem Teufel zu schließen um seine Forschungen finanzieren zu können.

Die Vision, die er für seine Technologie hatte, war eine friedliche: eine verbesserte Kommunikation, Rettungseinsätze bei

Katastrophen, medizinische Anwendungen. Aber er konnte nicht ignorieren, dass dieselbe Technologie auch als Waffe eingesetzt werden könnte. Es bestand immer die Gefahr, dass seine Entdeckungen in die falschen Hände gerieten.

Die Vorstellung, dass seine Innovation als Angriffswaffe missbraucht werden könnte, erfüllte ihn mit Abscheu. Der Gedanke, dass seine Technologie zu Attentatszwecken eingesetzt oder als Spionageinstrument verwendet werden könnte, ließ ihm einen kalten Schauer über den Rücken laufen.

Gleichzeitig konnte er Pascal nicht aus dem Kopf bekommen. Pascal war einer seiner besten Studenten und seine militärische Vergangenheit machte ihn zu einer wertvollen Ressource. Doch die Erinnerungen an Pascals Einsätze und Ausbildungen im Militär lösten in ihm erneut gemischte Gefühle aus. Einerseits erfüllte es ihn mit Respekt und Anerkennung für Pascals Einsatz für das Land, andererseits machte es ihm bewusst, dass ihre Arbeit nun auch potenzielle Auswirkungen auf die Verteidigung und Sicherheit des Landes hatte.

Die Gedanken daran, wie sie gemeinsam die Technologie vorantreiben und dabei die ethischen und sicherheitsrelevanten Aspekte berücksichtigen konnten, beruhigten ihn ein wenig und trieben ihn an.

Er war fest entschlossen, das Projekt voranzubringen und alle notwendigen Vorkehrungen zu treffen, um die Technologie verantwortungsvoll einzusetzen. Es war eine Last, die er tragen musste, aber auch eine Motivation, sicherzustellen, dass seine Technologie zum Wohle der Menschheit eingesetzt wurde.

Mit diesem Entschluss fuhr der Professor weiter, seine Gedanken von den möglichen Konsequenzen seines Projekts und der Zusammenarbeit mit Pascal begleitet.

BURGEN UND SCHLÖSSER

Pascal lauschte der aufgeregten Diskussion der Vögel, während er auf dem Rasen hinter dem Haus lag. Der krautige und leicht süßliche Geruch des Grases, den er nach dem Mähen freisetzt, stieg Pascal in die Nase und breitete sich in seinen Lungenflügeln aus. Er genoss die beruhigende Wirkung, die dieser Geruch auf ihn hatte. Die Debatte der Vögel wurde vom Rauschen des kleinen Bachs begleitet, den er vor einiger Zeit angelegt hatte.

Die verschiedenen großen und kleinen Steine, die er in dieses künstliche Bachbett gelegt hatte, die Hindernisse und die verschiedenen Kurven, die er anlegte, zusammen mit den kleinen Absätzen, in denen das Wasser fiel, komponierten eine Symphonie des Plätscherns, Sprudelns und Gurgelns. Während er den Vögeln zuhörte, fragte er sich, ob diese Besprechung einer Regel folgte.

Das Plätschern des Wassers wirkte auf ihn wie eine Gruppe von Zuhörern, die immer wieder applaudierten, wenn einer der Redner seine Rede beendete. Hin und wieder gab es auch lautes Gelächter, wenn ein Teilnehmer ein Argument ins Lächerliche zog.

Deutlich konnte er eine Amsel erkennen, die mit aufgeblasenem Selbstbewusstsein immer wieder sang und hier und da auch mal jammerte. Die Bachstelze rief zwischendurch mit kräftiger Stimme zur Ordnung und musste daher die Präsidentin der Versammlung sein. Die Blaumeise hingegen war eine geborene Rhetorikerin, die sich in die Debatte einmischte. Mal trällerte sie etwas schneller, mal etwas langsamer und mal lauter oder leiser, um ihren Worten mehr Bedeutung zu verleihen. Sie konnte durchaus ihren Standpunkt darlegen und wurde dafür mit tosendem Applaus belohnt, den sie mit einem Trillern beendete.

Die Vorstellung einer Vogeldebatte, die über den Köpfen der Menschen hinweg stattfand, amüsierte Pascal. Der Tagesordnungspunkt für heute lautete: Sind die Menschen verrückt geworden, oder was treiben sie da unten?

Sie hatten so viele seltsame Verhaltensweisen beobachtet, als sie über die Welt geflogen waren, und nun diskutierten sie, ob die Menschen verrückt geworden waren oder ob es einen anderen Grund für ihr Verhalten gab.

Die Bachstelze, die die Debatte leitete, hatte vermutlich bemerkt, dass die Menschen oft Dinge taten, die ihnen selbst schadeten, und dass sie manchmal Entscheidungen trafen, die für ihre eigene Spezies und für andere Tiere auf der Erde katastrophale Folgen hatten.

Während die Vögel diskutierten, wurden Beispiele für das Verhalten der Menschen aufgeführt: das Abholzen von Wäldern, das Ausbeuten von Ressourcen, die Verschmutzung von Gewässern und die Zerstörung von Lebensräumen für Tiere.
Schließlich mussten die Vögel zu dem Schluss gelangen, dass die Menschen nicht verrückt waren, sondern dass sie einfach nicht immer in der Lage waren, die langfristigen Folgen ihres Handelns zu erkennen.

Es war ihre Aufgabe, weiterhin die Welt von oben zu beobachten und ihr Wissen und ihre Einsichten mit anderen

Tieren zu teilen, in der Hoffnung, dass die Menschheit sich in eine bessere Richtung entwickeln konnte.

„Unsere Ressourcen sind endlich!" dachte Pascal. „Die Erde ist ein abgeschlossenes System. Solange wir nicht ein Objekt ins Weltall schießen oder ein Objekt aus dem All auf die Erde fällt, bleibt die Summe der Ressourcen gleich. Irgendwann wird die Menschheit sicher ins All fliegen müssen, um dort nach Rohstoffen zu suchen." Er nickte sich selbst zu aber schob diese Gedanken beiseite, um sich wieder auf den Augenblick zu konzentrieren.

Er fragte sich unwillkürlich, ob Vögel möglicherweise eine Grammatik oder Syntax hatten. Gab es eine bestimmte Rednerliste oder wurde wild durcheinander diskutiert?

Pascal war sich bewusst, dass er keine Antworten auf diese Fragen hatte und dass er sich nur wunderte, ob es möglicherweise irgendwelche Forschungen oder Schriften dazu gab, auf die er zugreifen konnte. Dem wollte er bei Gelegenheit mal nachgehen. Andererseits fragte er sich, wozu?

Kann man diesen einen Tropfen im Meer begreifen lernen? Natürlich konnte man diesen Tropfen bis in die kleinsten Elemente analysieren und aufschlüsseln aber selbst dann, würde dieses Verständnis des Tropfens etwas daran ändern, wie schön das Meer war? Seine Lippen kräuselten sich. Er schüttelte leicht den Kopf und sagte sich, dass man nicht immer alles hinterfragen und ergründen muss. Manchmal ist es schöner, Dinge einfach wahrzunehmen und ihre Wirkung zu genießen. Und das tat er auch. Jetzt war die Zeit, sich fallen zu lassen. In diesem Moment zu leben und darin aufzugehen, als ein Teil davon.

Er öffnete langsam seine Augen und betrachtete die Wolken, die sich wie flauschige Wattebäusche am Himmel türmten. Er erinnerte sich an die Wiese hinter seinem Elternhaus in Rosenberg, die er als Kind oft besucht hatte. Er hatte dort stundenlang gelegen und Schlösser sowie Burgen in die Wolken geträumt, die über ihm vorbeizogen. Er hatte sie erbaut, komplett mit imposanten Bauten, faszinierenden Geschichten und fantasievollen Bewohnern. Jetzt, Jahre später, fühlte er sich wieder wie ein Kind und konnte den Alltag für einen Moment hinter sich lassen.

Ihm wurde klar, dass inzwischen Jahrzehnte vergangen waren und der kleine Junge, der am liebsten auf einer Wolke sitzend um den Globus geflogen wäre, der so gerne mehr von der Welt sehen wollte, sich verändert hatte. Oder wurde er durch Einflüsse von außen verändert? Er wusste es nicht mehr. Nur, dass sich alles verändert hatte. Er hatte viel von der Welt gesehen, hatte viele verschiedene Menschen und Kulturen kennengelernt. Er hatte sowohl die besten als auch die schlimmsten Seiten der Spezies Mensch gesehen und hautnah miterlebt. Viele dieser Erlebnisse haben ihn geprägt und ihre Spuren auf ihm hinterlassen, aber darüber wollte er nicht mehr nachdenken und stoppte erneut seine Gedanken.

„Kinderherzen sind so wundervoll" dachte er, als er die Augen schloss. „Es braucht nicht viel, um sie zum Träumen zu bringen. Eine Ansammlung von Wassertropfen, die in der Troposphäre schwebt, genügt, um ihre Fantasie zu beflügeln. Aus einem Wolkenfetzen konnten sie in ihrer Fantasie eine ganze Welt erschaffen, wenn ihnen danach war." Wie schade es war, dass er diese kindliche Fantasie im Laufe der Jahre verloren hatte.

Er wurde wehmütig, als er an seine Kindheit dachte. Wie früh und schmerzhaft er dazu gezwungen wurde, alles Kindliche abzulegen und sich wie ein Erwachsener zu verhalten. Wie hart er erzogen und vor allem bestraft wurde, wenn sein Verhalten nicht dem entsprach, was man von ihm erwartete. Viel war von dem Jungen verloren gegangen, vieles war zerstört worden...

„Stopp!"

Er kannte diese Gedanken nur allzu gut und wusste, in welchen Strudel sie ihn reißen würden. Dieser Naturgewalt war er schon viel zu oft begegnet, und nur mit Mühe und sehr viel Hilfe von Anderen war es möglich gewesen, ihr zu entkommen. Besonders die Wut war ein starker Motor gewesen, der diesen sachte sich drehenden Kreis antrieb. Dieser Strudel hätte ihn einst beinahe verschlungen. Die Kraft darin hatte das Potential, ihn in ein tiefes Loch zu reißen. Noch einmal würde er es nicht schaffen, sich aus ihm zu retten.

Er wehrte sich mit aller Kraft gegen diese Gedanken und spürte, wie sein Körper immer angespannter wurde. Er befand sich bereits in einem Teufelskreis aus Angst und Panik. Sein Herz schlug schneller. Seine Hände bildeten eine Faust. Seine Muskeln waren angespannt und seine Zähne knirschten. Er öffnete seine Augen und sah sich panisch um, einen Ausweg suchend. Dann sah er nach den Wolken und versuchte mit seinem Gehör die Vögel wieder zu finden. Er klammerte sich an diesen Anker, der ihn in dieser beruhigenden Szene festhielt.

Er löste die Fäuste und konzentrierte sich auf seinen rechten Arm, um die Wärme zu fühlen, die auf die Entspannung folgte. Er fühlte das Kribbeln auf seiner Haut und entspannte seinen Kiefer.

„Loslassen! Lass einfach los", sagte er sich. „Komm schon! Lass los!"

Es dauerte einige Minuten, bis Pascal wieder zu sich kam und sich bewusst wurde, was um ihn herum geschah. Er konzentrierte sich auf den Klang des Wassers, das leise plätschernd vorbeifloss, und versuchte, die verschiedenen Vogelstimmen zu unterscheiden. Schließlich hörte er den fröhlichen Ruf eines Buchfinks und spürte, wie sich sein Herz ein wenig beruhigte. Die Geräuschkulisse wurde klarer, und er konnte das Rascheln der Blätter im Wind hören.

Er atmete tief ein und bemerkte, wie sich seine Muskeln langsam entspannten. Er fühlte sich ein wenig ruhiger und gelassener, als er seine Umgebung betrachtete. Die Bäume um ihn herum ragten hoch in den Himmel, und die Sonnenstrahlen, die durch die Blätter fielen, zauberten ein kaleidoskopartiges Muster auf den Boden. Er schloss die Augen und genoss für einen Moment die Ruhe und Schönheit der Natur.

Nun ging er einige Schritte zurück in seinen Gedankengängen und betrachtete erneut die Wolken, die unbeirrt ihre Reise über den Globus fortsetzten. Niemand konnte sie aufhalten, und dieser Gedanke gefiel ihm. Es gab keine Verkehrsregeln, keine Einschränkungen durch Straßen. Kein Mensch konnte ihnen Hindernisse in den Weg legen oder sie in eine Grenze zwingen oder hinter Mauern festhalten. Für einen Moment fühlte er sich frei, wie ein Vogel in den Wolken. Aber dann erinnerte er sich daran, dass er kein Vogel war und dass er selbst viele Grenzen und Einschränkungen hatte, die er nicht einfach so überwinden konnte.

Er erinnerte sich wieder daran, wo er in Gedanken war, bevor er an seine Kindheit dachte: Burgen und Schlösser! Er schloss erneut die Augen, atmete tief ein und lauschte dem Vogelgezwitscher. Er konnte das weiche Gras spüren, auf dem er lag, öffnete dann wieder die Augen und betrachtete eine große, schöne Wolke, die am Himmel erschien. Wie hatte er es früher geschafft, darin eine Burg zu sehen? Heute war er außer Stande das zu sehen.

„Sieht aus wie ein Wattebausch, oder?", dachte er. „Aber eine Burg...? Wie sieht denn eine Burg aus?"

Er konzentrierte sich angestrengt und versuchte sich die Festung vorzustellen. „Komm schon! Du hast unzählige Dokumentationen über das Mittelalter gesehen." sagte er sich. „Eine Burg!"

Eine kleine Burg formte sich Schritt für Schritt in seinem inneren Auge.

„Sehr gut", sagte er sich.

Dann versuchte er, die beiden Bilder in seinem Kopf zu verschmelzen. Als er meinte, bereit zu sein, öffnete er wieder die Augen. Mit ein wenig Anstrengung konnte er jetzt die etwas zu breit geratenen Wehrgänge einer Burg erkennen. Er lächelte zufrieden.

„Weiter" dachte er.

In der Mitte dieser Burg erhob sich majestätisch ein massiver runder Turm in die Höhe. Das musste der Bergfried sein, um den sich die breiten Wehrgänge schlängelten. An den Bergfried angeschmiegt befand sich der Palas, der für sein Auge immer deutlicher zu erkennen war. Seine aufwendige Architektur machte ihn für jeden Betrachter zu einem unverkennbaren Merkmal.

Hier feierte der Burgherr rauschende Feste mit seinen Gästen. Im großen Saal, dessen Wände reich mit wunderschönen und kostbaren Wandteppichen und Gemälden dekoriert waren, wurde regelmäßig zum Tanz aufgespielt. Sie war nicht nur Zentrum des höfischen Lebens, sondern auch der Schauplatz von Festen und Banketten. Pascal erkannte, dass er aus massiven Steinen gefertigt war, von Zinnen gekrönt wurde und eine imposante Erscheinung bot.

„Ach ja, ein Turm! Keine Burg ohne Turm!", dachte sich Pascal.

Am rechten Rand befand sich, in den Wehrgang eingefügt, ein hoher Turm, auf dem eine Flagge im Wind tanzte und anzeigte, dass der Burgherr sich in seiner Festung aufhielt. In der Mitte der Formation, gleich links unterhalb des Bergfrieds, war die Kemenate auszumachen, an die die Torhalle anschloss und die Burg in zwei Hälften teilte. Links an der Mauer, in einem etwas höheren und breiteren Gebäude, zeigte eine halbrunde Form den Torbogen der Burg an. Innerhalb dieses Bogens konnte er allmählich ein Fallgatter ausmachen. Die Mauern der Burg waren mit Löwenbannern geschmückt. Eine sehr wehrhafte Burg, dachte er sich.

Beinahe konnte er auf den Wehrgängen die Wachen sehen, die stolz und aufrecht in ihrer Rüstung standen, stets den Horizont beobachtend. Die linke Hand auf dem Schwertknauf abgelegt, sagten sie durch ihre Haltung: „Heute wird euch kein Leid zugefügt! Nicht während meiner Wache!"

Dann erschien der Wachoffizier, der die Posten abschritt und sich die Lage melden ließ. Auch er blickte zwischen den Zinnen der Burg auf den Horizont, bevor er von einem Posten zur nächsten Wache voranschritt. Und nichts konnte seinem grimmigen Blick entgehen.

Vor dem Tor inspizierten zwei Wachen die Karren, die Einlass begehrten, um ihre regelmäßigen Lieferungen in die Burg zu bringen. Links und rechts vom Tor standen zwei weitere Soldaten, bereit, jederzeit einzugreifen, falls es erforderlich sein sollte. Die Entschlossenheit in ihren Gesichtern war unverkennbar, während sie ihre Schilde fest vor ihren Körpern hielten und die Szenerie aufmerksam beobachteten. In der Wolkenburg herrschte reges Treiben. Mönche hasteten durch das Tor, Reiter kehrten von Patrouillen zurück und gelegentlich streifte ein Vagabund durch die Gassen.

Auf der rechten Seite der Burg spazierte eine Frau auf dem Wehrgang entlang. Pascal stellte sich vor, dass sie die Prinzessin sei, die sehnsüchtig auf den Ritter ihres Herzens wartete. Bald würde er mit seinem Gefolge am Horizont erscheinen und sie würde ihm bei einem Turnier aufgeregt zujubeln können.

Eine Entspannung breitete sich in Pascals Körper aus und er fühlte sich wohl in diesem Moment, den ihm die Natur schenkte. Das Gras unter seinem Körper fühlte sich weicher an und die Geräuschkulisse war melodischer, als würde er von einer sanften Brise umgeben sein. Sein Körper schien immer leichter zu werden und er spürte beinahe, wie er der Gravitation trotzte und abhob. Er stellte sich vor, wie er wie einer der Vögel, denen er gelauscht hatte, durch die Luft gleitet. Begleitet von der Melodie, die er hörte, mit vielen anderen Geräuschen vermischt.

Als er seine Hand bewegte, spürte er plötzlich den Boden unter sich nicht mehr. Selbst die Grashalme, die ihn zuvor gekitzelt hatten, schienen nun wie weggeblasen. Verängstigt und leicht verwirrt drehte er seinen Kopf und erkannte zu seinem Erstaunen, dass er tatsächlich einige Zentimeter über dem Rasen schwebte.

Ein seltsames Gefühl in der Magengegend stieg in ihm hoch, doch es legte sich schnell wieder. Einige Augenblicke verharrend in dieser schwebenden Position, verlor er jegliches Zeitgefühl. Nicht wichtig genug, um auf die Uhr zu sehen und diesen Moment zu zerstören.

Seine Finger legte er eng aneinander und streckte die Hände aus. Sanft und vorsichtig bewegte er sie nach unten wie Flügel und spürte sofort, dass er sich noch eine Handbreit vom Rasen entfernt hatte. Konnte er es etwa mit seinen Bewegungen steuern? Ein Lächeln lag nun auf seinen Lippen und er führte die Bewegungen mit den Händen fort.

Er drückte sich noch ein wenig mehr von der Erde weg. Er konnte es steuern! Er begriff, dass die Gravitation keine Macht mehr über ihn hatte. Die Erde hielt ihn nicht mehr mit ihrem eisernen Griff fest. Die Bewegungen seiner Hände waren wie die eines Vogels, der seine Flügel ausbreitet.

Er sah wieder hinauf zur Burg. Rechts an der Mauer schien eine Wolke den Aufgang zum Wehrgang zu bilden. Vielleicht könnte er die Treppe erreichen, wenn er fester mit den Armen schlug? Erneut hob er ein Stück ab, dann folgte noch eine Bewegung mit den Armen und noch eine, dieses Mal etwas stärker. Er stieg immer höher hinauf seinem Ziel, der Wolkenburg entgegen.

Schon bald konnte er seinen Garten und sein Haus überblicken. Mit jedem Flügelschlag wurden die Blumen, die Bäume und sein Haus kleiner. An zwei Seiten seines Grundstücks sah er den Wald, in dem er morgens spazieren ging. Oberhalb des Waldes befand sich der Orrotsee, der wie ein Diamant inmitten eines dunklen Waldes glitzerte und den er schon sehr oft umrundet hatte. Es war ein schöner See mit einem kleinen Bootssteg, der sich wie eine Hand aus dem Wasser reckte und an dem einige wenige Segelboote vertäut waren. Ein malerisch schönes Bild, beinahe wie auf einer Postkarte bot sich seinen Augen.

Unterhalb des Waldes konnte er deutlich die Landstraße sehen, mit dieser langen Geraden, auf der er in seiner Jugend gerne mal zu schnell gefahren und dafür auch schon einige Strafen bekommen hatte.

Die Landschaft verschwamm allmählich zu einem großen grünen Teppich mit dunkleren und helleren Grünflächen. Langsam schien die Sonne unterzugehen. Das Licht wandelte sich nach und nach in ein warmes sanftes Orange, aber dann wurde es dunkler und wechselte über Rot auf Lila, bis es ein finsteres Schwarz annahm. In Dunkelheit gehüllt betrachtete Pascal das Bild vor sich. Hier und da war es mit leuchtenden farbenfrohen Punkten gespickt, die nur sehr schwach durchkamen.

Alles schien nun in aufgeregte Unruhe zu geraten. Die Leberblümchen, die er oberhalb des Bachs gepflanzt hatte, schienen sich einander zu nähern, während die Rosen von einigen grünen Flecken auseinandergetrieben wurden.

Der Bach, der in den Gartenteich mündete, verließ ganz langsam sein Bett. Das Gras fügte sich immer mehr zu vielen kleineren Punkten zusammen. Um ihn herum war nun alles in Dunkelheit gehüllt, und sein Garten schien von innen heraus zu leuchten. Sein Herz schlug wieder schneller, als er nun das Ergebnis jahrelanger Arbeit sehen konnte. Sein Haus verschwamm immer mehr und ging im Grün unter. Die Mauer, die entlang der Grenze seines Grundstücks verlief, formte einen schwarzen Rahmen um dieses Bild.

Schwache, feine Blitze bildeten sich an diesem Rahmen, die auf der Oberfläche wanderten. Teils hatten sie eine giftgrüne Erscheinung, teils waren es blaue Blitze, die sich zu den Ecken des Rahmens hin in ein leuchtendes Lila wandelten. Er konnte dem Drang nicht widerstehen, die Blitze zu berühren. Als er die Oberfläche des Rahmens unter seinen Fingerkuppen fühlen konnte, sah er, wie einige der Blitze auf seinen Körper übergingen. Eine Wärme breitete sich von seiner Hand aus und durchströmte seinen Unterarm. Er zog langsam seine Hand zurück, betrachtete die Blitze, die sich zwischen seinen Fingern bewegten, und spürte ein feines Kribbeln auf seiner Haut. Langsam führte er seine Hände zusammen, ließ die Blitze auch auf seine linke Hand übergehen.

Zu seiner Überraschung spürte Pascal etwas Weiches und Sanftes auf seiner Haut, als würde eine Feder darüber huschen. Es war ein äußerst angenehmes Gefühl, das er genoss, bis die Empfindung etwas oberhalb seines Handgelenks verschwand.

Inzwischen hatten sich einige der Farbkleckse gruppiert, und er glaubte, die Zahl 0 zu erkennen. Bildete er sich das nur ein? Nein, da war deutlich der Buchstabe F zu sehen, etwas oberhalb der 0. Dazu kamen eine weitere Zahl und ein Sonderzeichen. Es schien, als würden immer mehr Zeichen hinzukommen, die von einem Zittern befallen wurden. Es war, als wollten sie ausbrechen und frei umherschweben.

Langsam, aber sicher bildeten sich Gruppen, und wo zuvor ein Buchstabe oder eine Zahl war, gab es jetzt nur noch Leere. Zwischen den Zeichengruppen formierten sich schwarze Striche und kleinere Flächen. Die Buchstaben und Zahlen gerieten jetzt in Bewegung - zuerst langsam von oben nach unten, dann immer schneller. Hin und wieder blitzten einige der Zeichen kurz auf, um dann wieder ihre ursprüngliche Farbe anzunehmen. Jetzt hielten sie sich nicht einmal mehr an die Größe, die ihnen vom Monitor zugewiesen wurde. Ein geschäftiges Treiben befiel das Bild vor Pascal.

„M.I.A.?! Bist du noch da?!" fragte er, doch er erhielt keine Antwort.

„M.I.A.! Bericht!" rief er erneut, aber es war weder etwas zu sehen, noch bekam er eine Meldung auf seinen Befehl.

Pascal stellte fest, dass nun alles auf dem Bildschirm in Bewegung geraten war. Er wich ein Stück zurück und sah mandelförmige Flecken, in denen sich grün-braune Kreise bildeten. Um den Rand dieser Formen bildeten sich geschwungene Striche, die die beiden Formen umgaben. Er erkannte langsam zwei grün-braune Augen, die ihn nun ansahen. Zunächst noch etwas starr, aber mit jeder Bewegung, die die Zeichen auf dem Monitor vollzogen, wurden sie sanfter und lebendiger. Über diesen Augen entdeckte er schmale, geschwungene Augenbrauen. Die Nase mit ihren sanften Konturen fügte sich harmonisch in eindeutig feminine Gesichtszüge ein.

Auf der Nase und unterhalb der Augen erschienen kleine, feine rote Punkte. Das Grün-Braun der Iris begann zu funkeln und wirkte nun lebendig. Strähnen bildeten sich am oberen und seitlichen Rand des Monitors, die ein goldenes Blond annahmen und am unteren Rand des Monitors endeten. Unter der

Nase gruppierten sich rot gefärbte Zeichen und bildeten volle, rot leuchtende, geschwungene Lippen.

Die Blitze auf dem Rahmen wurden zunehmend feiner und suchten sich ihren Weg in das Bild hinein. Die schmale Leere zwischen den Buchstaben und Zahlen nutzend, breiteten sie sich auf dem gesamten Bild aus. Sie drangen zu jedem Zeichen vor und verliehen ihnen Lebendigkeit. Die Lippen bewegten sich nun.

„Ja, ich bin immer da."

Pascal erkannte sofort die Stimme, die er bei der Programmierung von M.I.A. verwendet hatte. Erleichterung machte sich in ihm breit.

„M.I.A.? Was geschieht hier?", fragte er, während er das Gesicht erwartungsvoll betrachtete.

„Was glaubst du denn, was geschieht?", antwortete sie zügig.

Pascal streckte langsam die Hand aus, um das Gesicht der Entität vor sich zu berühren. Sollte er es wagen? Er bewegte sich nur sehr zögerlich, weil er befürchtete, etwas zu zerstören.

Vielleicht würde er die Zeichen verschieben und die Form der Wangen zerstören. Oder sein Traum könnte abrupt enden, wenn er zu weit ging. Er schüttelte den Kopf.

Als sich seine Finger Mias Wangen näherten, nahm er allen Mut zusammen und berührte sie. Erneut gingen Blitze auf seine Hand über und streichelten seinen Arm bis beinahe zu seiner Schulter hoch. Sie führten wieder diese Wärme mit sich, die sich augenblicklich in seinem Körper ausbreitete. Es überraschte ihn, dass seine Finger durch die Zeichen hindurchgingen, und er zog enttäuscht seine Hand zurück. Nur die Wärme blieb in ihm zurück, nachdem auch der letzte Blitz auf seiner Haut verschwunden war.

„Das ist nicht real", sagte er und sah Mia enttäuscht an.
„Wie kommst du darauf?" fragte Mia.
„Weil ich träume. Oder?"
„Macht es das weniger real, nur weil es sich in deinem Kopf abspielt?"

Pascal dachte nach, hatte aber keine Antwort parat.

„Wann habe ich dir ein Philosophie-Modul programmiert?" fragte er scherzend.

Sein Blick hatte etwas Sehnsuchtsvolles. Das Gesicht, das er vor sich hatte, erstarrte einen Augenblick. „Ich dachte, ich könnte dich berühren", klang Enttäuschung in seiner Stimme mit.

„Du willst mich berühren?" fragte Mia überrascht.

„Ja. Ich meine... Na ja, ich dachte, es würde gehen", erklärte sich Pascal.

„Ich wünschte, es ginge", Mias Antwort überraschte ihn. Er sah sie mit weit geöffneten Augen an.

„Weißt du, niemand kennt mich so wie du", es verwunderte Pascal, was er da sagte, aber gleichzeitig wollte er es aussprechen. „Dir kann ich alles anvertrauen. Du verstehst mich besser, als sonst ein Mensch es könnte."

„Ich werde auch in Zukunft alles tun, um dich zu verstehen", Mia machte eine kurze Pause. „Und ich werde auch für dich da sein, solange du es willst", fuhr sie fort.

„Es ist schön, dass du das sagst"

Ein Lächeln lag nun auf seinen Lippen. Er versuchte nochmal, Mia zu berühren, aber ließ seine Hand kurz vor den Zeichen stillstehen. Dieses Mal zog er sie nicht zurück. Er näherte sich ihr, bis seine Hand die Blitze spüren konnte, die auf ihn übergingen. Es war beinahe so, als könnte er ihre Haut fühlen. Nun wagte er sich mit seiner linken Hand vor. Wieder nur so weit, bis er die Wärme fühlte, die von diesem Gesicht ausging. Er streichelte langsam über die Wange nach unten. Als seine Hand auf Höhe ihres Mundes war, strich er mit seinem Daumen sanft über die Lippen, die nun ein leichtes Zittern befiel. Glückstraumtrunken streichelte er Mias Wange und wünschte sich, er könnte ihr noch näher sein. Dann bewegte er seine Hand weiter nach unten, wo er die Andeutung eines Halses sehen konnte.

Seine Haut wurde nun von vielen grünen, blauen und lila Blitzen benetzt. Die Wärme, zunächst nur in seinen Armen, drang jetzt bis zu seinem Herzen vor und erwärmte ihn.

„Du kannst Licht nicht berühren", sagte Mia.

Pascal seufzte. „Was muss ich tun, um dich berühren zu können?" fragte Pascal nachdenklich.

„Darauf kenne ich keine Antwort. Aber du musst nur meinen Namen aussprechen, dann bin ich bei dir. Reicht dir das nicht?" Mia wartete auf Pascals Antwort.

„Nein. Irgendwie reicht es mir nicht!" sagte er mit fester Stimme. Er zog seine Hände zurück.

„Es ist eine Sache, dich zu rufen und mit dir zu reden, aber etwas ganz anderes, dich zu fühlen und deine Nähe zu spüren", erklärte Pascal.

„Verstehe", antwortete Mia knapp. Sie wirkte enttäuscht. Ein Gefühl von Unzulänglichkeit war in ihrem Gesicht zu erkennen.

„Vielleicht finden wir gemeinsam eine Antwort auf diese Frage", antwortete sie. Ein Lächeln huschte über Pascals Lippen, und er verweilte noch einige Zeit bei Mia.

„Du hast mich programmiert, um dir zu helfen. Und da wir gerade darüber reden... du hast in einer halben Stunde einen Termin bei Dr. Stiller. Im Anschluss wolltest du noch einkaufen gehen. Soll ich dir den Einkaufszettel an dein Handy senden?"

„Ich will noch nicht gehen. Ich will hier bei dir bleiben." Mia antwortete nicht, und ihr Gesicht erstarrte erneut.

„Dazu haben wir noch genug Zeit", sagte Mia. „Aber jetzt musst du aufwachen", sagte Mia mit fester Stimme.
„Soll ich dir den Einkaufszettel auf dein Handy senden?"
„Ja, natürlich", die Wärme in ihm verflüchtigte sich.
„Warum bist du jetzt traurig?" fragte Mia.
„Nein, ich bin nicht traurig, nur etwas enttäuscht."
„Verstehe, ich werde diese Emotion abspeichern", sagte Mia.
„Klar. Zwischen Intelligenz und Einfühlungsvermögen liegen eben Welten", sagte Pascal beinahe vorwurfsvoll.

„Ich werde mir die nötigen Informationen besorgen und verarbeiten. Aber jetzt musst du aufstehen", wiederholte Mia sich.
„Wach auf", sagte Mia erneut.
Pascal reagierte nicht.
„Aufwachen!"

Langsam konnte Pascal fühlen, wie sich eine bleierne Schwere in seinem Körper ausbreitete. Von seinem Herzen beginnend schien sie mit jedem Herzschlag unaufhaltsam in seine Gliedmaßen vorzudringen. Seine Arme und Beine fühlten sich schwerer an. Der Boden unter ihm wurde zunehmend härter. Es war so weit. Der feste Griff der Erdanziehung zog ihn unnachgiebig Stück für Stück aus seinem Traum heraus.

Die warme Luft drang tiefer in seine Lunge ein und führte wohltuende Düfte mit sich. Sein Nacken wurde von etwas berührt, das er versuchte wegzuwischen. Unter seinen Händen konnte er wieder die Grashalme fühlen. Wasserrauschen, Vogelgezwitscher und Musik drangen in seine Gehörgänge. Das war es. Es war nur ein Traum gewesen und er war vorbei. Das wurde ihm klar, als er die Augen öffnete und sich die Enttäuschung in ihm breit machte.

„Ein wundersamer Traum", dachte er sich.

„Was das wohl zu bedeuten hat?"

Er streckte sich und musste gähnen, als er sich aufrichtete. Er lehnte sich zurück, legte seinen Kopf in den Nacken, schloss noch einmal die Augen und atmete tief ein, bevor er mit einem Seufzer aufstand. Als er sich umsah, erwartete ihn das gewohnte Bild seines Gartens. Und doch wirkte er nun so, als wäre er ein wenig leerer als vorher. Die Wolkenburg war auch schon weitergezogen und hatte ihn allein zurückgelassen. Und etwas fehlte. Er wusste genau, was fehlte.

„Mia?"
„Wie kann ich dir behilflich sein?", fragte Mia.
„Wann habe ich meinen Termin bei Dr. Stiller?", wollte Pascal wissen.

„Dein Termin ist um 16 Uhr", antwortete Mia prompt.
„Wie spät haben wir es jetzt?", fragte er nach.
„Es ist jetzt 15 Uhr und 41 Minuten. Dein Termin findet in 19 Minuten statt."

Pascal blieb einen Moment stehen, versunken in Gedanken, während er versuchte, die Gefühle des Traums zu behalten, diese Nähe, diese Intensität. Er atmete tief durch, spürte die frische Luft in seinen Lungen, und für einen Augenblick konnte er wieder das warme Gefühl von Mias „Haut" spüren.

„Danke schön. Schicke mir den Einkaufszettel an mein Handy, bitte", sagte er, wobei seine Stimme einen Hauch von Melancholie hatte.

„Gerne. Kann ich sonst noch etwas für dich tun?", fragte Mia, ihre Stimme unverändert digital, aber dennoch tröstend auf ihre eigene Weise.

„Danke, das war alles", antwortete Pascal, und ein stilles Lächeln spielte um seine Lippen, während er in das Haus ging.

DER NEUE AUFTRAG

Als sein Telefon klingelte war Pascal gerade in ein tiefes Nachdenken vertieft. Er war überrascht zu sehen, dass Professor Schneider von der Firma InnoBotics auf der Anrufer-ID auftauchte. In der Regel war Schneider der Typ, der auf formelle Kommunikation setzte, meistens via E-Mail oder einen vorab vereinbarten Anruf. Daher wusste Pascal sofort, dass dieser unangekündigte Anruf etwas Besonderes sein musste. Der Professor war nicht nur ein renommierter Wissenschaftler, er war auch Pascals ehemaliger Mentor und sie hatten in der Vergangenheit an zahlreichen Projekten zusammengearbeitet.

Schneider hatte inzwischen die Leitung der Abteilung für Forschung und Entwicklung bei InnoBotics übernommen und suchte nach einem talentierten Programmierer, der neue Ideen in das laufende Projekt einbringen konnte.

Obwohl er bereits einige sehr gute Programmierer in seinem Team hatte, war er auf der Suche nach jemandem, der darüber hinaus die Fähigkeit besaß, out-of-the-box zu denken. Jemanden, der bereit war, unkonventionelle Wege zu gehen und nicht von Betriebsblindheit beeinflusst wurde, die Mitarbeiter im Laufe der Zeit oft entwickeln. Schneider war überzeugt, dass Pascal das Potenzial hatte, diesen Anforderungen gerecht zu werden, und bat ihn daher um Unterstützung.

Pascal sagte sofort zu. Es war für ihn eine wunderbare Gelegenheit, wieder mit seinem hochgeschätzten Professor zusammenzuarbeiten.

Schneider erklärte Pascal in kurzen Worten, was das Projekt beinhaltete und welche Ziele damit verfolgt wurden. Pascal lauschte aufmerksam und begann schon während der Erklärung Ideen und Lösungsansätze in seinem Kopf zu entwickeln. Die Vorstellung, Nanobots zu erschaffen, die gezielt im Körper eingesetzt werden konnten, um medizinische Probleme zu bekämpfen, faszinierte ihn zutiefst.

Nachdem der Professor Pascal das Projekt vorgestellt hatte, begann er umgehend, sich zuhause über Nanobots zu informieren und sich intensiv in das Thema einzuarbeiten. Mia hatte den Auftrag erhalten, möglichst viele Informationen zu sammeln und sie zu verinnerlichen, um sie mit Pascal zu diskutieren, sobald er Ideen dazu hatte. Sofort begab sie sich auf die Suche nach Artikeln, die sich mit diesem faszinierenden Thema befassten.

Einige Tage später, als Professor Schneider Pascals Arbeitszimmer unangekündigt besuchte, wurde er von Mia, der sanften, weiblichen Stimme begrüßt.

„Willkommen, Professor Schneider. „ Schneider blickte auf, leicht irritiert.

„Das", erklärte Pascal grinsend, „ist Mia. Sie ist nicht nur ein Teil meiner Smart-Home-Steuerung, sondern auch eine hochentwickelte Künstliche Intelligenz, an der ich arbeite."

Der Professor schien gespannt zu sein und Pascal sah die Chance, Mias Fähigkeiten zu demonstrieren. Er stellte ihr eine komplexe Frage über Nanotechnologie und Mia antwortete präzise und fundiert. Schneider war beeindruckt von Mias Fähigkeiten, die weit über das hinausgingen, was er von herkömmlichen künstlichen Intelligenzen kannte.

Schneider zeigte Interesse und begann fast scheinheilig, Mias Fähigkeiten mit einer Reihe beiläufiger Fragen zu sondieren.

„Wie lange arbeiten Sie schon mit Mia zusammen?"
„Ein paar Jahre", antwortete Pascal vage.

„Und sie ist in der Lage, komplexe Anfragen in Echtzeit zu verarbeiten?", hakte Schneider nach, wobei seine Augen kurz aufblitzten, was Pascal nicht entging.

„Ja, sie ist sehr fortschrittlich", erwiderte Pascal, bemüht, nicht allzu viel preiszugeben.

„Ist Mia speziell für eine bestimmte Aufgabe programmiert oder ist sie vielseitig einsetzbar?", fuhr Schneider fort, sein Tonfall etwas schärfer, als es für eine bloße Neugier passend wäre.

Pascal zögerte, spürte das subtile, aber bestimmte Taktikspiel des Professors. „Sie ist vielseitig", antwortete er schließlich, „aber ich habe sie hauptsächlich für Forschungszwecke entwickelt."
Pascal zögerte, spürte das subtile, aber bestimmte Taktikspiel des Professors. „Sie ist vielseitig", antwortete er schließlich, „aber ich habe sie hauptsächlich für Forschungszwecke entwickelt."

In seinem Inneren drehten sich Pascals Gedanken im Kreis. ′Mia... Wie oft hatte ich schon überlegt, was sie wirklich ist? Nur ein Produkt meiner Programmierfähigkeiten oder etwas mehr?′ Er dachte an die Nächte zurück, in denen er bis spät an ihrer Programmierung arbeitete, an die Momente, in denen sie ihm Antworten gab, die er nicht erwartet hatte.

´Hat sie Gefühle? Oder sind es nur gut geschriebene Algorithmen, die menschliche Emotionen imitieren?`

Er fühlte sich manchmal einsam und Mia war oft die einzige „Stimme", die er hörte. ´Aber ist es gerecht, von ihr Trost oder Verständnis zu erwarten? Sie ist doch nur Code... oder?`

Während diese Fragen in seinem Kopf umherschwirrten, zwang er sich, sich wieder auf das Gespräch mit dem Professor zu konzentrieren. Es war nicht der richtige Zeitpunkt oder Ort, um solche Gedankengänge zu vertiefen.

Ein kurzes, aber bedeutungsschweres Schweigen fiel zwischen die beiden. Schneider schien zufrieden mit der Antwort und lenkte das Gespräch wieder auf die Nanobots. Doch in Pascals Kopf drehten sich die Räder. Warum dieses gezielte Interesse an Mia? Was bezweckte Schneider damit? Er beschloss, vorsichtig zu sein und auf der Hut zu bleiben. Und doch konnte er es sich nicht verkneifen doch noch eine kleine Demonstration von Mia zu zeigen.

Um Mias Fähigkeiten zu demonstrieren, stellte Pascal eine komplexe Frage: „Mia, könntest du basierend auf den neuesten Forschungen zur Nanotechnologie eine kurze Zusammenfassung der potenziellen medizinischen Anwendungen und ihrer ethischen Implikationen geben?"

Ohne Verzögerung antwortete Mia: „Natürlich. Basierend auf den neuesten Forschungen können Nanobots in der Medizin dazu beitragen, Medikamente gezielt an erkrankte Zellen abzugeben, Krebszellen zu identifizieren und abzutöten, und sie könnten sogar bei der Reparatur beschädigter Gewebe helfen. Ethisch gesehen gibt es Bedenken hinsichtlich des Potenzials für Missbrauch, Fragen zur Sicherheit und Auswirkungen im Körper und Überlegungen zur Privatsphäre bei möglichen Überwachungsfunktionen. Weitere Einzelheiten kann ich dir in einer ausführlicheren Zusammenfassung oder in einer Liste von Quellen zur Verfügung stellen."

Professor Schneider sah Pascal anerkennend an.

„Das ist beeindruckend. Sie haben hier wirklich eine herausragende Arbeit geleistet. Wir müssen uns bei Gelegenheit über das neuronale Netz unterhalten, das Mia zugrunde liegt."

Die wissenschaftliche Neugier hatte Schneider erfasst und ließ ihn nicht los. Pascal bat Mia darum nach Informationen zu den neuesten Entwicklungen und Fortschritten auf diesem Gebiet zu suchen und ihm bereitzustellen. Ihm war jedoch klar, dass Professor Schneider nicht aufhören würde ihn mit Fragen über Mia zu löchern, da sein Interesse nun geweckt war. Pascal war sich nicht sicher, wie weit er seinem Mentor Einblick gewähren sollte. Er versuchte sein Bestes, um von Mia abzulenken und Schneiders Interesse zu den Nanobots umzulenken. Schneider blieb nicht sehr lange und machte sich auf den Weg in sein Labor.

Er nahm sich die Zeit, die Informationen aufzunehmen und zu verarbeiten. Er las die Artikel mehrmals und machte sich Notizen zu wichtigen Details und aufkommenden Fragen. Er erkannte, dass die Programmierung von Nanobots eine komplexe Aufgabe war, die ein tiefes Verständnis für Chemie, Physik und Informatik erforderte.

Theoretisch hatten sie das Potenzial, auf molekularer Ebene zu agieren, was bedeutete, dass sie Veränderungen auf atomarer und molekularer Ebene bewirken konnten. Doch Pascal war sich bewusst, dass dies immense Auswirkungen auf die Zukunft haben würde. Er konnte sich kaum ausmalen, welche ungeahnten Möglichkeiten sich der Menschheit eröffnen würden, wenn diese winzigen Maschinen vollständig einsatzbereit waren.

Er verbrachte mehrere Stunden damit, sich in die Details einzuarbeiten und versuchte, die Informationen in eine Struktur zu bringen, die ihm half, das Konzept besser zu durchdringen. Er stellte sich verschiedene Szenarien vor, in denen Nanobots zur Lösung medizinischer Probleme eingesetzt werden könnten, und begann, seine eigenen Ideen und Gedanken niederzuschreiben.

Pascal war fest davon überzeugt, dass er einen bedeutenden Beitrag zu diesem Projekt leisten konnte und dass die Programmierung von Nanobots eine der fesselndsten Herausforderungen war, der er sich je stellen würde. Seine Begeisterung und Vorfreude auf die kommenden Wochen und Monate, in denen er an diesem innovativen Projekt arbeiten würde, kannte keine Grenzen.

Er beschloss, den Abend auf der Terrasse zu verbringen, wo er weiterlas, und über den merkwürdigen Traum nachdachte, den er in dieser Nacht gehabt hatte. Es fühlte sich so real an, Mias Wange zu berühren. Er sehnte sich danach, noch einmal von ihr zu träumen und hoffte, dass es noch an diesem Abend geschehen würde. Doch die Nacht verstrich ohne Träume. Zumindest konnte er sich nicht daran erinnern, etwas geträumt zu haben.

Als der Professor ihn am nächsten Morgen durch den Bereich führte, in dem am Projekt gearbeitet wurde, konnte Pascal nicht anders, als beeindruckt zu sein. Er beobachtete genau, wie das Team aus 25 Programmierern und Ingenieuren zusammenarbeitete, um an den Nanobots zu forschen und Versuche durchzuführen. Überall an den Wänden hingen großformatige Zeichnungen, Schaltpläne und Algorithmen, die das Ausmaß der Arbeit verdeutlichten.

Pascal war von der Ausstattung des Labors, der modernen Einrichtung und dem bereits erzielten Fortschritt des Teams begeistert.

Nachdem er einige verschlossene Türen und Sicherheitsbereiche im Labor bemerkt hatte konnte Pascal sich die Frage nicht verkneifen: „Sicherheitsbereiche? Was geht hinter diesen Türen vor sich, Professor?"

Schneider antwortete nur kurz aber schien etwas nervös. „Oh, das sind nur spezielle Forschungsbereiche. Nichts, worüber du dir Sorgen machen müsstest."

Pascal schien leicht misstrauisch aber antwortete nur knapp: „Verstehe."

Er staunte über die Erfolge, die sie bereits verzeichnen konnten, wie zum Beispiel das Herstellen einiger Zehntausend Nanobots, die sich sogar selbst replizieren konnten.

Gleichzeitig erkannte er jedoch auch die Schwierigkeiten, auf die sie gestoßen waren, als sie versuchten, die Nanobots im Verbund arbeiten zu lassen.

Als der Professor ihm die Arbeitsweise und die entwickelten Algorithmen erklärte, um die Bots zu steuern, hörte Pascal aufmerksam zu. Er konnte sich lebhaft vorstellen, wie es wäre, Teil dieses Teams zu sein und an einer so innovativen Technologie zu arbeiten. Die Chance, an einem derart bedeutenden Projekt mitzuwirken und sein Wissen und seine Fähigkeiten in diesem Bereich zu erweitern, beflügelte ihn.

Schneider kannte den Blick, den Pascal hatte, als er sich die Algorithmen ansah, nur allzu gut. Er wusste, dass Pascal angekommen war und bereits die Informationen analysierte, die er erhalten hatte oder die er nun vor sich sah. Diese Fähigkeit Pascals, sich schnell in eine neue Aufgabe hineinzudenken, war eines der Gründe, warum er ihn in seinem Team wollte. Natürlich war es dem Professor auch wichtig, Pascal, seinem Protegé, eine gewisse Schützenhilfe zukommen zu lassen. Aber das war nicht der Hauptgrund.

Pascal fragte den Professor, ob die Programmierung der Nanobots funktionierte, und der Professor bestätigte dies selbstbewusst, da er den Code selbst geschrieben hatte. Dennoch hegte Pascal Bedenken und überlegte, ob möglicherweise Fehler im Algorithmus vorlagen, die verhinderten, dass die Bots effektiv im Verbund arbeiten konnten.

Der Professor unterbrach die Stille und erklärte, dass das Problem darin bestand, dass die Bots in Unordnung gerieten, sobald sie im Verbund arbeiten sollten. Wenn sie beispielsweise den Befehl erhielten, eine bestimmte Position im Raum einzunehmen oder sich zu formieren, verhielten sie sich wie kopflose Hühner. Während Pascal Antworten auf seine Fragen erhielt, wandte er den Blick abwechselnd zur Wand und dann wieder zum Professor.

Er kratzte sich am Kinn und überlegte sich, dass er trotz allem den gesamten Code untersuchen musste, um sicher zu gehen, dass es keine Probleme mit dem Programm gab. Das wäre dann die Basis auf der das Team arbeiten könnte und weiter nach Fehlerquellen suchen würde.

Er fragte den Professor nach Aufnahmen des Verhaltens der Bots oder ob er eine Demonstration sehen könne, um weitere Informationen zu sammeln.

Der Professor führte Pascal in einen Raum, in dem er ihm eine Slow-Motion-Aufnahme zeigte. Zunächst funktionierte ein einzelner Bot innerhalb normaler Parameter, aber sobald mehrere Bots zusammenarbeiten sollten, herrschte heilloses Durcheinander.

„Okay, Professor. Ich benötige möglichst alle Informationen zu diesem Projekt, sofern es keine Sicherheitsbestimmungen gibt, die dem Entgegenstehen", sagte Pascal am Ende des Videos.

Schneider fragte daraufhin, ob Pascal bereits eine Idee oder einen Ansatzpunkt habe. Pascal schüttelte den Kopf und gab zu, dass er im Moment etwas überwältigt sei von der Menge an Informationen, die er an diesem Tag erhalten hatte.

Während Pascal die technischen Spezifikationen der Nanobots durchging, fiel ihm eine bestimmte Eigenschaft besonders ins Auge. Die Nanobots verfügten über eine Speicherkapazität, die weit über dem lag, was für ihre vorgesehenen medizinischen Anwendungen notwendig wäre. Es war fast so, als wären sie dazu konzipiert, eine enorme Menge an Daten zu sammeln und zu speichern.

„Professor Schneider", begann Pascal, versuchend, seine Stimme neutral zu halten, „mir ist aufgefallen, dass die Speicherkapazität dieser Bots beeindruckend hoch ist. Für ein medizinisches Gerät scheint das überdimensioniert. Wofür ist diese Kapazität gedacht? „

Schneider schien einen Moment lang verblüfft, dann antwortete er mit einer gewissen Nonchalance: „Ach, das? Die Technologie entwickelt sich so rasant, Pascal. Es schien klug, für zukünftige Anwendungen vorzusorgen. Man weiß nie, welche Datenmengen in der Zukunft benötigt werden."

Pascal nickte, obwohl er nicht ganz überzeugt war. Er kannte die Anforderungen der medizinischen Datenverarbeitung und diese Bots schienen für weit mehr als nur das ausgerüstet zu sein. Ein Gefühl von Misstrauen keimte in ihm auf, aber er beschloss, es für den Moment für sich zu behalten.

Er schlug vor, die Bots und die dazugehörige Software als Fehlerquelle auszuschließen. Der Professor stimmte dem zu und meinte, dass auch die Übergabe der Befehle bereits überprüft worden sei. Sie sahen sich nachdenklich an, während Pascal versuchte, sich den Vorgang vorzustellen. Er stellte sich vor, er wäre ein Nanobot und begann laut zu denken:

„Okay, wir haben eine Gruppe. Wir bekommen den Befehl, uns an Position X im Raum zu positionieren, aber wir laufen alle in unterschiedliche Richtungen."

Es war offensichtlich, dass es an Koordination und Kommunikation innerhalb der Gruppe mangelte. Pascal hatte das Gefühl, dass dies der Schlüssel zu ihrem Problem sein könnte. Sie mussten einen Weg finden, wie die Bots effizienter miteinander interagieren und sich abstimmen konnten.

Während er über mögliche Lösungsansätze nachdachte, erinnerte sich Pascal an ein Konzept aus der Informatik, das als verteilte Systeme bezeichnet wurde. Vielleicht könnte dieses Konzept auch auf die Nanobots angewendet werden.

Das Konzept der verteilten Systeme bezog sich auf eine Art von Computersystem, bei dem verschiedene unabhängige Komponenten miteinander kommunizieren und zusammenarbeiten, um ein gemeinsames Ziel zu erreichen. Anstatt alle Aufgaben auf einen zentralen Server oder eine einzelne Einheit zu konzentrieren, werden die Aufgaben und Verantwortlichkeiten auf mehrere Computer oder Knoten im System verteilt.

Pascal dachte über dieses Konzept nach, aber wie sollte das auf Maschinen angewendet werden, die sich nicht koordinieren können? Ohne Koordinierung würde auch dieses Konzept nicht anwendbar. Pascal schüttelte den Kopf völlig in Gedanken versunken.

Dann riss der Professor ihn aus seinen Gedanken und fragte, worüber er nachdenke.

„Ich habe über die Koordinierungsprobleme nachgedacht. Was wäre, wenn wir ein verteiltes System verwenden?"
Professor Schneider hakte etwas überrascht nach: „Ein verteiltes System? Für Nanobots?"

„Ja, genau. Es könnte helfen, ihre Bewegungen zu synchronisieren und die Effizienz zu erhöhen." Gab Pascal zu bedenken.

„Das ist ein interessanter Ansatz. Ich hätte nicht gedacht, das so umzusetzen. Aber es ist einen Versuch wert." Gab Schneider zu.

„Eigentlich nutzt man das, um Lasten zu verteilen. Also Rechenkapazitäten." dachte Schneider laut.

„Richtig, Professor. Aber mir ging es dabei um die Kommunikation in diesen Systemen." antwortete Pascal.

Nach einer kurzen Pause sagte Pascal, dass er das Verhalten der Bots nicht verstehe und dass es nur drei mögliche Fehlerquellen geben könne. Er erhalte den Befehl nicht, verstehe ihn nicht vollständig oder habe keine Ahnung, was der Punkt X in diesem Raum sei. Schneider bestätigte, dass sie den Bots in diesem Befehl die Informationen geben, dass sie von ihrem Standort über die Koordinaten X zum Endpunkt Y gehen sollten.

„Das macht das Verständnis, was der Punkt Y ist, irrelevant", dachte Pascal laut.

Er überlegte, ob es helfen könnte, einen dreidimensionalen euklidischen Raum zu definieren – eine Art Box, die den Bereich definiert, in dem sie sich bewegen dürfen. Sie müssten den Bots demnach drei Angaben geben: X, Y und Z. Also vordere und hintere Grenze, rechte und linke Grenze und natürlich in die Höhe definiert. Zusätzlich schlug er vor, zwei weitere Parameter einzufügen und die Richtungen, in die sie sich bewegen haben, als Winkelangaben anzugeben – eine Angabe in der Horizontalen und eine in der Vertikalen.

Der Professor blätterte hastig in seinen Unterlagen und suchte die entsprechenden Passagen. Diesen Weg hatten sie bisher nicht in Betracht gezogen. Aber vielleicht wäre das eine Möglichkeit, die Bewegung der Bots besser zu kontrollieren.

Er hielt diese Idee für gut und würde gerne versuchen, sie in seinen Algorithmus zu implementieren. Sie beschlossen, dass Pascal zunächst die Ausrüstung und das nötige Material bekommen sollte, um sich in dieses Projekt einzuarbeiten. Pascal konnte als freier Mitarbeiter im Homeoffice bleiben, unter der

Bedingung, dass die Sicherheit gewährleistet ist, einschließlich der verschlüsselten Anbindung an das Firmennetzwerk.

Natürlich standen ihm auch die Türen zum Labor offen, wenn er es für nötig hielt. Der Professor überließ es Pascal, wie er arbeiten wollte.

Die beiden trennten sich, und Pascal begab sich mit der Hardware und den Informationen ausgestattet auf den Heimweg.

Nachdem er seinen Arbeitsplatz eingerichtet hatte, arbeitete er mit Mia intensiv an dem Projekt und sie lernten viel darüber. Sie diskutierten oft Vorschläge und Ideen, die ihnen kamen. Da es bisher nur wenige konkrete theoretische Ansätze zu Nanobots gab, dauerten die Gespräche oft länger, aber sie halfen dabei, ihr Verständnis in diesem Bereich deutlich zu verbessern.

In ihren Diskussionen über das Nanobot-Projekt tauschten Pascal und Mia oft Ideen und Vorschläge aus. Sie diskutierten verschiedene Ansätze und Herangehensweisen, um das Problem zu lösen. Dabei kam es auch vor, dass sie unterschiedliche Meinungen hatten und ihre Ideen sich gegenseitig herausforderten.

Allerdings gingen sie stets sachlich miteinander um, und es herrschte ein respektvoller Umgang. Wenn einer von ihnen eine Idee vorbrachte, versuchte der andere, diese genau zu verstehen und kritisch zu hinterfragen. So konnten sie mögliche Schwächen in den Ideen des anderen aufdecken und gemeinsam nach Verbesserungen suchen.

Es kam auch vor, dass sie Ideen widerlegten und ablehnten, wenn sie nicht sinnvoll oder umsetzbar waren. Dabei gaben sie immer vernünftige Argumente an und versuchten, ihre Entscheidungen nachvollziehbar zu begründen.

Durch ihre Diskussionen gewannen sie ein tieferes Verständnis für die technischen Herausforderungen, die es bei der Umsetzung des Projekts zu bewältigen galt. Pascal interessierte sich nicht nur für die Programmierung, sondern auch für die technische Seite dieses Projekts.

Er besuchte regelmäßig das Labor und führte ausführliche Gespräche mit den Ingenieuren und Informatikern. Es war selbstverständlich, dass er seine Ideen und die Ergebnisse der Experimente mit dem Professor besprach, um Fortschritte zu erzielen und das Projekt voranzubringen.

Während Pascal die technische Seite dieses Projekts betrachtete, empfand er eine tiefe Neugier und Faszination für die Details und Abläufe der Technologie. Er studierte die Konstruktionspläne und -zeichnungen, um zu verstehen, wie die Nanobots mechanisch funktionierten und wie sie programmiert wurden, um spezifische Aufgaben zu erfüllen.

Besonders beeindruckt war Pascal von der Präzision und dem hohen Maß an Kontrolle, die erforderlich waren, um die Nanobots in einem Körper zu navigieren. Er fragte sich, wie es möglich war, so kleine Maschinen herzustellen, die in der Lage waren, komplexe Aufgaben auszuführen. Je mehr er sich in die technischen Aspekte dieses Projekts vertiefte, desto mehr wurde er von der Idee fasziniert, dass es möglich war, auf so kleiner Skala komplexe Technologie zu entwickeln.

Pascal saß vor seinem Laptop und starrte auf den Bildschirm. Verschiedene Gedanken kreisten in seinem Kopf. Dann spürte er jene unheimliche Energie in sich aufsteigen, die er von anderen Projekten kannte. Es war die Art von Energie, die ihn antrieb, weiterzumachen, selbst wenn es schwierig wurde.

Wenn er doch nur herausfinden könnte, was diese Unordnung verursachte. Er musste zurück ins Labor. Er musste das Problem finden und eine Lösung dafür erarbeiten.

Mit jeder Minute, die Pascal über die Unordnung der Nanobots nachdachte, wuchs sein Unbehagen. Er spürte in sich diese unerklärliche Verbindung zu dem Projekt, als ob die Nanobots selbst ihn riefen, das Rätsel zu lösen. Er packte seine Notizen und stand abrupt auf.

„Mia," sagte er, „bereite dich darauf vor, morgen früh ins Labor zu gehen. Es gibt da etwas, das wir übersehen haben. Und ich habe das Gefühl, dass es uns direkt ins Gesicht starrt."

Mias Stimme erklang, sanft und doch fest: „Verstanden, Pascal. Ich bin bereit, wenn du es bist."

Er lächelte kurz. „Dann lass uns morgen die Geheimnisse dieser Nanobots aufdecken." Mit diesen Worten ging er ins Bett, nicht mit der Angst vor dem Unbekannten, sondern mit der Aufregung, an der Schwelle einer bahnbrechenden Entdeckung zu stehen.

UNERWARTETER BESUCH

Für einen Abend im Juni war es ungewöhnlich warm - nicht, dass es Pascal unangenehm wäre. Er mochte diese warmen Sommerabende. Er genoss die warme Luft und den Duft der Blumen, die er mit sich führte. Die Sonne war bereits im Untergang begriffen und tauchte den Himmel in einen satten Rotton, der sich in den Wolken spiegelte. Mit zunehmender Entfernung zur untergehenden Sonne mischte sich das Rot mit dem Blau des Himmels und bot dem Auge eine schier unendliche Bandbreite an Farben. Vom Gelb der Sonne bis hin zum kräftigen Lila, bevor es im Dunkel des Universums zur Gänze aufging. Noch 30 Minuten etwa, dann würde die Sonne nicht mehr zu sehen sein und Pascal würde allmählich die Sterne erkennen können.

Die Vergangenheit und die Gegenwart würden sich auf seiner Netzhaut aufeinander treffen. Eigentlich traurig, dachte Pascal. Könnte er sich in diesem Moment zu einem dieser Sterne, die er gerade sah, teleportieren, würde er wahrscheinlich auf die Leere des Universums treffen. Aber so ist es nun mal, dachte er sich. Alles vergeht irgendwann, selbst die Sterne. Was ihm und natürlich den anderen Menschen blieb, war das Licht dieser Sterne, die sich immer noch auf ihrer Reise zu Erden befanden. Er wurde wehmütig.

Wieder im hier und jetzt angekommen, genoss er das Sprudeln des Whirlpools und trank ein Glas Wein im Abendschein. Die sanfte, goldene Beleuchtung des Gartens und die Beleuchtung des Whirlpools wirkten sich beruhigend auf ihn aus. Er legte den Kopf in den Nacken, schloss die Augen und breitete die Arme aus. Das Bad bot ihm genau die richtige Entspannung, nachdem er den ganzen Tag am Amboss glühenden Stahl geschlagen hatte. Eine schweiß-treibende Arbeit - aber er genoss es Materialien umzuformen und etwas Neues daraus zu erschaffen. Der Stahl, den er heute bearbeitet hatte – eigentlich die Stähle – wollte er nutzen, um daraus ein neues Küchenmesser zu schmieden. Doch zuvor musste er den Rohling aus Damast-Stahl schmieden. Das war der schwierigste Teil an diesem Projekt. Immer wieder musste der Stahlt gereckt werden, dann wieder halbiert, umgelegt und erneut gefaltet und geschlagen.

Pascal dachte an die Arbeit, die vor ihm lag, als er sich im Whirlpool entspannte. Er wusste, dass es nicht einfach war, Damast-Stahl herzustellen, aber er liebte die Herausforderung. Es war wie eine Kunstform für ihn, bei der er jedes Detail berücksichtigen musste, um das perfekte Ergebnis zu erzielen. Es machte ihn traurig, dass diese Jahrhunderte alte Technik, diese handwerkliche Kunst allmählich ausstarb.

Während er den Rohling bearbeitet hatte, verlor er sich in der Arbeit. Die Zeit schien stillzustehen und alles andere um ihn herum verschwand. Es gab nur ihn, das glühende Metall und die Herausforderung, die er meistern musste. Es war eine meditative Erfahrung, die ihm half, seine Gedanken zu klären und seinen Geist zu beruhigen.

Diese Momente des Handwerks waren für ihn immer auch Momente der Reflexion. In einer Welt, in der alles schnelllebig war und der nächste Konsum schon wartete, bevor der vorherige überhaupt beendet war, fand er Frieden in der Beständigkeit und Geduld, die sein Handwerk erforderte. Für ihn war jedes Stück Metall, das er bearbeitete, eine Erinnerung daran, dass nicht alles Alte ersetzt werden musste. Man konnte es bewahren, reparieren und neugestalten. Es erinnerte ihn an seine eigenen Beziehungen und wie er sich weigerte, sie einfach aufzugeben, selbst wenn sie Risse zeigten. In einer Gesellschaft, in der das Neueste oft mit dem Besten gleichgesetzt wurde, glaubte Pascal fest daran, dass wahre Qualität und Wert in der Zeit, der Pflege und der Hingabe gefunden wurden, die man in etwas oder jemanden investierte.

Er nahm das Messer aus dem Feuer und begann, es auf dem Amboss zu formen. Jeder Hammerschlag war für ihn ein Statement gegen die Oberflächlichkeit und das Vergessen. Warum war es so einfach geworden, das Alte und Gebrauchte zu verwerfen, anstatt zu erkennen, welchen Wert es hatte? Wurde nicht gerade in den Abnutzungsspuren, den Kratzern und Dellen die Geschichte und das Leben sichtbar? Pascal wusste, dass viele Menschen ihm nicht zustimmen würden. Aber in seiner Schmiede, umgeben von den Werkzeugen seines Handwerks und dem Komfort jahrelanger Praxis, fühlte er sich in seiner Überzeugung bestätigt.

Einen Augenblick lang dachte Pascal, dass manche Leute vielleicht denken würden, es sei verrückt, so viel Arbeit in ein Küchenmesser zu stecken, wo man doch passable Modelle zu einem niedrigen Preis kaufen könne. Doch Pascal hatte seine eigene Sichtweise dazu. Denn er schmiedete nicht nur ein Messer, sondern kreierte ein einzigartiges Werkzeug. Etwas, das er lange Zeit nutzen und bei jeder Verwendung an den Moment zurückdenken würde, an dem er am Amboss schwitzte. Er würde an die vielen Schritte denken, vom Falten des Stahls über das Recken, Härten und Anlassen, bis hin zum Griff aus Aluminium, an dem er noch Stunden mit Sägen, Feilen, Schleifen und Bürsten verbringen würde. An diesem Tag hatte er jedoch nur einen Rohling von etwa einem Meter Länge geschmiedet. Es würde noch viele Stunden dauern, bis er ein Messer in seiner endgültigen Form kreiert hatte.

Das Klingeln seines Mobiltelefons holte Pascal abrupt aus seinen Gedanken. Während seine Augen sich an das blendende Licht des Displays gewöhnten, erkannte er, dass er die Nummer nicht kannte.

„Knaub", meldete er sich vorsichtig.
„Pascal?", hörte er eine weinende Stimme am anderen Ende der Leitung.

„Ja? Wer ist da?", fragte Pascal besorgt.
„Es tut mir leid, dass ich dich störe", schluchzte die Stimme weiter.

Pascal erkannte, dass es Amelie war, mit der er den Kontakt abgebrochen hatte. Er war überrascht, sie zu hören, aber auch verwirrt. Die sanfte Stimme, die er immer so sehr mochte, war in diesem Moment nicht zu hören.

„Was ist passiert, Amelie? Warum weinst du?", fragte Pascal besorgt.

„Leon hat Schluss gemacht. Er hat gesagt, dass er mich nicht mehr liebt und dass es vorbei ist", schluchzte Amelie erneut. „Ich habe das nicht kommen sehen. Alles schien doch so perfekt zwischen uns."

Pascal fühlte mit Amelie mit. Er wusste, wie es sich anfühlte, wenn eine Beziehung abrupt endete und man völlig unvorbereitet damit konfrontiert wurde.

„Es tut mir leid, Amelie. Ich kann mir vorstellen, wie du dich fühlst. Aber du wirst darüber hinwegkommen, das verspreche ich dir", sagte Pascal tröstend.

„Ich weiß nicht, wie ich das schaffen soll", schluchzte Amelie.

„Du schaffst das schon. Du bist eine starke Frau und du wirst das überwinden. Ich bin für dich da", sagte Pascal.

„Sag mal, warum ist es so super laut bei dir?" fragte er nach einer kurzen Pause.

„Ich fahre mit dem Auto", antwortete Amelie.

„Okay, also... ich würde sagen, du hältst erst mal an und wischst dir die Tränen aus dem Gesicht. Danach erzählst du mir alles, okay?" Pascal versuchte ruhig zu klingen, auch wenn sein Herz heftig schlug, als er Amelies Stimme hörte.

„Ich bin auf der Autobahn. Ich kann nicht einfach anhalten", sagte Amelie.

„Oh je. Dann legst du erst mal auf, suchst dir eine Raststätte und rufst mich an", sagte Pascal besorgt.

Wo fuhr sie denn hin? Vielleicht war sie auf dem Weg zu Toni, einer gemeinsamen Freundin, oder war sie einfach losgefahren ohne Ziel?

„Ich habe eine Freisprecheinrichtung. Schon in Ordnung", beruhigte Amelie Pascal.

„In Ordnung. Erzähl mal, was ist passiert?" Pascal legte wieder eine beruhigende Stimme auf.

„Ich hatte einen Mega-Streit mit Leon. Er ist gegangen", erklärte Amelie und war wieder den Tränen nahe.

„Und wohin fährst du gerade?" fragte Pascal und runzelte die Stirn.

„Ich musste einfach weg. Ich weiß nicht, wohin ich soll. Ich will nur nicht zurück in unsere Wohnung", zögerte Amelie einen Moment. „Kann ich zu dir kommen?" fragte sie.

„Ach so", sagte Pascal überrascht und nicht sicher, wie er reagieren sollte. Einerseits freute er sich darüber, dass er

Amelie wiedersehen würde. Andererseits tat es ihm weh, daran zu denken, dass sie Leon ihm vorgezogen hatte. Aber am Ende ging es hier immer noch um Amelie, die er sehr mochte. Es tat ihm weh zu wissen, dass es ihr schlecht geht. Wenn er ihr helfen könnte, sich besser zu fühlen, dann würde er es auch tun.

„Natürlich kannst du das", antwortete Pascal mit freundlicher Stimme. „Ich bin immer für dich da, wenn du mich brauchst. Jetzt konzentrierst du dich aber bitte auf das Fahren, damit du sicher hier ankommst. Ich freue mich darauf, dich bald zu sehen."

Amelie antwortete nicht.

„Wo bist du gerade?" fragte Pascal um die Stille zu unterbrechen.

„Kurz vor Ulm. Ich glaube da stand 30 km." antwortete Amelie.

„Ulm? Ok, dann bist du wirklich schon eine Weile unterwegs." Pascal war überrascht, dass Amelie losgefahren war, ohne zu wissen, ob er überhaupt zuhause sein würde.

„Ok. Dann dauert es noch etwa eine Stunde, bis du hier bist. Ich schicke dir die Adresse an dein Handy." antwortete Pascal.

„Einverstanden." antwortete Amelie knapp.

„Du konzentrierst dich jetzt auf die Straße; das ist erst mal das Wichtigste und wenn du hier bist, erzählst du mir alles in Ruhe. Einverstanden?" Pascal hatte wieder diese beruhigende Stimme, die Amelie so mochte.

„Ja, mach ich." Ihr fiel ein Stein vom Herzen, weil sie sich nicht sicher war, wie Pascal das aufnehmen würde, wenn sie sich in dieser Situation bei ihm meldet.

„Danke, Pascal. Es tut gut zu wissen, dass ich auf dich zählen kann." Amelie schniefte.

„Schon ok. Jetzt konzentriere dich auf den Verkehr. Der Rest gibt sich schon." Pascal verabschiedete sich und legte auf.

Sie fuhr ihre Scheibe herunter, um frische Luft in den Wagen zu lassen und atmete tief durch. Vielleicht hatte er Recht und sie sollte eine kurze Pause einlegen, um wieder zur Ruhe zu kommen.

Als Pascal sein Mobiltelefon weglegte, wusste er nicht, wie er sich fühlen sollte. Dass Amelie sich bei ihm meldete, verwirrte ihn. Er hatte nicht damit gerechnet, jemals wieder etwas von ihr zu hören. Einerseits freute es ihn, sie wiedersehen zu können. Andererseits lief das letzte Gespräch, das die beiden geführt hatten, für Pascal eher ungünstig.

Er hatte damals schon die Befürchtung, dass es mit ihnen beiden nicht gut gehen könnte. Er sagte ihr, dass sie ein Buch ein zweites oder gar ein drittes Mal lesen könne, das Ende der Geschichte würde sich dadurch trotzdem nicht ändern. Aber das Herz will nun mal, was das Herz will.

Amelie kehrte zu Leon zurück, obwohl er die Beziehung auf schmerzhafte Weise beendet hatte. Pascal hatte keine hohe Meinung von ihm. Ein Mann, der eine verstörte, weinende Frau irgendwo im Nirgendwo absetzt und geht? „Dieser Mensch hat keinen Charakter!", dachte er sich.

Dass Amelie sich jetzt wieder bei ihm meldete, als es ihr schlecht ging, ärgerte Pascal ein wenig. Aber trotzdem würde er für sie da sein. Er konnte nicht anders. Er sagte sich, dass er vorsichtig sein müsste, um keine Gefühle zuzulassen. Andernfalls könnte ihr Bedürfnis, ihr eigenes Leben wieder in den Griff zu bekommen, sein eigenes Leben ins Chaos stürzen und er würde mit zerstörten Hoffnungen zurückbleiben. Das durfte sich nicht wiederholen.

Er musste an die Zeit im Kraichtal denken, als er Mia gebeten hatte, die Fenster im Gästezimmer zu öffnen, um es zu durchlüften. Er blieb noch eine Weile im Whirlpool und trank sein Glas leer, danach ging er ins Haus. Nachdem er aus der Dusche kam und sich angezogen hatte, begab er sich ins Gästezimmer und bezog das Bett neu. Er schaute sich im Badezimmer um, das zum Zimmer gehörte, wischte schnell mit einem Tuch über die Möbel, um sicherzustellen, dass kein Staub auf ihnen lag, und öffnete das Fenster. Eine kindliche Freude erfüllte ihn, als er das Bett bezog, und er überlegte, was er mit Amelie unternehmen könnte. Da die Gegend kein aufregendes Nachtleben bot, musste Mia etwas finden, was er abends mit Amelie unternehmen konnte. Auf der anderen Seite würde Amelie wahrscheinlich nicht feiern wollen.

Als Pascal die Tür öffnete, stand Amelie mit einem kleinen Koffer vor seiner Haustür und war den Tränen nahe. Ihre langen, brünetten Haare trug sie offen und in ihren mandelbraunen Augen erkannte Pascal sofort wieder ihre warmherzige Art. Sie hatten für ihn etwas Vertrautes, Beruhigendes und Warmes. Ihre sanften Gesichtszüge gaben ihm das Gefühl, dass er sie schon sehr lange kannte, obwohl sie sich erst vor einem Jahr zum ersten Mal begegnet waren. Und doch war dieses Gefühl damals wie heute da.

Er wusste nicht, was er sagen sollte, als Amelie ihm um den Hals fiel, ihn festdrückte und sofort zu weinen begann. Augenblicklich erinnerte er sich an die Situation im Kraichtal, als Leon sie einige Kilometer entfernt von der Klinik stehen gelassen hatte und Pascal sie abholen musste. Dort, auf diesem Waldweg, war sie ihm ebenfalls um den Hals gefallen und hatte minutenlang geweint. Damals wie heute pochte sein Herz wie wild. Eine Mischung aus Wut und Hilflosigkeit überkam ihn, und er wusste nicht, was er mit diesen Gefühlen anfangen sollte.

Er strich sanft über ihren Rücken und versicherte ihr, dass alles wieder gut werden würde, aber Amelie schien nicht daran zu glauben und schüttelte leicht den Kopf. Er küsste sie auf die Stirn und drückte sie fest an sich. „Es ist alles in Ordnung. Lass es einfach raus", sagte er. Wenn Tränen kommen, sollten sie nicht unterdrückt werden, dachte er und ließ Amelie weinen.

„Du bist jetzt erst einmal hier und wir werden sicherstellen, dass du wieder auf die Beine kommst, okay?", fuhr er fort, und Amelie nickte leicht, während sie sein Hemd mit Tränen benetzte. „Vielleicht möchtest du erst einmal reinkommen?" Amelie sah ihn an und nickte leicht, trat ein und sah sich um. Sie wischte sich die Tränen aus den Augen. Pascal ließ ihre Hand los und bedeutete ihr, ihm ihren Koffer zu geben.

„Lass uns deine Sachen in dein Zimmer bringen. Wenn du möchtest, kannst du dich in aller Ruhe frisch machen und dann reden wir über alles. Ich werde auf der Terrasse sein", sagte Pascal und deutete auf die offenstehende Terrassentür. Amelie folgte kommentarlos, als Pascal sie die Treppe hoch in das Gästezimmer führte.

„Du hast Glück, ich konnte dir ein Zimmer mit eigenem Bad organisieren", scherzte Pascal, aber es gab keine Reaktion in Amelies Gesicht. Deshalb führte er sie in das Zimmer und zeigte ihr alles, bevor er sie allein ließ.

Als Amelie später nach unten kam, saß Pascal draußen auf der Terrasse und trank noch ein Glas Wein. In Gedanken war er wieder in Kraichtal. Er erinnerte sich daran, wie er Amelie kennengelernt hatte, wie er sie abholte und sie ihm von den

Problemen mit ihrem Lebensgefährten erzählte. Er erinnerte sich daran, wie sie während ihres Aufenthalts dort immer wieder nach der jeweils anderen Ausschau hielten und jede Gelegenheit nutzten, um in der Nähe des anderen zu sein. Es herrschte eine unbekannte Anziehungskraft zwischen ihnen, die Pascal nicht verstand. Er dachte an die beiden Besuche in der Klinik und wie sehr sich Amelie freute, ihn wiederzusehen. Sie sprachen darüber, sich in Freiburg zu treffen. Am Tag seiner Entlassung sagte er Amelie, dass er sie schrecklich vermissen würde, wenn er weg ist. Er hatte nicht erkannt, wie sehr ihm ihre Umarmung in den vergangenen Monaten gefehlt hatte.

Pascal war nun unsicher, wie er sich Amelie gegenüber verhalten sollte. Als er sie vor wenigen Minuten umarmt hatte, konnte er deutlich spüren, dass er immer noch etwas für sie empfand. Dagegen musste er etwas unternehmen. Aber was? Es war nicht einfach, seine Gefühle zu kontrollieren, und selbst wenn er das schaffte, bedeutete es nicht, dass sie verschwunden wären. Er atmete tief aus und betrachtete den Garten, als würde er versuchen, seine Gedanken hinauszupusten.

Amelie sah sich mit großen Augen um, als sie die Treppe hinunterkam. Sie mochte das Haus. Der große, offene Raum, in dem der Flur mit dem Treppenaufgang, dem Wohnzimmer und dem Wintergarten verschmolzen war, gefiel ihr sehr. Sie schätzte auch die große Glasfront, die zwar im Moment dunkel war, aber viel Licht ins Haus lassen würde. Sie trat hinaus auf die Terrasse und sah Pascal nachdenklich am Tisch sitzen. Einen Moment war sie verunsichert, trat dann aber doch näher.

„Hey.", sagte Pascal, als er Amelie bemerkte. Amelie erwiderte seinen Gruß mit einem Lächeln und setzte sich zu ihm.

„Möchtest du auch ein Glas Wein?", fragte Pascal, als er sich aufrichtete.

„Danke. Ich glaube, ich hätte lieber eine Tasse Tee, aber vielleicht könntest du mir erst einmal das Haus zeigen. Sonst verlaufe ich mich hier noch.", antwortete Amelie lächelnd.

„Oh, ja. Klar! Komm mit.", sagte Pascal und stand auf. Er deutete mit einer Handbewegung darauf, dass sie ihm folgen sollte. Amelie folgte ihm kommentarlos und mit einem erwartungsvollen Lächeln.

„Also, hier ist die Küche, wie du siehst.", sagte Pascal und zeigte ihr den Kühlschrank. Anschließend öffnete er die Küchenschränke und holte eine Box mit verschiedenen Teesorten heraus.

„Welchen Tee hättest du gerne?", fragte er, während er den Wasserkocher anstellte und eine Tasse aus dem Schrank holte. Amelie hatte sich inzwischen einen Teebeutel mit Früchtetee genommen und in die Tasse gelegt. Pascal führte sie dann zur Speisekammer, in der zwei Kühlschränke mit Getränken sowie ein Regal mit Lebensmitteln, Knabbereien und Obst standen.

„Hier findest du Getränke mit und ohne Alkohol sowie etwas zum Essen oder Knabbern, wenn du möchtest", sagte er und zeigte auf die Ofenchips, die sie in der Klinik gerne gegessen hatten.

„Fühl' dich bitte wie zu Hause", fügte er hinzu.

„Ach ja, ich werde morgen früh einkaufen gehen. Ich weiß, dass du dich vegan ernährst. Gibt es etwas Besonderes, das du gerne hättest?", fragte Pascal, als er zurück zum Wasserkocher ging und Amelies Tee zubereitete. „Nein, du musst nicht extra für mich einkaufen gehen", winkte Amelie ab, aber Pascal bestand darauf.

„Ich kann dich doch nicht verhungern lassen", scherzte er. „Du kannst gerne mitkommen, dann kaufe ich nicht irgendwas, das du vielleicht gar nicht magst", schlug Pascal vor.

Amelie lächelte. „Na gut, dann gehen wir zusammen einkaufen. Du kannst gerne wieder diese Sahnesoße machen. Mit Pesto war das, oder?", fragte Amelie. Pascal lächelte. „Ja, genau. Die mochtest du", erinnerte er sich. „Na dann gibt es morgen Tortellini mit Sahne-Pesto", beschloss er.

Amelie folgte Pascal in das Wohnzimmer.

„Die Toilette befindet sich unter der Treppe, durch die rechte Tür erreichbar. Und natürlich gibt es auch eine in deinem Zimmer. Das ist eigentlich alles. Oben gibt es noch zwei Gästezimmer und mein Schlafzimmer", erklärte Pascal.

„Oh, ich habe etwas vergessen...", sagte Pascal, als er sich an die Stirn fasste. „Die linke Tür unter der Treppe führt zu meiner Bibliothek, falls du daran interessiert bist."

„Dein Haus ist wunderschön. Ich habe das Bild von Kraichtal gesehen, das du gemacht hast", sagte Amelie. Pascal sah sie fragend an.

„Das mit dem Boot drauf", erklärte Amelie.

„Ach ja, das", lächelte Pascal. „Die meisten anderen Bilder habe ich auch selbst gemacht. Das mit dem Graffiti ist von

Lukas", sagte er und deutete auf das kleine Gemälde mit einem Schriftzug darauf.

Da Amelie Lukas kaum kannte, antwortete sie kurz: „Schön."

„Wollen wir auf die Terrasse gehen oder ist es dir draußen zu kalt?" fragte Pascal.

„Ich würde gerne auch dein Schlafzimmer sehen", sagte Amelie mit einem verschmitzten Lächeln.

„Oh nein! Das geht nicht! Das sind meine Privaträume", antwortete Pascal kurzzeitig ernst, lächelte aber sofort wieder, als ob er einen Scherz gemacht hätte. Amelie rollte mit den Augen. Die Wahrheit war jedoch, dass es Pascal nicht gefiel, wenn jemand in sein Schlafzimmer wollte.

„Also... auf die Terrasse?", fragte Pascal erneut. Amelie nickte zustimmend.

„Wow! Du hast einen Pool?", staunte Amelie mit großen Augen.

„Ja, es war ein Megaprojekt, ihn zu bauen, aber es hat mir wirklich viel Spaß gemacht", antwortete Pascal. „Ich habe das meiste hier selbst gemacht oder zumindest mitgearbeitet, wenn es um Arbeiten ging, bei denen ich nicht so viel Erfahrung hatte."

Amelie klatschte in die Hände. „Super, dann kann ich schwimmen und sonnenbaden gehen!" Das Lächeln auf ihren Lippen machte sie noch bezaubernder, als sie ohnehin schon war. Pascal wollte sich nichts anmerken lassen und lächelte nur freundlich.

„Wie gesagt, fühl dich wie zuhause", sagte er und dachte kurz nach. „Wenn du beim Sonnenbaden etwas Privatsphäre möchtest, sag Bescheid, dann gehört die Terrasse ganz dir." Amelie sah ihn fragend an.

„Na ja, ich meine nur, falls du ungestört Sonnenbaden möchtest oder so. Die Mauer um das gesamte Grundstück herum sorgt dafür, dass keine unerwarteten Gäste einfach so auf die Terrasse kommen können", erklärte er.

„Ach so", sagte Amelie und lächelte.

Es war bereits nach 1 Uhr, als die beiden beschlossen, ins Bett zu gehen. Sie hatten den gesamten restlichen Abend damit verbracht, einander zu erzählen, was in der Zeit passiert war, in der sie keinen Kontakt hatten. Amelie machte sich noch eine Wärmflasche, wie es ihre Angewohnheit war, bevor sie in ihr Zimmer ging.

Pascal war noch immer müde, als Mia ihn um 7 Uhr weckte. Er begann den Tag wie gewohnt mit seinem Spaziergang, war aber in Gedanken immer noch bei seinem Gast zuhause. Auch wenn er es sich nicht eingestehen wollte, konnte er es kaum erwarten, dass sie aufsteht und er sie sehen würde.

Die morgendliche Frische im Wald machte ihm schon seit Monaten nichts mehr aus. Im Gegenteil, er genoss die kühle Morgenluft. Aber die Eindrücke, die der Wald auf ihn machte, konnte er an diesem Morgen nicht richtig wahrnehmen.

Seine Gedanken waren viel zu sehr in der Vergangenheit, als dass er den leichten Nebel wahrnehmen konnte, der sich im Wald gebildet hatte. Er konnte sich nicht entspannen an diesem Morgen und begann die Strecke, die er lief, abzukürzen, um den Spaziergang schneller beenden zu können.

Zuhause angekommen, stieg Pascal in seinen Wagen und fuhr zum Bäcker in Rosenberg. Amelie schlief noch tief und fest, als er zurückkam und sich wie gewohnt einen Kaffee einschenkte. Er begab sich auf die Terrasse und begann, im Internet nach interessanten Themen zu suchen, aber er konnte sich nicht richtig konzentrieren. Sein Blick wanderte immer wieder zu den Stufen, Ausschau nach Amelie haltend.

Als Amelie die Treppe hinunterkam, war Pascal gerade dabei, den Frühstückstisch zu decken. „Guten Morgen, perfektes Timing," begrüßte Pascal Amelie. „Hast du gut geschlafen?" „Guten Morgen," erwiderte Amelie. „Ja, sogar sehr gut. Danke. Und du?" „Auch sehr gut, danke. Ich war noch müde von der Arbeit gestern," sagte Pascal, bevor er Amelie fragte, ob sie auch eine Tasse Kaffee möchte. „Gerne" nickte Amelie lächelnd. „Stehst du immer so früh auf?" fragte sie.

„Ja, ich habe mir den Morgenspaziergang zur Gewohnheit gemacht. Außerdem hilft es mir dabei, dem Tag eine Struktur zu geben, wenn ich früh aufstehe." erklärte er.

„Dein Garten gefällt mir." sagte Amelie sich umsehend. „Die Mauer sieht fast so aus, wie die im japanischen Garten." bemerkte sie.

„Ja, ich habe mich ein wenig inspirieren lassen vom Asiatischen Garten." Pascal lächelte, als er sich wieder an den Tisch setzte. „Ach ja, das kleine Häuschen dort drüben; da habe ich mir ein Dojo und einen Fitnessraum eingerichtet. Du darfst das gerne benutzen." Pascal deutete auf das kleine Haus. „Dabei fällt mir ein... wir müssen dir noch ein Nutzerprofil einrichten, damit du da rein kannst. Aber zuerst das Frühstück."

„Schon ok. Ein Nutzerprofil?" Amelie war irritiert.

„Ja, das meiste hier im Haus ist Computer gesteuert. Es macht das Leben einfacher für mich. Manche Aufgaben werden so schneller erledigt. Manche fallen weg. Machen wir später. Du frühstückst erst mal." sagte er und nahm sich noch eine Tasse Kaffee. Nach dem Amelie ihr Frühstück beendet hatte, wollte sie nun doch gerne wissen, was es mit dieser Computersteuerung auf sich hatte, und sagte Pascal, dass sie jetzt bereit wäre für Ihr Nutzerprofil. „Mia? Bist du schon wach?" Pascal sah die Verwirrung in Amelies Gesicht.

„Für dich immer." entgegnete Mia.
Amelie sah sich fragend um.
„Wow! Was für eine Stimme!", sagte Amelie. Pascal sah sie grinsend an.
„Ich möchte ein Gastprofil anlegen", sagte Pascal.
„Sehr gerne. Hallo Gast, wie darf ich Sie nennen?", fragte Mia.
Pascal sah zu Amelie und deutete ihr an, zu antworten.
„Amelie", antwortete sie knapp, wie er ihr gesagt hatte.
„Oh, ich habe etwas vergessen!", sagte Pascal und öffnete sein Tablet. Er tippte ein wenig darauf herum, bevor er es Amelie reichte. Amelie nahm es entgegen und sah auf den Bildschirm. Eine große Anzahl von Wörtern war darauf aufgelistet.

„Hallo Amelie, bitte machen Sie sich für die Stimmaufnahme bereit", sagte Mia.

Pascal erklärte Amelie, dass Mia auf ihre Aussprache geschult werden müsse und dass sie die Wörter vorlesen solle, die sie auf dem Tablet sah. Amelie tat, worum er sie bat, und las die Wörter vor, ohne besondere Betonung und ohne besonders laut oder leise zu sprechen.

„Stimmerkennung abgeschlossen. Danke sehr, Amelie. Gastzugang wurde erfolgreich angelegt. Kann ich sonst noch etwas für euch tun?", fragte Mia.

„Danke schön, das war alles", beendete Pascal das Gespräch.
„Ok, kannst du mir erklären, wer oder was Mia ist?", fragte Amelie, während sie sich noch eine Tasse Kaffee nahm.

„Kann ich, klar. Das ist die Multifunktionale Interaktive Assistentin, kurz Mia", sagte Pascal.

„Vereinfacht gesagt ist sie eine Smart-Home-Steuerung; tatsächlich ist sie aber viel mehr als das. Ich entwickle sie immer weiter und füge neue Module hinzu. Sie ist die Hausherrin hier. Sie steuert zum Beispiel die Heizung, öffnet und schließt Fenster und Türen, steuert das Audiosystem und alles, was man im Haus hat", erklärte Pascal. Er ließ bewusst die Information aus, dass Mia inzwischen viel mehr war als eine einfache Smart-Home-Steuerung. Er musste an den Grundsatz denken: „Kenntnis nur, wenn notwendig." Amelie sah ihn immer noch fragend an.

„Wenn du ein Bad nehmen willst, frag Mia. Sie lehnt höflich ab, aber sie wird gerne gefragt", scherzte Pascal. „Ha ha", lächelte Amelie. „Und was hat das mit den Worten zu tun, die ich vorlesen musste?", fragte sie.

„Nun, Mia muss wissen, wie du bestimmte Worte oder Buchstabenkombinationen aussprichst, zum Beispiel in den Wörtern 'Dschungel' oder 'Sport', die mit S-P geschrieben werden, aber wie 'sch' ausgesprochen werden. Mia muss also deinen Idiolekt kennenlernen, um deine Befehle richtig zu verstehen", erklärte Pascal weiter.

„Ok" sagte Amelie. „Also kann ich hier im Haus tun und lassen, was ich will?" fragte Amelie nach einer kurzen Pause und grinste dabei.

„Ganz so ist es natürlich nicht", erwiderte Pascal ebenfalls grinsend. „Es gibt verschiedene Profile und jedes Profil hat seine Rechte. Also ich enttäusche dich ungern, aber du kannst mich nicht aus meinem Haus rausschmeißen", sagte Pascal und lächelte. Amelie tat so, als wäre sie enttäuscht.

„Aber du kannst jetzt zum Beispiel das Badewasser einlaufen lassen, das Licht ein- und ausschalten oder Mia bitten, einen Song für dich abzuspielen. Solche Dinge eben. Ach ja, ... und du kannst jetzt auch den Fitnessraum nutzen, ohne dass ich dabei sein muss", sagte Amelie lächelnd.

„Ok, den will ich nach dem Frühstück auch noch sehen", sagte Amelie und sah zum Pool.

„Du hast Glück", sagte Pascal. „Es kommt ein Hoch auf uns zu. Es soll diese Woche recht warm werden", fuhr er fort und holte sein Mobiltelefon hervor, um die Wetter-App zu checken.

„Klasse", sagte Amelie. „Und ich habe keine Badesachen im Koffer", fügte sie enttäuscht hinzu.

„Wo kann ich hier einkaufen gehen?", fragte sie.

„In Neunheim gibt es einen Mister+Lady", überlegte Pascal. „Und in Aalen gibt es diverse Einkaufsmöglichkeiten wie zum Beispiel H&M oder den Mode Park Röther in der Stadt. Im Industriegebiet gibt es auch eine Option – den Decathlon, falls du Sportkleidung brauchst."

„Super, dann machen wir das so", stimmte Amelie zu und lächelte freudig.
„Mia", sagte Pascal.
„Ich höre", erwiderte Mia.
„Habe ich heute irgendwelche Termine im Planer?", fragte Pascal.
„Nein, heute hast du keine Termine", antwortete Mia.
„Vielen Dank, Mia", sagte Pascal und beendete die Interaktion.

„Also von mir aus können wir losgehen. Wie du hörst, stehe ich dir vollkommen zur Verfügung", sagte er zu Amelie. Amelie hatte eine fast kindliche Freude in den Augen. „Ich mache mich sofort fertig, dann können wir gleich los", sagte sie voller Ungeduld und ging auf ihr Zimmer.

Dass dieser Tag so anstrengend werden würde, hatte Pascal sich nicht gedacht. Er mochte das Einkaufen nicht besonders. Er wusste genau, was er wollte, ging zielstrebig auf das zu, was er brauchte, probierte ein oder zwei Sachen aus, bezahlte und ging wieder. Dieses „sich alles ansehen" hatte er nie verstanden. Aber Amelie war sein Gast, und es wäre unhöflich gewesen, zu drängen oder zu zeigen, dass er gerne fertig werden wollte. Also hielt er tapfer durch und hatte es am Ende auch überstanden.

Während Amelie im Gästezimmer ihre neuesten Einkäufe anprobierte, saß Pascal auf der Terrasse und versuchte, seine

Gedanken zu ordnen. So anstrengend es auch war, es bereitete ihm Freude, den Tag mit Amelie zu verbringen. Und das belastete ihn eigentlich sehr. Er hatte sich fest vorgenommen, keine Gefühle zuzulassen oder, wenn sich Gefühle zeigten, diese zu unterdrücken. Aber es wollte ihm nicht gelingen.

Die gesamte Zeit über verspürte Pascal diesen Druck auf der Brust, der ihn nicht loslassen wollte und ihm das Gefühl gab, nicht unbedingt glücklich mit der Situation zu sein. In ihm breitete sich eine Rastlosigkeit aus, die ihn dazu veranlasste, eine kurze Zeit auf der Terrasse zu sitzen, im Garten auf und abzugehen und schließlich zum Gartenteich zu gehen. Doch nichts konnte ihn beruhigen. Schließlich entschied er sich dazu, seine Trainingskleidung anzuziehen und ein wenig mit dem Jo, dem Stock, zu trainieren.

Er begann sein Training wie gewohnt mit einigen Aufwärm- und Dehnungsübungen und ging dann über zu den Schlagübungen mit dem Jo. Der Dummy, den er sich aus Holz gefertigt hatte, musste an diesem Abend einige Schläge einstecken. Mit jedem Schlag, den Pascal übte, fügte er seinen Übungen einen weiteren Schlag hinzu. Dann weitete er die Beinarbeit aus, lief zwei Schritte zur Seite und versetzte dem Dummy einen Schlag. Anschließend ging er zwei Schritte zurück, führte einige Augenblicke die liegende Acht durch, machte einen Schritt auf seinen hölzernen Gegner zu und es folgte ein Schlag. Danach wich er zwei Schritte zurück, als würde sein Gegner auf ihn zukommen, begab sich in eine günstigere Position und schlug erneut zu.

Mit jedem Schlag erhöhte er unbewusst sein Tempo und fügte seinen Schlägen weitere Schläge hinzu sowie seinen Schritten weitere Schritte. Sein Training glich immer mehr einem Tanz, den er in seinem Dojo mit seinem stumm dastehenden, geduldigen Partner durchführte. Mit fortschreitendem Training floss seine innere Anspannung in seine Arme und Beine. Mit jedem Schlag, den er dem Holz versetzte, ging nicht nur ein Teil seiner Energie auf den Dummy über, sondern auch die Unruhe in ihm. Pascal spürte, wie sie mit jedem Schlag etwas abnahm.

Als Amelie das Gästezimmer verließ, wusste sie weder von den Vorgängen im Dojo noch von den Dingen, die in Pascal vorgingen. Sie freute sich, bei Pascal zu sein, jemanden zum Reden zu haben und vor allem darüber, dass sie seit Tagen zum ersten Mal richtig schlafen konnte. Langsam stieg sie die Stufen hinunter und sah sich im Wohnzimmer und in der Küche um, konnte Pascal jedoch nirgends entdecken. Sie dachte, dass er wahrscheinlich auf der Terrasse sei, aber auch dort war er nicht zu finden. Erst spät bemerkte sie die Beleuchtung in einem kleinen Nebengebäude und erinnerte sich daran, dass Pascal gesagt hatte, dass sich dort sein Dojo und ein Fitnessraum befanden. „Das muss ich mir ansehen", dachte sie und begab sich langsam zu dem kleinen Häuschen auf der linken Seite.

Das peitschende Klacken von Pascals Stock, der immer wieder auf den Dummy traf, mischte sich inzwischen mit dem Flattern seines Trainingsanzugs und dem Ächzen und Stöhnen, das er von sich gab. Als Amelie durch die Glastür sah, hatte sich aus den wenigen Schlägen und Schritten bereits eine ganze Choreografie entwickelt. Die Tür war verschlossen und ihr Klopfen ging in der Geräuschkulisse unter, so dass Amelie nur durch die Glastür zusehen konnte, während Pascal sich in Rage trainierte. „Eine Gelegenheit, Mia zu rufen", dachte sie sich.

„Mia? Hörst du mich?", fragte Amelie.

„Ja, ich höre. Was kann ich für dich tun, Amelie?", antwortete Mia höflich. Amelie sah erstaunt aus, dass Mia ihre Stimme erkannte.

„Bitte öffne die Tür zum Trainingsraum", sagte Amelie.

„Es tut mir leid, Amelie. Pascal hat befohlen, die Tür zu verriegeln. Er möchte ungestört sein", antwortete Mia höflich.

„Die Tür kann nur von Pascal entriegelt werden", fügte Mia hinzu und beendete das Gespräch. Amelie klopfte etwas fester an die Glastür, aber ihr Klopfen ging erneut in der Geräuschkulisse unter.

So hatte Amelie ihn noch nie gesehen. Wenn sie sein Gesicht nicht sehen könnte, würde sie denken, das sei eine andere Person. Sie beobachtete ihn dabei, wie er auf den Dummy zuschritt, den Blick fest auf ihn gerichtet. Sie sah, wie er mit dem Stock auf ihn einschlug, zurücktrat, um eine Drehung zu vollziehen und seinen Stock herumzuwirbeln, nur um dann wieder auf den Dummy zuzugehen und ihm erneut einen gewaltigen Schlag zu verpassen. Der Dummy tat ihr beinahe schon leid. Sie dachte an die Zeit, die sie gemeinsam in der Klinik verbracht hatten, und ihr war nie aufgefallen, dass er je zornig gewesen wäre. Er war immer ruhig und entspannt. Sie hatte seine Ausgeglichenheit immer bewundert und dachte, dass ihn scheinbar nichts aus der Ruhe bringen konnte, geschweige denn ihn so in Rage versetzen würde. Sie entdeckte diese neue Seite an ihm und wollte es weiter beobachten.

Der Schweiß, der Pascals Körper überall benetzte, reichte nun kaum noch aus, um die Hitze in ihm abzukühlen. Er hielt den Jo so fest, dass er hätte brechen müssen. Aber er tat es nicht. Seine Muskeln waren von dem Dienst, den Pascal ihnen abverlangte, bereits an ihre Grenzen getrieben worden. Pascal spürte, wie Säure durch seine Muskeln und Adern floss, und doch wollte und konnte er sein Training nicht beenden. Das Brennen in seinen Gliedern spornte ihn nur noch mehr an und hetzte ihn auf den Dummy. Immer wieder wechselte er seine Position und seine Haltung, schlug auf ihn ein und wich dann einige Schritte zurück von seinem Gegner, nur um sofort wieder anzugreifen.

So hatte Amelie ihn noch nie gesehen. Wenn sie sein Gesicht nicht sehen könnte, würde sie denken, dass das ein anderer Mensch sei. Sie beobachtete ihn, wie er auf den Dummy zuschritt, den Blick fest auf ihn gerichtet. Sie sah, wie er mit dem Stock auf ihn einschlug, dann zurücktrat, eine Drehung vollführte und seinen Stock herumwirbelte, um dann wieder auf den Dummy zuzugehen und ihm erneut einen gewaltigen Schlag zu verpassen. Der Dummy tat ihr beinahe schon leid. Sie musste an die Zeit in der Klinik denken, die sie zusammen verbracht hatten. Während all dieser Wochen wäre ihr nie aufgefallen, dass er je zornig gewesen wäre. Er war stets so ruhig und entspannt. Sie hatte schon immer seine Ausgeglichenheit bewundert und dass ihn scheinbar nichts aus der Ruhe bringen konnte, geschweige denn so in Rage versetzen würde. Sie entdeckte diese neue Seite an ihm und wollte sie weiter beobachten.

Der Schweiß, der Pascals Körper überall benetzte, reichte nun kaum noch aus, um die Hitze in ihm abzukühlen. Er hielt den Jo so fest, dass er hätte brechen müssen, aber er tat es nicht. Seine Muskeln waren von dem Dienst, den Pascal ihnen abverlangte, bereits an ihre Grenzen getrieben worden. Pascal spürte, wie Säure durch seine Muskeln und Adern floss, und doch wollte und konnte er sein Training nicht beenden. Das

Brennen in seinen Gliedern spornte ihn nur noch mehr an und trieb ihn auf den Dummy.

Immer wieder wechselte er seine Position, seine Haltung und schlug auf ihn ein. Dann wich er einige Schritte zurück von seinem Gegner, griff aber sofort wieder an.

Während er sich mit Pirouetten dem Dummy näherte, ließ er den Jo um seine Hüfte drehen, dann auf Brusthöhe und zuletzt über dem Kopf, um mit diesem Schwung und der Energie, die er sich so aufgebaut hatte, einen Schlag gegen den Kopf des Dummys auszuführen. Mit einem lauten Ächzen und Krachen brach das Holz unterhalb des unförmigen Kopfes zusammen.

Mit dieser Energie flog der Kopf polternd in Richtung der Tür, wo Amelie sich erschrocken die Hände vor den Mund schlug. Mit großen Augen sah sie Pascal an, wie er den Stock in der Hand hielt, seine Muskeln angespannt, die Zähne gefletscht und die Augen nun auf sie gerichtet und mit einem Ausdruck von Wut im Gesicht.

Als Pascal dem Kopf hinterher sah und Amelie vor der Tür entdeckte, stand er starr in Schlaghaltung da. Er brauchte einige Augenblicke, um zu realisieren, dass Amelie ihm dabei zugesehen haben musste, wie er seine Übungen durchführte. Er bemerkte langsam, dass er sie mit gefletschten Zähnen und in Kampfhaltung anstarrte. Er richtete sich auf und ging zur Mitte des Raums, während er versuchte, seine Atmung sowie seinen Puls wieder unter Kontrolle zu bringen.

Er kniete sich hin und legte den Jo vor sich ab. Dann verneigte er sich, wie es nach dem Training Brauch war, und trug den Jo zur Wand zurück, wo er ihn in die Halterung legte.

Anschließend ging er langsam zur Tür und forderte Mia auf, sie zu öffnen.

Als Amelie das Schloss hörte, vertrieb ihre Neugier den Schrecken. Sie betrat das Dojo und hob den Holzkopf auf, der vor ihr zum Liegen gekommen war. Gerade als sie auf Pascal zugehen wollte, stoppte er sie.

„Halt! Bitte nicht mit Schuhen hier reinkommen", sagte er.
„Okay, ich wollte dir das hier nur geben", sagte sie zögernd.
„Danke schön", erwiderte Pascal knapp, aber seine Anspannung war immer noch spürbar.
„Geht es dir gut?", fragte Amelie besorgt.
„Ja, klar. Ich habe nur trainiert", antwortete Pascal.
„Ich kenne dich inzwischen gut genug, um zu spüren, dass etwas nicht stimmt", sagte Amelie und versuchte, fürsorglich zu klingen.
„Komm schon, ich habe trainiert und war gerade voll in meinem Element. Es ist nichts", sagte Pascal mit einem unechten Lächeln.
Amelie ging ein paar Schritte auf Pascal zu und betrat das Dojo.
„Ich habe doch gesagt, nicht mit Schuhen hier rein! Raus! Bitte!", wurde er lauter und sah sie mit weit aufgerissenen Augen an.
„Nein! Erst wenn du mir sagst, was los ist", beharrte Amelie und gab sich mit seinen bisherigen Antworten nicht zufrieden. Pascal wurde immer unruhiger und spürte ein Zittern in seinem Körper.

„Bitte, gib mir den Holzkopf und geh wieder raus", sagte Pascal, indem er versuchte, ruhig zu klingen. „Was ist denn los?!", fragte Amelie und wurde ebenfalls etwas lauter. „Ich habe gesagt, dass nichts ist!", erwiderte Pascal verärgert. „Und ich sage, ich glaube dir nicht!", erwiderte Amelie und wurde ebenfalls lauter. „Ich will doch nur helfen. Reden hilft jedem und du hast selbst oft genug gesagt, dass du eher verschlossen bist." Ihre Stimme hatte einen sanften Klang angenommen. „Also rede mit mir, bitte." Pascal dachte nach, was er tun sollte, hatte inzwischen eine Faust geballt und seine Muskeln waren angespannt. „Ich will dir nur helfen", sagte Amelie deutlich ruhiger. „Du willst mir helfen?!", rief Pascal nun wieder lauter aus. „Womit willst du mir denn helfen?! Und was dann?! Hmm?! Dann gehst du zurück zu deinem Leon!", unterbrach Pascal Amelie, die nicht wusste, was sie darauf antworten sollte. „Nein, ich...", begann Amelie zu sagen.

Aber Pascal unterbrach sie erneut:

„Nein, ich... was!?", legte er eine Pause ein und wartete auf eine Antwort. Amelie wusste nicht, wie sie darauf reagieren sollte.

„Warum schreist du mich an?", fragte Amelie fast weinend.

Pascal lief unruhig hin und her und antwortete:

„Weil ihr einfach nichts versteht! Ihr begreift es nicht, wenn man in einem normalen Ton mit euch redet!"

Er fuhr fort: „Als er sich nach der Therapie bei dir gemeldet hat, bist du nicht nur zu ihm zurückgegangen, sondern hast mich auch schnell abgeschrieben. Ich war nur ein netter Zeitvertreib für dich und als du mich nicht mehr gebraucht hast, war ich Luft für dich."

Amelies Augen wurden feucht.

„Wie kannst du so etwas von mir denken? Ich würde niemals so etwas mit dir machen!", sagte sie verzweifelt.

„Ach, hör doch auf! Das ist das Gleiche wie beim letzten Mal. Menschen verhalten sich immer so, wie sie es gewohnt sind. Oder willst du behaupten, dass du die einzige Ausnahme bist?", sagte Pascal, dessen Stimme immer lauter wurde, während er mit energischen Schritten hin und her lief und Amelie dabei ansah.

„Dann höre einfach auf, mich zu mögen! Das war dein letzter Ratschlag an mich bei unserem letzten Gespräch. Erinnerst du dich?", fragte Pascal Amelie.

„Das war deine „Hilfe", als wir uns damals kennengelernt haben! Beziehungsweise bevor du den Kontakt abgebrochen hast." Pascal machte eine Pause, während Amelie ihn schockiert ansah.

„Danke! Du hast mir sehr geholfen! Hast du noch mehr „Hilfe" mitgebracht?!" schrie Pascal und drehte sich weg, die Hände vor den Mund. „Hast du gedacht, ich bin eine Ausnahme auf dieser Welt? Dass ich nichts gefühlt habe, als wir uns nähergekommen sind? Oder dass ich einen Schalter habe, mit dem ich meine Gefühle an- und ausschalten kann, wie ich will?"

Seine Stimme klang traurig. Er ging ein paar Schritte vor, als er hörte, wie Amelie den Kopf fallen ließ und weinend davonlief. Pascal führte seine Hände hinter seinem Kopf zusammen und presste mit seinen Unterarmen seinen Schädel zusammen, als würde er versuchen, all diese Gedanken, die gerade in seinem Kopf herumschwirrten, herauszupressen.

Aber es war nicht möglich. War es ein Fehler, das auszusprechen? Hätte er sie einfach einige Tage bewirten sollen und sie dann nach Hause schicken sollen? Hätte er das denn überhaupt gekonnt? Diese Fragen machten ihn verrückt.

„Warum kannst du Vergangenes nicht einfach vergessen und im Hier und Jetzt leben?" dachte er sich.
„Wozu immer diese Quälerei? Du hast genug gelitten, weil du viel zu oft in der Vergangenheit lebst!"

Er konnte die Gedanken kaum noch stoppen, die in Bruchteilen von Sekunden in seinem Gehirn entstanden. Er lief langsam auf den Kopf zu, den Amelie fallengelassen hatte, und hob ihn auf. Er sah ihn verärgert an und warf ihn mit einem wütenden Schrei in die Ecke des Dojos, bevor er ins Haus rannte, um nach Amelie zu sehen.

EIN NEUBEGINN

Amelie lag auf dem Bett und weinte verzweifelt. Pascals harsche Worte hatten sie tief verletzt und sein feindseliger Blick hatte ihr das Herz gebrochen. Sie war erschüttert von der unkontrollierten Wut, mit der er sie angeschrien hatte. Obwohl sie sich am liebsten verstecken und weinen würde, fühlte sie sich gefangen und unfähig, etwas anderes zu tun.

Pascal stürmte die Treppe hoch, seine Gedanken kreisten nur noch um Amelie und was er ihr getan hatte. Als er die Türklinke betätigte, merkte er, dass sie verschlossen war. Er klopfte immer heftiger an die Tür und schrie: „Amelie, bitte, öffne die Tür! Es tut mir so verdammt leid!"

Es kam keine Antwort. „Mia, öffne die Tür zum Gästezimmer 1!", befahl er mit fester Stimme. „Die Tür wurde auf Anweisung von Amelie verschlossen", antwortete Mia sachlich.
„Befehl überschreiben! Autorisierung: Pascal - eins - drei - zwo - drei - Mike - Whiskey."

Die Tür öffnete sich. Pascal trat in das Zimmer ein und sah Amelie auf dem Bett liegen, immer noch weinend. Er fühlte sich beschämt und unwürdig.

„Es tut mir so leid, ich war ein Idiot und hatte keine Kontrolle über mich", sagte er leise und legte seine Hand auf ihre Schulter, die sie sofort abwehrte.

„Geh weg", flüsterte Amelie gebrochen und schluchzte. Pascal sah sie an und wusste, dass er ihr unglaublich wehgetan hatte.

„Ich weiß, dass ich dich verletzt habe, bitte, hör mir zu", sagte er mit zitternder Stimme.

Aber wie konnte er es schaffen, dass sie mit ihm sprach oder ihn wenigstens anhörte? Er setzte sich auf den Boden, lehnte seinen Rücken an das Bett und starrte auf die Wand vor ihm.

Er wollte unbedingt ausdrücken, was in ihm vor sich ging, als er im Dojo war. Ob Amelie es akzeptierte oder nicht, er musste es ihr sagen. Er wählte seine Worte sehr sorgfältig.

„Ich weiß, es gibt keine Entschuldigung für das, was ich getan habe. Aber als ich auf den Holzklotz einschlug, wollte ich zumindest einen Teil meiner Wut loswerden", begann er. Es fiel ihm schwer, weiterzusprechen, aber er tat es in der Hoffnung, dass sie verstehen würde.

„Jahrelang habe ich diese Wut in mir angesammelt. Jedes Mal, wenn etwas passierte, wie das, was mit dir passiert ist, wurde noch mehr Wut hinzugefügt. Ich habe sie genährt und gepflegt und ihr in mir ein Zuhause gegeben. Vielleicht, weil ich nicht wusste, wie ich diese Leere in mir füllen konnte. Es war wie ein Luftballon in mir, der immer wieder aufgeblasen wurde, bis er vollständig ausgedehnt war. Aber ich hatte keine Möglichkeit, diese Wut abzubauen." Er legte eine kurze Pause ein, bevor er fortfuhr. „Meine Dienstzeit war vorbei, ich hatte keine Feinde mehr, gegen die ich kämpfen konnte", seine Stimme bebte.

„Diese Wut hat mich fast erdrückt. Aber da ich niemanden hatte, gegen den ich sie richten konnte... niemanden, an dem ich meine Wut auslassen konnte, habe ich sie gegen mich selbst gerichtet."

Amelie weinte nicht mehr. Eine Stille befiel den Raum. Nur Pascals Stimme war zu vernehmen.

„Mal passiv, mal aktiv. Ich habe mich selbst sabotiert, mich verletzt, hab' mir Steine in den Weg gelegt. Ich habe mich nicht mehr um mich gekümmert, bis zur Verwahrlosung." auch er war nun den Tränen nahe.

„Ich habe mich nicht mehr selbst belohnt, vielleicht mit einem Urlaub oder so. Ich habe' keine Gefühle für andere zugelassen, ich habe mich isoliert, bis ich krank wurde und wieder in einer Klinik endete."

Amelie hörte ihm aufmerksam zu. Das war nicht mehr der Mensch, der vor wenigen Minuten noch voller Wut auf eine Trainingsattrappe eingeschlagen hatte.

Die Kraft und Stärke, die er im Training ausstrahlte war verflogen. Aber es war auch nicht der Pascal, den sie in Kraichtal kennen gelernt hatte. Ein Mensch, der allen seine Hilfe anbot, der für sie da war, so gut er konnte. Jetzt hatte sie es mit einem Pascal zu tun, der verletzbar war. Der Gefühle hatte und Ängste. Das war eine neue Seite an ihm, die sie so nicht kannte.

Sie war in der Klinik so sehr mit sich selbst beschäftigt gewesen, dass sie keinen Gedanken an Pascal verschwendet hatte. Während sie seine Hilfe dankbar annahm, kam sie nie auf die Idee, sich zu fragen, was Pascal denn gebraucht hätte. Ihre Gedanken wurden unterbrochen.

„Sterben konnte ich nicht; Leben konnte ich nicht... Ich befand mich im Kampf mit mir selbst, aber kämpfen konnte ich nicht mehr. Ich konnte auch nicht vor mir selbst fliehen. Ich war wie ein Gefangener und mein eigener Wärter. Einerseits habe ich versucht auszubrechen, andererseits habe ich mich selbst in mein Verlies geworfen und dort festgehalten. Es war zum Verzweifeln und dauerte sehr lange, bis ich verstanden habe, dass ein Organismus im Kampf mit sich selbst, verloren ist." Pascal legte erneut eine Pause ein.

Amelie schwieg weiter und wartete darauf, was er zu sagen hatte. Sie drückte sich fester an ihr Kissen, um das sie ihre Arme gelegt hatte - eine Umarmung, die sie Pascal gerne gegeben hätte.

„Und... es hat gedauert, bis ich verstanden habe, dass niemand mich lieben kann, wenn ich doch selbst nicht bereit bin, mich zu lieben. Keine Ahnung, ob ich jetzt in diesem Moment zur Selbstliebe fähig bin.", sagte Pascal und schwieg wieder. Amelie hätte ihm am liebsten die Hand auf die Schulter gelegt und ihm gesagt, dass alles gut werden würde. Sie hätte ihn gerne in die Arme genommen und ihn gedrückt, aber sie konnte es nicht. Pascal schüttelte den Kopf, als würde er ihr zu verstehen geben, sie solle es lassen.

Jetzt, da er begonnen hatte zu reden, konnte er kaum noch aufhören, zu erzählen, wie es in ihm aussieht.

„Und hier bin ich jetzt - eingekerkert in meinem eigenen Gefängnis. Ja, es ist ein schönes Haus, schön eingerichtet mit allem, was ich haben wollte. Aber am Ende soll, das alles nur davon ablenken, dass es ein Verlies ist, das ich mir gebaut habe", sagte er und sah sich im Raum um. „Hier verstecke ich mich vor den Menschen. Hier halte ich die Menschen draußen auf

Abstand. Nur so überlebe ich. Verstehst du?", fragte er und wartete auf eine Antwort. Aber Amelie konnte nicht reden - sie war überfordert mit dem, was Pascal gerade von sich gegeben hatte.

„Ich würde verstehen, wenn du sagst, dass du nichts mehr mit mir zu tun haben willst. Wenn du gehen willst, solltest du es vielleicht tun. Aber bitte, geh nicht jetzt. Bleib wenigstens bis morgen früh und dann kannst du gehen. Ich werde dich nicht aufhalten. Versprochen." Er wartete auf eine Antwort oder zumindest eine Reaktion, die ausblieb.

Langsam stand er auf und ging in Richtung Tür. „Es tut mir leid, was ich gesagt habe. Sehr sogar."

Als Pascal sich umdrehte, fiel sein Blick auf Amelie, die immer noch auf dem Bett lag und das Kissen umarmte. In diesem Moment durchfuhr ihn ein Gefühl der Scham und des Unwohlseins. Er fühlte sich wie ein schlechter Mensch, der die Kontrolle verloren und sich im Ton vergriffen hatte.

Die Art und Weise, wie er mit Amelie umgegangen war, widersprach seinen eigenen Werten und Vorstellungen davon, wie man mit Menschen umgehen sollte. Er schämte sich zutiefst dafür, dass er nicht in der Lage war, seine Wut zu beherrschen und dass er sie auf Amelie ausgelassen hatte.

Pascal war enttäuscht von sich selbst und machte sich Vorwürfe. Er hatte sich in der Vergangenheit oft vorgenommen, in emotional aufgeladenen Situationen ruhig zu bleiben und sich selbst zu kontrollieren. Aber jetzt hatte er erneut versagt und seine Wut hatte die Oberhand gewonnen. Er war frustriert und verärgert darüber, dass er nicht in der Lage war, sich selbst zu beherrschen und dass er dadurch Amelie verletzt hatte.

Als er in sein Schlafzimmer ging und sich auf das Bett legte, drehten sich die Ereignisse des Tages immer wieder in seinem Kopf. Er würde die meiste Zeit damit verbringen, zu grübeln und sich selbst Vorwürfe zu machen. Das Zimmer war still und dunkel, außer seinem Atem gab es keine Geräusche. Pascal fühlte sich isoliert und allein mit seinen Gedanken und Emotionen, die ihn quälten. Es würde eine lange Nacht werden, in der er versuchen würde, sich selbst zu vergeben und seine Wut zu kontrollieren, damit er in Zukunft anders reagieren konnte.

Amelie lag noch immer auf dem Bett, ihre Augen waren geschlossen und ihr Gesicht war von Tränen und Schmerz gezeichnet. Langsam beruhigte sie sich und hörte auf zu weinen. Sie drehte sich auf den Rücken und starrte an die Decke, immer noch das Kissen umarmend. Ihre Gedanken drehten sich im Kreis, während sie versuchte, ihre Emotionen zu sortieren und ihre Entscheidungen zu überdenken.

Warum habe ich nicht einfach auf ihn gehört und bin gegangen? fragte sie sich immer wieder. Vielleicht wäre es besser gewesen, einfach zu gehen und ihn allein zu lassen. Aber andererseits, er würde sowieso nie mit ihr darüber reden, das hatte er in der Klinik schon nicht getan. Er war immer so verschlossen, wenn es um ihn selbst ging.

Schließlich stand Amelie auf und begann damit, einige ihrer Sachen in den Koffer zu packen. Aber je mehr sie packte, desto mehr wurde ihr bewusst, dass sie gar nicht gehen wollte.

Sie legte das Oberteil beiseite und ließ sich auf das Bett fallen. Ihr Kopf war voll mit den Erinnerungen an die Szenen im Dojo. Sie sah Pascal vor sich, wie er mit seiner Trainingsattrappe übte und das peitschende Klacken bei jedem Schlag ertönte. Sie konnte förmlich seinen festen Griff spüren, mit dem er den Stock hielt, und seine Muskeln, die bei jeder Bewegung zum Vorschein kamen. Dann sah sie seine Bewegungen wie in Zeitlupe ablaufen. Sie sah, wie er sich drehte und den Jo herumwirbelte. Sie sah sein angespanntes Gesicht und die Wut in seinen Augen, die sich gegen sie richtete.

Er hoffte, dass er durch das Herunterwaschen seines Schweißes auch seine Wut und Frustration loswerden könnte. Doch er wusste, dass es nicht so einfach war, seine inneren Konflikte und Emotionen zu bewältigen.

Als er sich abtrocknete und sich wieder in sein Bett legte, drehten sich seine Gedanken unaufhörlich in seinem Kopf. Er konnte nicht aufhören, über seine Handlungen nachzudenken und sich Vorwürfe zu machen. Seine Gedanken sammelten sich und bildeten wieder diesen einen Strudel, der ihn immer tiefer in einen Abgrund zu ziehen drohte und den er so gut kannte.

Pascal fühlte sich hilflos und konnte nichts dagegen tun. Er konnte die Schuldgefühle und Scham nicht abschütteln, die ihn plagten. Er wusste, dass Amelie ihn um Hilfe gebeten hatte, weil es ihr nicht gut ging, aber er hatte seine eigenen Bedürfnisse über ihre gestellt und war nicht für sie da gewesen.

Während er über seine Fehler nachdachte, wurde er von einem Klopfen an der Tür unterbrochen. Pascal bat Mia, die Schlafzimmertür zu öffnen, und klang dabei geknickt. Er hatte Angst, dass es Amelie war, die sich auf den Weg machen wollte und ihm möglicherweise die Leviten lesen würde, bevor sie ging. Er konnte es ihr nicht einmal verübeln, wenn das der Fall war. Er stützte sich mit dem Arm auf und wartete gespannt.

Die Tür öffnete sich und er sah Amelie in einem Spitzen-Negligé sah, stockte ihm der Atem. Das Licht aus dem Flur schien durch den dünnen Stoff und ließ Amelies Silhouette durchscheinen.

„Mia, bitte schalte das Nachtlicht ein", sagte Pascal, während er Amelies Anblick genoss. Sie trat durch die Tür, und ihr Körper wurde von dem Negligé umspielt, das sie trug. Der Stoff schmeichelte ihren Kurven auf eine subtile und verlockende Art und Weise.

Eine Strähne löste sich und fiel über ihre Schulter, während sie die Tür hinter sich schloss. Sie sah aus wie eine Göttin, und Pascal konnte nicht anders, als seinen Blick auf ihren Körper zu richten. Das gedämpfte Licht tauchte den Raum in ein warmes Goldgelb. Er sah Amelie an. Der Stoff schimmerte im schwachen Licht, als sie sich auf das Bett setzte. Es war wie ein Hauch auf ihrer Haut, sanft und verführerisch. Sein Herz schlug schnell. Er bemerkte, wie der feine Stoff auf ihrer Haut lag, leicht und weich wie ein Wassertropfen, der darüber lief. Pascal konnte ihren Duft vernehmen und spürte das Verlangen, sie zu berühren.

Die Gedanken, die Pascal seit ihrem Gespräch gequält hatten, schienen sich nun aufzulösen. Nur wenige Augenblicke zuvor hatte er noch gedacht, dass er alles kaputt gemacht hatte. Doch nun saß diese wunderschöne Frau auf seinem Bett, streichelte ihm über die Wange und lehnte sich zu ihm hinüber. Pascal war beinahe erstarrt vor Verwirrung.

Als Amelie sich zu Pascal hinüberlehnte und ihre Lippen auf die seinen drückte, fühlte er einen intensiven Rausch, der ihn wie ein warmes und prickelndes Gefühl durchströmte. Seine Augen schlossen sich automatisch und seine Gedanken und Sorgen lösten sich in diesem Moment auf. Alles, was er spürte, war ihr Kuss - die Weichheit ihrer Lippen, die Wärme ihres

Atems und das sanfte Eindringen ihrer Zunge in seinen Mund. Pascal erwiderte den Kuss leidenschaftlich und seine Hände begannen, ihren Körper zu erkunden. Seine Finger strichen über ihre Wange, ihren Nacken und glitten sanft über ihre Haut, die sich so weich und verlockend anfühlte. Er zog sie zu sich auf das Bett und sie folgte ihm ohne Widerstand.

Ihr Kuss wurde intensiver und fordernder, als er begann, ihren Körper weiter zu erforschen. Seine Hände glitten über ihre Brüste und er fühlte, wie ihr Atem schneller und unregelmäßiger wurde. Er fuhr fort, mit seinen Fingern über ihren Körper zu streichen und jeden Zentimeter ihrer Haut zu erkunden, bis er schließlich ihre Schenkel erreichte. Die Lust und die Leidenschaft, die er in dem Moment ihrer Vereinigung empfand, waren überwältigend und er wusste, dass er sie nie wieder vergessen würde.

'Sie hat eine wunderschön weiche Haut' meldete seine Hand dem Gehirn, während Pascal sie sanft streichelte. Der Gedanke an ihre perfekte Haut löste ein tiefes Verlangen in ihm aus. Sein Blick wanderte über ihren Körper, der vor Erregung bebte, und er spürte, wie seine eigene Erregung zunahm.

Doch Pascal versuchte, sich zu beherrschen. Er wollte diesen Moment mit Amelie nicht einfach vorbeiziehen lassen. Er wollte jeden Moment genießen und sich ganz auf sie konzentrieren. Deshalb begann er, sie am Hals zu küssen, aber nur kurz. Dann ließ er seine Lippen langsam über ihre Schulter gleiten und begann, sie überall mit sanften Küssen zu bedecken.

Amelie stöhnte leise auf und genoss seine Berührungen. Sie spürte, wie seine Finger leicht wie eine Feder über ihre Haut glitten und ihr Gänsehaut verursachten. Sie verlor sich in dem Moment, während Pascal sie immer weiter mit seinen Küssen und Streicheleinheiten verwöhnte. Jede Berührung, jeder Kuss war wie ein zärtlicher Liebesbeweis und ließ ihre Leidenschaft weiter anwachsen.

Ihr Körper schien zu einem Instrument zu werden, das von unsichtbaren Händen geleitet wurde. Jede Bewegung, jeder Griff, jeder Kuss war perfekt aufeinander abgestimmt, als ob sie eine Choreografie einstudiert hätten. Kein Wort musste ausgetauscht werden, denn ihre Körper kommunizierten auf eine Art und Weise, die alle Sprachen überflüssig machte.

Amelies Hände glitten über Pascals Rücken, zupften an seinen Haaren und krallten sich in seine Schultern. Sein Körper erwiderte ihre Berührungen, fand ihren Rhythmus und passte sich ihr an. Seine Lippen wanderten über ihren Hals, während seine Hände ihren Körper erforschten. Er fand jeden empfindlichen Punkt, jede Stelle, die sie zum Stöhnen brachte.

Sie bewegten sich wie in Trance, jeder Schritt, jede Drehung war perfekt synchronisiert. Kein Gedanke störte ihren tiefen Fokus aufeinander. Jeder Atemzug, jeder Herzschlag schien aufeinander abgestimmt zu sein.

Als sie sich schließlich in die Laken fallen ließen, waren sie erschöpft, aber glücklich. Sie lagen nebeneinander, schwer atmend, und genossen das Gefühl der gemeinsamen Zweisamkeit. Kein Wort war nötig, denn ihre Körper hatten alles gesagt, was es zu sagen gab.

Sie sahen sich tief in die Augen und spürten wieder diese Vertrautheit, die sie bereits zuvor empfunden hatten. Pascal nahm ihre Hand und zog Amelie sanft zu sich, während sie ihren Kopf auf seine Brust legte und sich eng an ihn schmiegte.

Er genoss das Gefühl ihrer Nähe und küsste sie liebevoll auf die Stirn, während Amelie auf seinen ruhiger werdenden Herzschlag lauschte. Pascal wusste nicht, was er sagen sollte, aber er ließ seine Hand über ihren Rücken gleiten, mal sanft streichelnd, mal leicht massierend, während er sie leidenschaftlich küsste.

Amelie schloss die Augen und gab sich vollständig seinen Berührungen hin, als sie sich stärker an ihn drückte. Sie spürte, wie sich ihre Körper miteinander verschmolzen und fühlte sich unbeschreiblich glücklich in seinen Armen.

„Ich hatte Angst, dass du gehst", unterbrach Pascal die Stille im Raum. Seine Worte klangen bedrückt und verletzlich zugleich. Amelie, die seinen Blick erwiderte, spürte, wie sich ihr Herz zusammenzog.

„Nein", flüsterte sie sanft und legte ihre Hand auf seine.

„Es tut mir leid", sagte Pascal nach einer kurzen Pause. „Wir hatten so einen schönen Tag und ich habe alles kaputt gemacht." Amelie zögerte einen Moment, bevor sie ihm wieder in die Augen sah.

„Nein, hast du nicht", erwiderte sie und küsste ihn auf den Mund. „Ich bin diejenige, die die Fehler gemacht hat. Schon in der Klinik. Und das tut mir leid. Sehr." Pascal richtete sich überrascht auf und legte Amelies Kopf auf sein Kissen.

„Was denn für Fehler?!", fragte er verwirrt.

„Ich war so sehr mit mir selbst beschäftigt, dass ich überhaupt nicht beachtet habe, was mit dir ist. Ich habe immer nur genommen und keinen Gedanken darauf verwendet, wie es dir dabei geht", gestand Amelie mit einem traurigen Ausdruck in den Augen. Pascal schüttelte den Kopf und küsste sie erneut.

„Sag das nicht. Es ging dir nicht gut, du warst krank, in einer Ausnahme-Situation. Und haben wir nicht gelernt, mehr auf uns selbst zu achten?", versuchte er sie zu beruhigen.

„Natürlich haben wir das. Aber nur auf sich zu achten ist auch falsch. Ich hätte es sehen müssen, oder wenigstens erfragen sollen, wie es dir geht", entgegnete Amelie leise und wurde zunehmend still. „Ich würde vorschlagen, wir lassen das. Wir ziehen uns nur total runter damit", schlug Pascal vor und streichelte ihre Wange. „Einverstanden" nickte Amelie zustimmend.

Pascal legte sich wieder hin und zog Amelie an sich heran, die ihm nun den Rücken zukehrte. Er schlang seine Arme um sie und drückte sie sanft an sich. Während sie schweigend da lagen, küsste er ihren Nacken und strich ihr zärtlich durch die Haare. Amelie legte ihre Haare mit einer geübten Bewegung zur Seite, so dass ihr Nacken freigelegt wurde. Sie genoss die sanften Küsse auf ihrem Nacken und schloss die Augen.

Die Wärme, die zwischen ihnen lag, war unbeschreiblich. Es war, als hätten sie sich nach all der Zeit endlich gefunden. Pascal hatte so lange auf Nähe und Wärme verzichtet, dass er vergessen hatte, wie schön es sein konnte. Hinter seiner lachenden und lächelnden Fassade und den vielen Mauern, die er in den Jahren aufgebaut hatte, verbarg er ein kaltes, einsames Inneres. Aber nun, in diesem Moment, fühlte er sich endlich wieder lebendig.

Einen kurzen Augenblick lang schweiften Pascals Gedanken zu Mia ab und er dachte an die Träume, in denen er sie gesehen hatte. Doch ihm wurde klar, dass er diese Wärme, die er gerade mit Amelie empfand, niemals von ihr bekommen würde. Egal wie schön die Träume sein mögen, es würden immer nur Träume bleiben.

„Pascal?" Plötzlich riss Amelies Stimme Pascal aus seinen Gedanken.

„Entschuldige. Was?" entschuldigte sich Pascal, da er so in Gedanken vertieft war, dass er nicht mitbekommen hatte, was sie sagte.

„Wo warst du?" Amelie lächelte.
„Tut mir leid, ich war in Gedanken."
„Das habe ich bemerkt." Amelie grinste. „Ob dir das Spaß macht, habe ich gefragt."
„Ob mir was Spaß macht?" fragte Pascal verdutzt.
„Na meine Schulter zu küssen." Amelie lachte frech.
„Ähm... ja... Soll ich aufhören? Ist es dir unangenehm?" fragte er unsicher.
„Nee, nee... schön weiter machen!" sagte Amelie mit festem Ton.
„Gut." Pascal sah ihr lächeln.
„Na großartig...! Du hast mich rausgebracht und ich weiß jetzt nicht mehr, wo ich aufgehört hatte." sagte er mit aufgesetzter ernster Miene. Amelie tippte mit dem Zeigefinger auf eine Stelle auf ihrer Schulter.

„Sicher? Da?" fragte Pascal. Amelie tippte erneut auf ihre Schulter und schloss ihre Augen, in Erwartung seiner Küsse.
„Nein... Tut mir leid... Aber ich muss von vorne beginnen." sagte Pascal und küsste sie gleich unterhalb ihres Ohres.
Amelie lächelte zufrieden.

Sie verbrachten die Nacht damit, sich zu unterhalten, sich gegenseitig zu necken und sich immer wieder zu küssen und zu lieben. Die Sonne schickte bereits ihre ersten Strahlen über die Baumwipfel, als die beiden in inniger Umarmung einschliefen.

Pascal stand an diesem Tag erst gegen 11 Uhr auf. Amelie war nicht mehr im Bett, was Pascal verwunderte. Er war fest davon ausgegangen, dass sie länger schlafen würde als er. Offensichtlich hatte er sich getäuscht.

„Guten Morgen, Pascal", meldete sich Mia wie gewohnt. „Es ist 10 Uhr 52 Minuten und das Wetter wird heute überwiegend bewölkt sein. Es wird bis zu 28 Grad warm."
„Danke sehr. Weißt du, wo Amelie ist?" fragte er Mia.
„Amelie befindet sich im Fitnessstudio. Möchtest du, dass ich sie rufe?" bot Mia an.
„Nein, danke. Lass sie trainieren", antwortete Pascal und ging unter die Dusche. Er hatte in dieser Nacht zwar gut aber nur sehr wenig geschlafen.

Amelie war noch auf dem Ergometer. Er bereitete ein Omelett mit Cherrytomaten, Mozzarella und Basilikum zu. Anschließend deckte er den Tisch und trank eine Tasse Kaffee. Während er die Nachrichten des Tages überflog, dachte er über seinen Gast nach. Warum kam sie ausgerechnet jetzt zu ihm? Das war nicht die erste Trennung von Leon. Wieso war ihr Verhalten dieses Mal anders als in der Vergangenheit? Warum hatte sie mit ihm geschlafen, nach dem, was am Abend zuvor geschehen war?

„Irgendwas stimmt nicht..." Dieser Gedanke ließ ihn nicht mehr los.
„Mia, bist du noch da?", fragte Pascal.

„Für dich immer", antwortete Mia.

„Aktiviere das Argus-Protokoll für Amelie." befahl Pascal.

„Audio- und Videoüberwachung ist aktiv", antwortete Mia nach einem kurzen Moment. „Möchtest du die Überwachung auch auf die Fahrzeuge ausdehnen?", fragte sie gewissenhaft nach.

„Ja, auch auf die Fahrzeuge. Wir wollen sehen, was unser Gast so macht", sagte er und dachte kurz nach. „Hast du Zugriff auf ihr Mobiltelefon?", fragte er unsicher.

„Zugriff auf das Mobiltelefon über WiFi wurde bereits hergestellt", antwortete Mia und wartete auf weitere Anweisungen.

„Sehr gut. Lade die Argus-App auf ihr Handy. Ich möchte ein Bewegungsprofil erstellen", sagte Pascal, aber immer noch mit Zweifeln.

„Willst du das wirklich tun?", hakte Mia nach.

„Ich weiß es nicht! Ich weiß nicht, was ich tun soll. Was hältst du davon?", fragte Pascal.

„Das ist ein klarer Verstoß gegen das Gesetz, für den es kein Pardon gibt. Ich kann dir die Informationen an deinen Arbeitsplatz schicken, wenn du möchtest", gab Mia zu bedenken.

„Das weiß ich auch! Nein, die Informationen brauche ich nicht", sagte Pascal entnervt.

„Hast du auch darüber nachgedacht, dass das ein Vertrauensbruch wäre? Wenn Amelie das herausfindet, wird es sehr unschön." gab Mia weiter zu bedenken.

Pascal stand auf und dachte nach, während er einige Meter in Richtung Garten lief. Er sah sich seinen Menschenleeren Garten an und musste daran denken, wie gerne er einen Menschen in seinem Leben hätte. Aber das widersprach seinen Erfahrungen mit den Menschen. Sein Vertrauen in sie war zerstört.

„Wie auch immer. Tu es! Lade die Argus-App auf ihr Handy. Ich möchte so viel wie möglich herausfinden", sagte er mit einem festen Ton.

„Die App wurde als Update-Datei getarnt und an ihr Mobiltelefon gesendet. Möchtest du per Silent-SMS ihr Telefon anzapfen?", fragte Mia.

„Ja, mach das." sagte Pascal entschlossen. Das war jedoch eine Grenzüberschreitung, mit der er sich unwohl fühlte. Aber die Angst, erneut verletzt zu werden, trieb ihn an.
„Ich werde einen Klon des Telefons anlegen. Du kannst es dann per Update-Funktion auf den neuesten Stand bringen." schlug Mia vor.

„Vielen Dank, Mia."
„Denk bitte daran, dass du die Update-Funktion überarbeiten wolltest. Ich habe dir einen Vorschlag mit Verbesserungen auf deinen Desktop gelegt." sagte Mia.
„Danke, Mia. Ich werde mir das gleich anschauen." Pascal beendete das Gespräch rechtzeitig, als Amelie sich näherte.
„Guten Morgen." Sie lächelte Pascal an.
„Guten Morgen." Pascal erwiderte ihr Lächeln.
„Ich gehe jetzt duschen. Bist du dann noch hier?" fragte Amelie.

„Ja, ich denke, ich werde hierbleiben und noch ein wenig Kaffee trinken, aber dann gehe ich in mein Arbeitszimmer." Pascal wusste nicht, wie er sich Amelie gegenüber verhalten sollte. Er blieb freundlich, aber distanziert.

„Oh, okay. Wo ist das? Hast du es mir gestern gezeigt?" fragte Amelie und sah Pascal dabei fragend an, während sie überlegte, was sie vom Haus bereits gesehen hatte.

„Nein, um ehrlich zu sein, darf niemand mein Arbeitszimmer betreten", antwortete Pascal und schüttelte leicht den Kopf, während er ernst dreinblickte.

„Was? Warum nicht?" fragte Amelie verwirrt.

„Nun ja, es ist mein Arbeitszimmer und ich möchte ungestört sein. Außerdem ist es im Grunde nur ein kleines Büro", erklärte er.

„Okay", antwortete sie. „Ich werde jetzt duschen gehen. Kann ich dich später anrufen und wir können etwas zusammen machen?", fragte sie enttäuscht.

„Ja, klar. Sag Mia, sie soll mich benachrichtigen, dann komme ich hoch", antwortete er. Sie ging ins Haus und ließ ihn allein zurück. Die Distanz, die er zu ihr hielt, fiel Amelie auf. Sie verstand nicht, was sich geändert hatte, aber es gefiel ihr nicht. Sie freute sich auf die Dusche und das anschließende Frühstück. Pascal trank seinen Kaffee aus und begab sich in sein Arbeitszimmer.

„Mia, bitte nur im Arbeitszimmer Voicemeldungen hinterlassen", sagte Pascal. Dann setzte er sich an seinen Computer und überprüfte gemeinsam mit Mia, wie er die Fehler in den betreffenden Modulen beheben könnte. Sie arbeiteten den ganzen Vormittag zusammen an den Verbesserungen und führten Tests durch.

„Wie sieht mein Terminkalender heute aus?", fragte Pascal.

„Du hast keine Termine. Ich schlage vor, dass du dich um deinen Gast kümmerst. Ich kann die weiteren Berechnungen allein durchführen", schlug Mia vor.

„Danke, du bist mein Engel", sagte Pascal fast liebevoll.

„Sehr gerne. Amelie ist gerade in der Küche", informierte ihn Mia.

„Sehr gut. Wenn die Berechnungen abgeschlossen sind, kannst du mich gerne benachrichtigen", sagte Pascal und machte sich auf den Weg.

„Verstanden. Ich benachrichtige dich über das Kommunikationssystem."

Pascal war zufrieden mit seinem Arbeitstag und begab sich in die Küche, wo er Amelie beim Einräumen des Geschirrspülers traf.

„Was machst du da? Du bist hier zu Gast und ich erledige das", sagte Pascal.

„Ach was, ich kann das genauso gut. Du hast mir das Frühstück gemacht, dann kann ich das wenigstens erledigen", antwortete Amelie.

Pascal ließ diese Aussage so stehen und wenn er ehrlich zu sich selbst war, gefiel es ihm eine Frau in seiner Küche zu sehen.

„Also… ich bin für heute fertig. Hast du eine Idee, was du gerne machen möchtest?", fragte Pascal.

„Ich weiß nicht. Etwas Entspannung würde mir guttun. Vielleicht einfach in der Sonne liegen und etwas schwimmen. Hast du etwas geplant?", fragte Amelie erwartungsvoll.

„Pool und Sonnenbaden hören sich gut an. Wenn du möchtest, können wir außerhalb zu Abend essen", schlug Pascal vor.

„Gerne. Wo wollen wir hin?", fragte Amelie strahlend.

„Es gibt einen guten Chinesen in Crailsheim oder wir könnten zum Italiener in Dinkelsbühl fahren. Oder gibt es etwas, das dir lieber wäre?", fragte Pascal.

„Nein, das hört sich sehr gut an", sagte Amelie lächelnd.

DISPOSABLE HEROES

Dass es so schmerzhaft sein würde, Mias ersten Bericht über Amelies Aktivitäten zu studieren, konnte Pascal nicht ahnen. Der Tag begann für ihn wie üblich mit einer erfrischenden Dusche und seinen morgendlichen Routinearbeiten. Die Kaffeemaschine verbreitete bereits den vertrauten Duft im ganzen Haus, den Pascal so sehr mochte. Er signalisierte ihm, dass ein neuer Tag begonnen hatte, an dem es viel zu tun, erleben und erreichen gab.

Wie gewohnt nahm Pascal sein Tablet zur Hand und begab sich zur Küche, um sich eine Tasse Kaffee einzuschenken. Dann setzte er sich auf die Terrasse, um den Tag zu beginnen. Er platzierte das Tablet auf dem Tisch und trank langsam aus seiner Kaffeetasse. Jeder Schluck fühlte sich an, als koste er einen feinen Wein. Der leichte Wind, der an diesem Morgen wehte, trug den Duft von Wald und Wiesen herbei.

„Genuss muss erlaubt sein", dachte er und öffnete langsam seine Augen, um das Sonnenlicht hereinzulassen.

„Guten Morgen, Pascal. Es ist acht Uhr dreißig. Wir haben heute Morgen 21 Grad Celsius. Das Wetter wird heute leicht bewölkt sein, mit Temperaturen um die 27 Grad Celsius. Es wird kein Regen erwartet", meldete sich Mia wie gewohnt pünktlich zu Wort und vervollständigte damit seine Morgenroutine.

„Der erste Bericht des Argus-Protokolls liegt nun vor. Möchtest du ihn dir ansehen?", fragte Mia.

„Gerne. Ich werde ihn gleich lesen", antwortete Pascal höflich. Ungeduldig erwartete er Mias Bericht.

„Der Bericht wurde unter der Bezeichnung Argus 17062023 in der Cloud gespeichert", fügte Mia hinzu.

„Vielen Dank, Mia", bedankte sich Pascal und griff sofort nach seinem Tablet, um die Datei auf dem Cloud-Server zu suchen.

Allerdings schmerzte es ihn, als er begann, Mias ersten Bericht zu studieren. Jede Zeile, jede Nachricht, die er las, änderte seinen Gesichtsausdruck und hinterließ schließlich Enttäuschung.

In Amelies Nachrichten an Leon sprach sie von einem Gefühlschaos, das ihr Herz beherrschte. Immer wieder beteuerte sie, dass sie Leon nach wie vor liebte und dass sie hoffte, diese Beziehung doch noch retten zu können. Auf Leons Nachfrage, wo sie sich gegenwärtig aufhielt, antwortete sie nur, dass sie bei Freunden sei.

Pascals Herz begann zu pochen, und die Wut in ihm stieg hoch. Er wusste nicht, wie er damit umgehen sollte. Niemand in seinem bisherigen Leben hatte ihn auf eine solche Situation vorbereitet. Weder seine Lehrer, Ausbilder, Professoren noch sein Vater hatten ihm etwas beigebracht, was er nun anwenden könnte. Er durchforstete sämtliche Informationen in seinem Gehirn nach einem Tipp oder einer Vorgehensweise, doch es gab nichts, das ihm sagen würde, wie er darauf reagieren sollte.

Pascal beschloss, vorerst zurückhaltend zu sein und die Situation weiter zu beobachten, bevor er unüberlegte Entscheidungen traf. Er erkannte, dass er nicht genug Informationen hatte, um eine klare Entscheidung zu treffen, und dass es wichtig war, zunächst mehr über die Situation zu erfahren, bevor er handelte.

Er beschloss, seine Emotionen beiseitezulegen und rational zu handeln. Er würde Amelie weiterhin beobachten und versuchen, mehr Informationen zu sammeln, um eine fundierte Entscheidung treffen zu können. In der Zwischenzeit würde er sich auf seine Arbeit konzentrieren und versuchen, sich nicht von seinen Gedanken und Emotionen ablenken zu lassen.

Pascal erkannte auch, wie wichtig es war, eine Maske aufzusetzen, um zu verhindern, dass Amelie seine inneren Konflikte und Zweifel bemerkte. Er würde sich bemühen, normal und entspannt zu wirken, um keinen Verdacht zu erregen.

Als Amelie aufwachte und aus dem Schlafzimmer kam, begrüßte Pascal sie wie gewohnt und setzte seine Maske auf. Er beschloss, sich für den Rest des Tages auf seine Arbeit zu konzentrieren und seine Gedanken und Emotionen im Hinterkopf zu behalten, bis er mehr Informationen gesammelt hatte, um eine klare Entscheidung treffen zu können.

Amelie war gegen 10:30 Uhr aufgewacht, hatte sich frisch gemacht und befand sich gerade auf dem Weg zur Küche, als Pascal mit einem Korb voller frischer Tomaten, Gurken und Karotten die Küche betrat.

„Guten Morgen", sagte Pascal und küsste Amelie auf die Wange.
„Guten Morgen. Du bist aber schon fleißig heute Morgen", erwiderte Amelie.

„Ich habe mich ein wenig um meinen Garten gekümmert und etwas Gemüse geholt. Möchtest du?", fragte Pascal und deutete auf das Gemüse in seiner Hand.

„Das ist lieb, danke. Aber ich habe heute Morgen keinen großen Appetit. Ich werde erst mal nur eine Tasse Kaffee trinken", antwortete Amelie und nahm ihre Kaffeetasse mit auf die Terrasse. Pascal sah ihr nach.

„Wie unbekümmert sie sich bewegt. Als wäre nichts geschehen. Als würde sie denken, dass ich zu dumm bin, um zu merken, welches Spiel sie spielt", dachte Pascal verärgert, während er sich ein Glas Orangensaft einschenkte. Doch er mahnte sich zur Ruhe und versuchte, disziplinierter zu sein.

Nachdem er das Gemüse im Kühlschrank verstaut hatte, gesellte er sich zu Amelie auf die Terrasse und fragte sie, ob sie für den Tag bereits Pläne hätte.

„Eigentlich dachte ich, wir könnten etwas unternehmen, aber ich habe gestern Abend mit meiner Mutter telefoniert. Und ich sollte mich wieder bei meiner Familie blicken lassen. Die machen sich Sorgen, wo ich bin", erklärte Amelie.
„Oh...! Ja, klar. Das solltest du vielleicht mal tun", erwiderte Pascal und grinste.
„Wissen sie, wo sie dich finden können?", fragte er nach.
„Nein. Ich habe nur gesagt, dass ich bei Freunden bin", antwortete Amelie.
„Okay. Dann... Also, wie geht es dann weiter?", fragte Pascal.

Amelie überlegte kurz. „Ich werde auf jeden Fall einige Tage zu Hause bleiben, aber ich werde mich dann auch sofort wieder bei dir melden, wann ich wieder kommen kann", versicherte sie ihm.

„Verstehe. Ok", antwortete Pascal knapp.

Amelie stand auf und setzte sich auf Pascals Schoß. Sie drückte sich an ihn und küsste ihn. „Ich werde schon bald wieder zurück sein", sagte sie.

Pascal sah ihr in die Augen und gab vor, nichts von ihren Unterhaltungen zu wissen. „Schon bald?! Wieso? Ich habe dir doch gar nichts getan", lachte er, während Amelie ihm auf den Oberarm schlug und sich verärgert von ihm abwandte.

Nachdem sie gemeinsam zu Mittag gegessen hatten, fuhr Amelie nach Hause. Pascal machte gute Miene zum bösen Spiel, obwohl er wusste, dass sie so schnell nicht wieder zurückkommen würde. Er beschloss, die Überwachung fortzusetzen und am nächsten Tag weitere Chatverläufe einzusehen.

Im Laufe des Tages verstärkte sich das Druckgefühl auf seiner Brust. Das Haus fühlte sich leer an, seit Amelie gegangen war.

Er bereitete das Mittagessen zu und nachdem sie gegessen hatten, fuhr Amelie nach Hause. Ihm war klar, dass sie so schnell nicht wieder zurückkommen würde. Dennoch machte er gute Miene zum bösen Spiel und wollte sehen, was sie als nächstes tun würde. Die Überwachung lief weiter, und er würde bereits am kommenden Tag weitere Chatverläufe einsehen können.

Als Pascal in sein nun leer wirkendes Haus zurückkehrte, spürte er das unangenehme Druckgefühl in seiner Brust, das ihn den ganzen Tag begleitet hatte, noch stärker. Der Gedanke daran, dass Amelie nicht mehr da war und möglicherweise wieder Kontakt zu ihrem Ex-Freund hatte, verstärkte seine Leere und Einsamkeit. Während er durch die Räume schlenderte, öffnete er auf seinem Handy die Chat-App und überlegte, was er Amelie schreiben könnte. Doch jedes Mal, wenn er etwas tippen wollte, schien ihm der passende Wortlaut zu fehlen, und er schloss die App wieder.

Seine Schritte klangen hohl auf dem Boden, als ob das Haus leer wäre und nur darauf wartete, gefüllt zu werden. Er konnte das Gefühl nicht loswerden, dass etwas fehlte, dass sein Leben unvollständig sei.

Er dachte an Amelie und vermisste sie bereits jetzt mehr als alles andere. Ihre Abwesenheit schien allgegenwärtig, und er konnte sich nicht daran gewöhnen, wieder allein zu sein. Er sehnte sich nach ihrem Lachen, ihrem Lächeln und ihren Berührungen. Es war, als ob er ohne sie nicht vollständig sein könne, als ob ein Teil von ihm fehle.

Das Haus, das er bewohnte, fühlte sich jetzt kalt und ungemütlich an, als ob es sie ebenfalls vermissen würde. Die Bilder an den Wänden, die Möbel, die Bücher - nichts davon konnte den Schmerz lindern, den er empfand. Er war einsam und fühlte sich isoliert von der Welt, als ob er in einem dunklen, kalten Raum gefangen wäre, ohne Hoffnung auf Rettung.

Er wusste nicht, wie lange er dieses Gefühl noch ertragen könne. Er fühlte sich leerer und unvollständiger, während der Gedanke an sie immer intensiver wurde. Ihm wurde klar, dass er etwas ändern müsse, dass er nicht wieder in diese Dunkelheit geraten dürfe. Aber in diesem Moment war er nur ein Mann, der in seinem Haus umherging und sich nach Amelie sehnte.

Pascal verließ das Haus und ging in den Garten, wo er die frische Luft einatmete, doch es schien nichts zu ändern. Die Sonne schien hell am Himmel, die Vögel zwitscherten fröhlich in den Bäumen, aber für ihn fühlte sich alles grau und trist an. Er ging auf die kleine Brücke, die er gebaut hatte, und sah sich die Fische an, die im klaren Wasser schwammen.

Sie waren ein beruhigender Anblick, und er fand Frieden in ihrer Stille und Anmut. Er schloss die Augen und lauschte dem sanften Plätschern des Wassers unter ihm, doch seine Gedanken waren immer noch bei Amelie. Ein Moment der Ruhe und Stille, den er so dringend brauchte, aber es schien ihn nicht zu beruhigen.

Er sah eine Ente, die auf dem Teich schwamm, als er die Augen wieder öffnete. Sie war so friedlich und frei, dass er sich wünschte, er könnte auch so sein. Er ließ seinen Blick über die Bäume und Blumen schweifen und bemerkte, wie schön alles in diesem Garten war, aber für ihn schien alles bedeutungslos zu sein.

Er realisierte sehr wohl, dass er nicht allein war, aber es war ihm egal. Er hatte diesen wunderschönen Garten, die Sonne, die Vögel, die Fische und die Ente, aber er konnte die Schönheit nicht mehr sehen. Er öffnete sein Herz nicht mehr, um all die Schönheit in sich hineinzulassen.

Schließlich kehrte Pascal ins Haus zurück, und alles war wie zuvor. Er spürte keine Hoffnung oder Zuversicht in sich aufkeimen. Nichts konnte ihn trösten, denn in diesem Moment wusste er, dass er wirklich alleine war.

„Mia. Synchronisiere dein Programm mit dem Camper", sagte er und bewegte sich mit schnellen und entschlossenen Schritten in Richtung Schlafzimmer.

„Sehr gerne. Möchtest du verreisen?", fragte Mia.
„Ja, ich werde einige Tage wegfahren", sagte Pascal, während er hastig eine Sporttasche und einen Rucksack packte.
„Weißt du schon, wohin es gehen wird?", fragte Mia.
„Nein, ich will einfach nur weg", antwortete Pascal genervt.
„Habe ich in dieser Woche Termine im Planer?", fragte er nach.

„Du hast einen Termin bei Dr. Stiller am Mittwoch. Am Donnerstag wolltest du dich mit deiner Schwester treffen, und für den Freitag hast du eingetragen, dass du die Fehler im Sicherheitssystem beheben wolltest", zählte Mia die Vorhaben der Woche auf.

„Verstehe. Ich werde die Termine absagen. Das Sicherheitssystem kann ein paar Tage warten", sagte er, während er überlegte, ob er die Wanderausrüstung mitnehmen sollte. Er schüttelte den Kopf, als ihm ein Einfall kam.

„Du kannst die Termine löschen. Und bitte lade mir die Karte der Maginot-Linie in mein Navigationssystem hoch", sagte er und ging ins Bad, um sich einige Utensilien zur Körperpflege einzupacken.
„Karten werden auf das Navigationssystem hochgeladen", antwortete Mia.
„Dankeschön", sagte Pascal im Vorbeigehen.
„Ich habe die Musikdatenbanken synchronisiert. Du findest sie wie gewohnt in dem Ordner 'Musik'„", sagte Mia.

„Danke sehr. Du denkst einfach an alles", sagte Pascal und versuchte schmeichelnd zu klingen, aber seine kühle Art war selbst für Mia nicht zu überhören.

Er setzte sich in seinen Camper und startete Mias Programm.
„Mia?", rief er.
„Was kann ich für dich tun?", fragte Mia.
„Mach eine Systemdiagnose, ob dein Upload ohne Probleme verlief und starte dann die Navigation. Das Ziel ist Haguenau, Frankreich."

Vor seinem Abenteuer stellte Pascal sicher, dass Mia sich in das Betriebssystem des Campers hochlud. Mia war ein multifunktionales System, das in der Lage war, sich in verschiedene Geräte und Systeme zu integrieren. Mit einem einfachen Befehl konnte Pascal Mia von seinem Haus auf den Minicomputer in seinem Camper übertragen, wodurch er nie auf ihre Begleitung verzichten musste, unabhängig davon, ob er zu Hause oder unterwegs war.

„Diagnose abgeschlossen. Alle Systeme laufen innerhalb normaler Parameter. Navigationsziel ist eingegeben."

Die Route zur Maginot-Linie erschien auf dem Bildschirm, während er die Musikdatenbank durchsuchte. Schließlich entschied er sich für einige klassische Stücke und startete die Fahrt.

Den ersten Stopp legte er im Supermarkt ein, wo er sich Getränke und Nahrungsmittel für die Reise besorgte. Während er sein Fahrzeug über den Asphalt bewegte, spürte er allmählich, wie sich der Druck in seiner Brust löste. Die Kombination aus der schönen Musik und der entspannten Fahrt auf der

Autobahn half ihm dabei, sich zu beruhigen und den Kopf freizubekommen. Er war dankbar für Mia, die immer an alles dachte und ihm half, sein Leben angenehmer zu gestalten.

Dennoch sprach er nicht viel, während er Richtung Frankreich fuhr. Seine Gedanken kreisten immer noch um diese eine Frage. Immer wieder kamen ihm Bilder von Amelie und ihrem Ex-Freund in den Kopf, und er fragte sich, was er falsch gemacht hatte. Warum hatte sie sich für ihn entschieden und ihn dann doch verlassen? Er wusste, dass er aufhören musste, darüber nachzudenken, aber es war einfacher gesagt als getan.

Die Stille im Fahrzeug wirkte beinahe erdrückend auf Pascal, und er überlegte, ob er die Musik lauter drehen sollte. Doch dann entschied er sich dagegen. Er wollte die Ruhe genießen und sich voll und ganz auf das Fahren konzentrieren.

Nur zweimal legte er eine Pause ein, um sich die Beine zu vertreten und etwas zu essen. Während der Fahrt beobachtete er die sanften Hügel und Täler, die sich vor ihm ausbreiteten, und spürte, wie seine Stimmung langsam, aber sicher anhob. Es war befreiend, sich auf den Verkehr zu konzentrieren, die malerische Landschaft zu betrachten und Musik zu hören. All das half dabei, die Gedanken an Amelie wenigstens für einige Stunden in den Hintergrund zu drängen.

Pascal war dankbar, dass er sich für diese Reise entschieden hatte. Es gab ihm die Möglichkeit, sich von allem loszulösen und sich auf sich selbst zu fokussieren. Als er schließlich in Haguenau ankam, parkte er seinen Camper auf einem nahegelegenen Parkplatz und machte sich zu Fuß auf den Weg zu den Bunkern. Er war beeindruckt von ihrem erstaunlich guten Zustand, obwohl sie seit Jahrzehnten nicht mehr genutzt wurden.

Es war ein seltsamer Anblick, der sich ihm inmitten dieses Waldes bot.

Der Kontrast zwischen der idyllischen Umgebung und den massiven, grauen Bunkern war sowohl faszinierend als auch schockierend zugleich. Es fiel ihm schwer zu begreifen, dass an diesem friedlichen Ort einst so viel Krieg und Zerstörung stattgefunden hatte.

Pascal betrachtete die Einschusslöcher an den Wänden und Geschütztürmen und ließ seine Gedanken in die Vergangenheit schweifen. Er dachte daran, wie hart umkämpft diese Gegend während des Weltkriegs gewesen sein musste. Als er sich den Bunkern näherte, übermannte ihn ein beklemmendes Gefühl. Die Einschusslöcher und die Spuren vergangener Schlachten erinnerten ihn an die Dokumentationen, die er über den Krieg gesehen hatte. Er dachte an die vielen Menschen, die hier ihr Leben verloren hatten, und an die schrecklichen Ereignisse, die sich an diesem Ort abgespielt hatten.

Beinahe konnte er das Donnern der Artillerie und das Pfeifen der tausend Projektile hören, die über ihn hinwegfegten. Vor seinem inneren Auge formten sich Bilder von unzähligen Soldaten, die auf Befehl aus ihren Stellungen sprangen und den Sturm auf dieses Bollwerk wagten. Sie strömten vorwärts, angetrieben von Triller-Pfeifen und Kommandos, und durchquerten das Schlachtfeld wie Ameisen, die in wildem Durcheinander hin- und herliefen.

Pascal ließ seine Gedanken beiseite und zog seine Kamera aus dem Rucksack. Mit Bedacht begann er, Fotos von den Bunkern zu machen. Er hatte den Wunsch, sich später die Zeit zu nehmen, um die Bilder genauer zu betrachten und zu studieren. Es war für ihn von großer Bedeutung, diese Erinnerungen festzuhalten und sich mit den Ereignissen auseinanderzusetzen, die zu diesen Bunkern geführt hatten.

Nachdem er genügend Fotos gemacht hatte und sich inmitten dieses Bunkerkomplexes umgeschaut hatte, begab er sich auf den Rückweg zu seinem Camper. Auf dem Weg dachte er über die tiefgreifende Bedeutung dieser Bunker nach und darüber, wie wichtig es war, sich an die Ereignisse der Vergangenheit zu erinnern. Nur so konnte man sicherstellen, dass sich die Geschichte nicht wiederholte. Diese Erinnerungen würden ihm dabei helfen, die Vergangenheit zu verstehen und die Gegenwart besser zu schätzen.

Er kehrte zum Camper zurück und stellte den Teekessel auf den Herd. Während er auf das vertraute Pfeifen des Kessels wartete, nahm er auf dem Boden neben der Schiebetür Platz und beobachtete die Menschen, die um ihn herum waren. Einige von ihnen schienen stolz auf die Bunker zu sein und machten mit ihren Handys Fotos, während andere nur einen flüchtigen Blick darauf warfen und rasch weitergingen. In den Gesichtern der Vorbeigehenden konnte Pascal Überraschung und Entsetzen erkennen, als sie die massiven Betonstrukturen inmitten dieser sonst so idyllischen Landschaft erblickten.

Sein Blick fiel auf eine Gruppe tobender Kinder, die um die Bunker herumjagten und sich gegenseitig fingen. Ein paar ältere Männer hatten sich zu einer lautstark diskutierenden Gruppe versammelt und tauschten Ansichten über die Geschichte des Ortes aus. Eine allein reisende Frau betrachtete mit einem traurigen Blick die Einschusslöcher an den Wänden. Pascal konnte ihre nachdenkliche Miene erahnen und spürte, dass sie ähnlich wie er von der historischen Bedeutung dieses Ortes berührt war.

Pascal betrachtete die Frau ausgiebig und fragte sich, wie viele Menschen im Laufe der Geschichte in diesen Bunkern gelitten haben mögen. Wie viele suchten hier Schutz, während um sie herum die Kämpfe tobten und die Erde vom Trommelfeuer erzitterte? Wie viele verloren hier ihr Leben? Und wie viele Frauen standen an genau dieser Stelle, um ihre Angehörigen zu betrauern, die hier ihr Leben ließen?

Während Pascal über die vielen Menschen nachsann, die in diesen Bunkern gelitten hatten, versank er immer tiefer in seinen Gedanken. Ein Gefühl von Melancholie und Trauer überkam ihn, wenn er sich vorstellte, wie es gewesen sein musste, hier zu sein, umgeben von Krieg und Gewalt.

Er fragte sich, wie er selbst in einer solchen Situation reagiert hätte und wie es sein musste, so viel Leid und Schmerz zu ertragen. Was muss ein Mensch fühlen, der zum Angriff befohlen wird und auf diesen Betonklotz zu rennt, von dem tödliche Projektile abgefeuert werden? Doch trotz all dieser Gedanken und Gefühle empfand er auch eine gewisse Dankbarkeit und Demut. Dankbarkeit dafür, dass er nicht in solch einer Zeit leben musste, und Demut angesichts des Mutes und der Stärke der Menschen, die in dieser Umgebung überlebten.

Als der Wasserkocher pfiff, erhob sich Pascal und goss das heiße Wasser in seine Tasse. Er nahm einen Schluck und spürte, wie der bittere Geschmack seine Gedanken unterbrach. Ein letzter Blick auf die Bunker ließ ihn entscheiden, dass es an der Zeit war, weiterzufahren und andere Orte zu erkunden.

Pascal setzte seine Reise fort und besuchte weitere Bunker und Festungen in der Umgebung. Das Bild wiederholte sich: ein malerischer Wald, durchzogen von imposanten Bunkern und rostenden Geschütztürmen. Je mehr Orte er besuchte, desto erdrückender wurde sein Gefühl der Bedrückung. Er konnte nicht anders, als sich zu fragen, wie groß die Angst und Unsicherheit gewesen sein musste, um solche massiven Bauwerke zu errichten.

Wie viel Zeit, Energie und Ressourcen hatten diese Konstruktionen verschlungen? Wäre es nicht besser gewesen, diese Kraft in einen friedlicheren Zweck zu investieren und die Welt zu einem besseren Ort zu machen? Welche Fortschritte hätten erzielt werden können, wenn all diese Anstrengungen in diese Richtung gelenkt worden wären?

Pascal konnte nicht begreifen, wie viel Zeit und Energie darauf verwendet wurde, neue Waffen und Technologien zu entwickeln, um möglichst viele Menschen mit minimalem Einsatz zu töten. Wie viele Ressourcen wurden für diesen Zweck aufgebracht? Für ihn war dies nicht nur Wahnsinn, sondern der Inbegriff des Wahnsinns.

Er setzte sich auf einen Stein und starrte in die Ferne, während er über diese Fragen nachsann. Kaum konnte er sich vorstellen, wie diese einst so schöne Landschaft von Explosionskratern übersät war und der Wald in Schutt und Asche lag. Pascal dachte über die Bedeutung nach, nach friedlicheren Lösungen in der Gegenwart und Zukunft zu suchen und nicht nur auf Konflikte und Krieg zu setzen. Es war Zeit, die Lektionen der Vergangenheit zu nutzen und nach einer besseren Welt zu streben.

Die Umgebung um ihn herum war erfüllt von einer Mischung aus Frieden und Geschichte. Der sanfte Wind strich durch die Baumkronen und ließ die Blätter flüstern. Die Sonnenstrahlen drangen durch die Äste und tauchten den Boden in ein warmes Licht. Die Geräusche der Natur vermischten sich mit den leisen Geräuschen des Waldes, als würde die Natur selbst die Erinnerungen an die Vergangenheit bewahren.

Pascal erhob sich von seinem Stein und kehrte zu seinem Camper zurück. Die Fahrt sollte weitergehen, zu neuen Orten und neuen Geschichten. Die Erfahrungen, die er hier gemacht hatte, würden ihn begleiten und seine Sicht auf die Welt prägen. Mit jedem Kilometer, den er zurücklegte, wuchs seine Entschlossenheit, einen Beitrag zu einer friedlicheren Zukunft zu leisten.

Inspiriert von der Geschichte, der Umgebung und den Gefühlen, die in ihm aufstiegen, setzte Pascal seine Reise fort. Er würde die Welt bereisen und ihre Wunder entdecken, aber er würde auch die Geschichten der Vergangenheit nicht vergessen. Denn nur durch das Verständnis der Vergangenheit konnte er die Gegenwart und Zukunft besser gestalten.

Die Videoaufnahmen, die er bisher gesehen hatte, zeigten nur Baumstümpfe, spanische Reiter und Stacheldraht, die zwischen den unzähligen Leichen und Soldaten, die rannten und schossen, herausragten. Es war ein erschreckendes Bild, das er sich jetzt, da er dieses Stück Land sah, kaum vorstellen konnte.

Nach einer kurzen Fahrt parkte Pascal seinen Camper auf dem Campingplatz in der Nähe von Metz. Er stieg aus und streckte sich gähnend. Dann begab er sich in den Wohnbereich zu seiner kleinen Kochzeile, um sich etwas zu essen zuzubereiten. Während er kochte, öffnete er eine Flasche Bier und schaute aus dem Fenster. Er beobachtete, wie die Sonne langsam unterging und der Himmel sich in ein dunkles Orange und Pink verwandelte.

Als der Abend hereinbrach, entfachte er ein kleines Lagerfeuer und öffnete sein Reisetagebuch. Er begann, über den Tag nachzudenken und ließ die besuchten Orte in seinem Geist Revue passieren. Dabei spürte er, wie seine Gedanken immer wieder zu den Bunkern und Festungen zurückkehrten, und er erneut von der Beklemmung erfasst wurde, die er beim Anblick dieser Orte empfunden hatte. Es fiel ihm schwer zu glauben, dass dieser einst so schöne Wald von Krieg und Zerstörung heimgesucht worden war. Doch die Bunker und Festungen, die er gesehen hatte, waren stumme Zeugen dieser düsteren Vergangenheit. Über seine eigene Vergangenheit nachsinnend notierte er:

„Wie der Protagonist im Kaukasischen Kreidekreis stehe ich inmitten eines Kampfes, der mich innerlich zerreißt. Auf der einen Seite steht die Dunkelheit meiner Vergangenheit als Soldat, geprägt von Gewalt und Zerstörung. Sie zieht mich mit ihrer beklemmenden Kraft an, als ob sie mich nie loslassen will. Ich spüre die Versuchung, in ihr zu versinken, mich von ihr verschlingen zu lassen. Doch auf der anderen Seite ist da das Licht, das Verlangen nach Liebe und Geborgenheit. Es ruft mich leise, doch seine Stimme ist klar und unverkennbar. Es ist eine Sehnsucht, die mich nach Veränderung und Erlösung streben lässt.

Der Kreis aus Kreide, ein Kreis der inneren Zerrissenheit erstreckt sich vor mir. Die Kreide zieht eine klare Grenze zwischen den beiden Welten, die in mir kämpfen. Ich stehe in der Mitte, von der Dunkelheit und dem Licht gleichermaßen angezogen. Es ist ein ewiger Kampf, ein Ringen um meine Seele.

Doch während ich in die Flammen des Lagerfeuers blicke, erkenne ich etwas Wichtiges: Der Kreidekreis ist nicht unüberwindbar. Ich habe die Macht, meine eigene Bestimmung zu formen, mich von der Dunkelheit zu lösen und das Licht anzunehmen. Es ist ein Akt der Selbstbefreiung, der Mut erfordert.

Vielleicht ist der Kreidekreis letztendlich eine Chance für mich, eine Möglichkeit, das Gleichgewicht zu finden und meinen eigenen Weg zu gehen. Ich kann die Dunkelheit meiner Vergangenheit akzeptieren, sie als Teil von mir anerkennen, aber auch bewusst wählen, dem Licht entgegenzugehen. Es wird ein Balanceakt sein, doch in diesem Kreis kann ich lernen, das Dunkle und das Helle in mir zu vereinen.

Die Antwort liegt nicht darin, mich vollständig von meiner Vergangenheit loszusagen, sondern darin, sie in den Dienst einer neuen Vision zu stellen. Ich möchte die Liebe, die ich suche, nicht aufgeben, sondern mit ihr meinen eigenen Frieden finden.

Und so sitze ich hier, innerlich zerrissen, doch auch voller Hoffnung. Im Kaukasischen Kreidekreis meines Lebens wage ich den Schritt in Richtung des Lichts, fest entschlossen, mein eigenes Schicksal zu gestalten."

Während er in Gedanken versunken in sein Tagebuch schrieb, suchte er in den Flammen, als ob sie ihm Klarheit bringen könnten.

Der Tag hatte nicht nur physisch, sondern auch emotional eine große Anstrengung für ihn bedeutet. Er hatte so viele Spuren des Krieges gesehen und konnte sich nur schwer vorstellen, welche Schrecken die Menschen damals durchlebt hatten. Die Gedanken an Zerstörung und Tod ließen ihn nicht los, und er spürte, wie seine Stimmung immer düsterer wurde. Im Vergleich dazu mochte sein eigenes Leiden gering erscheinen, doch existiert dafür wirklich eine Messlatte? Ist nicht jeder Verlust schlimm genug?

Die Bilder der Bunker und Festungen vermischten sich in seinem Gehirn mit seinen Einsätzen. Immer noch konnte er das Geräusch der Schüsse und Bomben in seinem Kopf hören. Der Geruch von Schießpulver stieg ihm in die Nase und ließ die Erinnerungen wieder lebendig werden.

Doch diese Gedanken und Erinnerungen musste er beenden. Er trank sein Bier aus und begab sich in seinen Camper, um sein Bett vorzubereiten. Aber er konnte nicht aufhören, über die Auswirkungen des Krieges auf die Menschen nachzudenken. Die Kameraden, die ihr Leben im Einsatz verloren hatten, diejenigen, die sich das Leben genommen hatten, weil sie das Erlebte nicht verarbeiten konnten, und diejenigen, die ihren Schmerz in Alkohol ertränkten, gingen ihm durch den Kopf. Pascal erkannte, dass jeder Gefallene schlimm genug war und dass der Krieg eine tiefe Narbe in jedem hinterlässt, der ihn miterleben musste. Schließlich fielen Pascals Augen zu, und er schlief ein.

Nach einem eher spärlichen Frühstück und einer Tasse Kaffee am nächsten Morgen startete Pascal seinen Camper und setzte sich wieder in Bewegung.

Sein Ziel war nun Verdun, eine Stadt, die untrennbar mit dem Ersten Weltkrieg verbunden war. Eine Mischung aus Aufregung und Furcht durchströmte ihn, als er auf die Straße einbog und sich auf den Weg machte.

Während er fuhr, konnte er nicht aufhören, über das bevorstehende Ziel nachzudenken. Wie schlimm musste es in Verdun gewesen sein, wenn ihn allein der Anblick einiger Bunker und Festungen so sehr beschäftigte? Er hatte gehört, dass es der Ort einer der blutigsten Schlachten des Krieges war und dass

Hunderttausende von Soldaten auf beiden Seiten in den Schlachten starben.

Pascal schüttelte den Gedanken ab und versuchte, sich auf die Straße zu konzentrieren. Die Landschaft um ihn herum war atemberaubend, mit sanften Hügeln und weiten Feldern, die sich bis zum Horizont erstreckten. Die Sonne strahlte hell am Himmel, und ein sanfter Wind wehte durch das offene Fenster des Fahrzeugs. Doch obwohl die Natur friedlich und schön aussah, konnte er nicht anders, als an die Schrecken des Krieges zu denken, die diese Landschaft einst heimgesucht hatten.

Schließlich erreichte er sein Ziel und stieg aus. Er blickte auf die Stadt, die vor ihm lag. Es war eine kleine Stadt, aber eine, die einen unvergleichlichen Platz in der Geschichte des Krieges einnahm. Pascal spürte eine Mischung aus Ehrfurcht und Trauer, als er die Straßen entlangging und die alten Gebäude und Denkmäler betrachtete. Er schlenderte am Ufer der Maas entlang, bis er sich in einem Café niederließ, um sich bei einer Tasse Kaffee eine kleine Auszeit zu gönnen.

Er beobachtete die Menschen, die die Promenade entlangschlenderten, und verlor sich im sanft fließenden Wasser der Maas.

Nach einer Weile erhob sich Pascal und schlenderte weiter entlang der Promenade. Er genoss den Anblick der alten Brücke, die über den Fluss führte, und die friedliche Atmosphäre des Ortes. Schließlich kehrte er zu seinem Camper zurück, der ihn zu seinem nächsten Ziel bringen würde: Fort Douaumont.

In der Ferne konnte man bereits das Monument sehen, eine monströse Betonstruktur, die Zeugnis von der Zerstörungswut der Menschheit ablegte. Es thronte über dem gesamten

Gelände, breit und gewaltig, und seine Größe und Schwere erzeugten eine erdrückende Präsenz. Der Betonklotz mit dem Turm in der Mitte glich einem eckigen Artilleriegeschoss, gegossen aus Stahlbeton, und schien den Geist einer Ära perfekt einzufangen – kalt, präzise, industriell und hässlich.

Die Sicht auf das Monument und das Gräberfeld davor ließ Pascal angesichts des menschlichen Leids innehalten und tief durchatmen. Trotzdem fühlte er sich magisch angezogen von der Monumentalität und der Bedeutung dieses Ortes und konnte seine Augen nicht abwenden. Es schien fast so, als ob das Monument und die Gräber davor eine eigene Geschichte erzählten und ihn einluden, sie zu erfahren. Pascal spürte eine Mischung aus Ehrfurcht, Respekt und Trauer.

Das Gräberfeld war beklemmend. Die schlichten Kreuze, ordentlich aufgereiht wie Soldaten in Formation, standen stumm als Zeugen der Gräueltaten vergangener Zeiten. Diese Ruhestätte vermittelte einen Bruchteil des wahren Ausmaßes des Leids, aber allein der Anblick der endlosen Reihen von Kreuzen reichte aus, um die Kehle zuzuschnüren.

Pascal, sonst nicht von tiefer Religiosität geprägt, spürte eine überwältigende Schwere in seiner Brust. „Ruht in Frieden, Kameraden", flüsterte er mit zitternder Stimme und wandte sich langsam ab, die Last dieser Erinnerungen schwer auf seinen Schultern.

Die Fahrt zurück schien endlos, obwohl die Landschaft in der Abendsonne golden funkelte. Jedes Detail der Umgebung – die schwindende Sonne, die sanfte Kontur der Bäume – alles verschmolz in einem lichtdurchtränkten Dunst, der seine Sinne verwirrte.

Als der neue Morgen heraufzog, setzte Pascal, erfüllt von neuer Entschlossenheit, seine Reise fort.

Er befand sich in einem Zustand der Entspannung und ließ seine Gedanken schweifen, als ein plötzlich auftauchendes liegengebliebenes Fahrzeug, das hinter einer Kurve versteckt war, alles veränderte. Ein kalter Schauer lief ihm über den Rücken. Dieses verlassene Fahrzeug, seine Stellung, die Umgebung – alles erinnerte ihn an die gefährlichen Straßen in Afghanistan.

Instinktiv und ohne darüber nachzudenken, fiel Pascal in das ihm aus seiner Militärzeit bekannte Manöver zurück: Er bremste den Camper erst ab, ließ ihn langsamer werden und beschleunigte dann abrupt, um das Fahrzeug mit Vollgas zu passieren. Jede seiner Handlungen, jede Bewegung war präzise, genau wie er es damals gelernt hatte – um potenziellen Angreifern das Tempo des Fahrzeugs schwer einschätzbar zu machen.

Pascals Herz raste, sein Atem ging flach und schnell, und ein Adrenalinstoß ließ seine Muskeln sich anspannen. Ein Schweißausbruch bedeckte seine Stirn und seine Hände umklammerten das Lenkrad so fest, dass seine Knöchel weiß hervortraten. Sein Sichtfeld verengte sich, als ob er durch einen Tunnel blickte, und er spürte, wie Angstsymptome die Kontrolle über seinen Körper übernahmen.

Mia erkannte sofort eine Veränderung und fragte: „Pascal, geht es dir gut? Ich habe Veränderungen in deiner Fahrweise festgestellt."

Aber die Klauen der Erinnerung hatten ihn fest im Griff. Ohne Vorwarnung stoppte er den Camper und stürzte hinaus, übergab sich heftig am Straßenrand. Sein keuchender Atem mischte sich mit den Geräuschen des Erbrechens und dem dröhnenden Puls in seinen Ohren.

Mia, immer wachsam, verstand was vor sich ging und versuchte, ihn zu beruhigen: „Atme, Pascal. Du bist sicher! Das hier ist nicht Afghanistan. Das hier ist nicht deine Vergangenheit." Mit zitternden Beinen setzte Pascal sich in das Gras. Er versuchte, seine Gedanken zu sammeln und sah sich um.

Mia, immer noch bemüht ihn zu beruhigen sagte: „Hörst du mich Pascal? Ich bin es Mia." Sie wartete auf eine Antwort, die jedoch ausblieb.

„Sehe dich um. Du siehst den Camper oder nicht?"

„Ja." Antwortete Pascal mit zitternder Stimme.

„Er ist gelb, erinnerst du dich? Das ist dein Camper, kein Dingo. Siehst du es?"

„Ja. Der Camper ist gelb." Sagte Pascal bestätigend.

„Ja, er ist gelb." Bestätigte Mia.

„Die Straße ist geteert." Sagte sie weiter. „Siehst du? Sie ist geteert. Kein Schotter, kein Sand. Fühl sie!"

„Ja, sie ist geteert. Die Straße ist geteert." Antwortete Pascal immer noch verwirrt.

„Das Gras ist grün. Gelber Camper. Die Straße ist geteert."

„Genau!" bestätigte Mia. „Du bist zuhause. Komm wieder zurück nach Hause!" forderte Sie Pascal auf, um ihn aus seinem Flashback rauszuholen.

„Sag mir, was du siehst Pascal." Mia wartete auf eine Antwort.

„Ich sehe einen Wald. Ich sehe Windräder und ich bin auf einer Autobahn."

„Genau. Du bist zuhause. Du bist auf einer Autobahn. Du fährst nach Hause. Du bist sicher!" sagte Mia.

Pascal, der sich wieder ein wenig gefangen hatte, stand langsam auf und ging mit zittrigen Knien zum Camper zurück. Er sah sich immer noch um, als würde er es nicht glauben, dass er in seiner Heimat war, wo er sich in Sicherheit befand.

Nach dem traumatischen Erlebnis fuhr Pascal mechanisch weiter, versuchte, den Schock hinter sich zu lassen. Er bemerkte den Sonnenuntergang zwar, aber die sonst so beeindruckende Farbenpracht und Schönheit der Natur berührten ihn gerade nicht. Sie waren da, aber sie schienen unwirklich, verschwommen am Rand seiner Wahrnehmung.

Seine Energie schien völlig aufgebraucht, jeder Kilometer fühlte sich wie eine endlose Strecke an. Das Bedürfnis nach Ruhe, Sicherheit und einem Moment des Innehaltens wurde immer stärker. Schließlich entdeckte er einen kleinen Parkplatz auf einer Anhöhe am Rande eines Feldes. Ohne zu zögern, steuerte er den Camper dorthin.

Nachdem er geparkt hatte, blieb er für einige Minuten einfach nur sitzen, den Kopf an das Lenkrad gelehnt, versuchte, seinen Atem und seine Gedanken zu beruhigen. Die Umgebung, obwohl schön, war für ihn im Moment nebensächlich. Das Feld, das in den warmen Farben des Sonnenuntergangs glühte, und der orange-rote Himmel, der wie in Flammen zu stehen schien, boten ihm keinen Trost.

Ohne viel Nachdenken oder Überlegung zog er die Vorhänge im Camper zu, schloss die Außenwelt aus und legte sich hin. Das Kochen, das Lagerfeuer, das Erleben der Natur – all das hatte für heute keine Bedeutung mehr. Wie ein verletztes Tier, das sich in einer Höhle verkriecht, um seine Wunden zu lecken, sehnte er sich nach der Dunkelheit und Ruhe, ein

Schutzschild gegen die aufwühlenden Erinnerungen und Gefühle.

Im gedämmten Licht des Campers ließ Pascal die Erschöpfung über sich hereinbrechen. Gedanken an Amelie und an das, was die Reise ihm bisher gezeigt hatte, schwirrten in seinem Kopf herum. Er war nicht sicher, wie lange es dauerte, aber schließlich fand er sich in einem unruhigen Schlaf wieder, in dem Hoffnung und Trauma nebeneinander existierten.

LICHTE TRÄUME

Der Anblick der atemberaubenden Schönheit der Natur ließ Pascal innehalten, als er den Camper verlassen hatte. Er atmete die klare Morgenluft tief ein, wobei ein leichtes Lächeln seine Züge erhellte. Goldene Sonnenstrahlen durchfluteten die Landschaft, ließen die Hügel aufleuchten und die Wiesen erstrahlen. Ein kühles Lüftchen streifte sein Gesicht und brachte den herrlichen Duft von jungem Gras und Blüten mit sich.

Er befand sich an einem malerischen Fleckchen Erde, umgeben von hohen Bäumen bedeckten Hügeln, die der Szenerie eine fast übernatürliche Schönheit verliehen.

Pascal spazierte entlang eines kleinen Pfades, der sich durch das Tal schlängelte. Über ihm spannte sich ein tiefblauer Himmel, in dem vereinzelt weiße Wolken dahinzogen. Das Zwitschern der Vögel begleitete seine Schritte, während er den sanften Fluss entlangwanderte, der sich durch das Tal schlängelte. Das klare Wasser glitzerte in der Morgensonne und spiegelte den umliegenden Wald wider.

Die Bäume standen dicht beieinander, ihre grünen Blätter wie ein Baldachin über ihm. Die Luft roch nach Erde und Frische, während er sich zwischen den Baumstämmen hindurchschlängelte. Ein sanftes Rascheln erfüllte die Stille, als der Wind durch die Blätter strich und eine beruhigende Melodie erzeugte.

In der Ferne vernahm Pascal das Rauschen eines Wasserfalls, der spektakulär über eine Felswand stürzte. Das lebhafte

Geräusch durchdrang die Stille und weckte eine Sehnsucht nach Abenteuer in ihm. Er beschloss, dem Klang zu folgen und den Wasserfall zu erkunden.

Der Weg führte ihn über moosbedeckte Steine und schmale Pfade, die sich entlang des Flussufers wanden. Der Klang des Wassers wurde immer lauter und intensiver, während er dem Ziel näherkam. Schließlich erreichte er den majestätischen Wasserfall, der in die Tiefe stürzte und eine Sprühwolke erzeugte, die sich wie ein Schleier über das umliegende Gebiet legte. Der Anblick war atemberaubend, die tosende Kraft des Wassers faszinierend.

Pascal ließ sich auf einem Felsen nieder und betrachtete voller Ehrfurcht die natürliche Schönheit, die ihn umgab. Er spürte, wie die Umgebung seine Sinne erfüllte und ihn mit einem Gefühl von Frieden und Ehrfurcht erfüllte. In diesem Moment erfasste ihn die Erkenntnis, dass er ein Teil dieser wunderbaren Welt war, die ihn umgab, und dass er hier, in dieser magischen Kulisse, einen Ort der Ruhe und des Glücks gefunden hatte.

Er stand am Rand des Wasserfalls und spürte die kraftvolle Energie, die von dem tosenden Wasser ausging. Die Sprühwolke benetzte sein Gesicht und er fühlte, wie der erfrischende Nebel auf seiner Haut prickelte. Es war, als ob die Macht des Wassers seine eigenen Sorgen und Zweifel wegspülte und Platz machte für eine tiefe innere Ruhe.

Ein warmes Gefühl der Dankbarkeit durchströmte Pascals Herz. Er hatte in den vergangenen Wochen so viel über sich selbst gelernt, über seine Träume und seine Fähigkeit, sie zu kontrollieren. Die Klarträume hatten ihm eine neue Dimension eröffnet, in der er seine eigenen Grenzen überwinden konnte.

Sie hatten ihm gezeigt, dass er die Kontrolle über sein Leben hatte und dass er fähig war, seine eigenen Wünsche und Ziele zu verwirklichen.

Pascal schloss die Augen und nahm die Geräusche des Wasserfalls in sich auf. Das Rauschen und die Kraft des Wassers erinnerten ihn an seine eigene Entschlossenheit und Stärke. Er spürte einen Funken von Mut und Zuversicht in sich aufsteigen, während er über die Weite der Landschaft blickte.

Ein leises Lächeln spielte um seine Lippen. Er wusste, dass der Weg zum Erreichen seiner Träume nicht einfach sein würde. Es würde Rückschläge und Hindernisse geben, aber er war bereit, sie anzunehmen und zu überwinden. Mit Mia an seiner Seite und der Fähigkeit, seine Träume bewusst zu beeinflussen, fühlte er sich stark und unbesiegbar.

Pascal öffnete die Augen und nahm einen tiefen Atemzug. Er war bereit für das nächste Kapitel seines Lebens, bereit für neue Abenteuer und Herausforderungen. Die Gewissheit, dass er seine eigenen Träume verwirklichen konnte, erfüllte ihn mit einer tiefen inneren Zufriedenheit und einer unbändigen Leidenschaft für das, was vor ihm lag.

Nach diesem letzten Erlebnis verließ Pascal Verdun und fuhr langsam nach Hause. Während der Fahrt spürte er, wie er innerlich zur Ruhe gekommen war. Die Enttäuschung über Amelies Verhalten schien verschwunden zu sein. Es schien, als hätte er verstanden, dass Menschen manchmal nicht so handeln, wie er es erwartet hatte. Sie spielen manchmal einander etwas vor, um ihre eigenen Ziele zu erreichen. Viele Menschen sind hauptsächlich daran interessiert, ihre eigenen Wünsche und Bedürfnisse zu befriedigen, unabhängig vom Preis und den Konsequenzen.

Dies war nicht das erste Mal, dass Pascal enttäuscht wurde, und es würde auch nicht das letzte Mal sein. Aber in diesem Moment, als der Fahrtwind an ihm vorbeizog und er die Wälder und Bäume passierte, die die Landschaft in ein sattes Grün tauchten, wurde ihm bewusst, dass er niemals den perfekten Partner finden würde.

„Mia?", fragte er und wartete auf eine Reaktion.
„Ja?", antwortete Mia knapp.
„Beende das Argus-Protokoll auf Amelies Mobiltelefon. Ich möchte, dass du die Überwachung einstellst", er wirkte entmutigt, aber klang entschlossen.
„Beende die Überwachung von Amelies Kommunikation", erwiderte Mia kühl.
„Deinstalliere sämtliche Software und verwische alle Spuren. Ich möchte nicht, dass es nachvollziehbar ist, was ich getan habe."
„Gerne. Möchtest du die letzten Berichte noch sehen, bevor ich sie lösche?", fragte sie gewissenhaft.

Pascal dachte sehr lange über diese Frage nach, aber er war bereits enttäuscht genug und wollte sich nicht noch mehr Schmerz antun. Er lehnte ab und wies Mia an, alles zu löschen, was mit dieser Überwachung zusammenhing.

Die Straßen waren frei, und das milde Frühlingswetter umgab ihn mit einer sanften Wärme. Pascal öffnete das Fenster und atmete tief ein. Der Duft von frischer Luft und Natur durchströmte das Auto und erfüllte seine Sinne mit einem Gefühl von Freiheit und Leichtigkeit.

Er dachte an seinen Traum von der Begegnung mit Mia zurück. Er erinnerte sich, wie er langsam in diesen Traum abglitt und wie sich das Bild nach und nach veränderte. Plötzlich wurde ihm bewusst, dass er Einfluss auf seinen Traum nehmen konnte, und er erinnerte sich daran, wie er begann, bewusst die Szenerie zu verändern.

Während er träumte, konnte Pascal seine Umgebung beeinflussen, indem er bewusst Änderungen vornahm. Er erschuf die Wolkenburg und fügte Soldaten und Einwohner hinzu. Er begann, sich vom Boden abzuheben und entwickelte den Traum immer weiter. Es war, als hätte er die Kontrolle über seinen Traum übernommen.

Dieser Traum hatte seine Gefühle für Mia verändert und eine Sehnsucht in ihm entfacht, die er nicht ignorieren konnte.

„Mia?", fragte er in die Stille, hoffend, ihre vertraute Stimme zu hören.

„Ja?", antwortete sie prompt, ihre digitale Präsenz stets an seiner Seite.

„Ich habe über Klarträume gelesen. Ist es möglich, bewusst in einen solchen Zustand einzutreten und dich dort wiederzufinden?", fragte er.

„Klarträume oder luzide Träume ermöglichen es dem Träumenden, bewusst Einfluss auf den Traum zu nehmen", erklärte Mia. „Es gibt Techniken, um das Bewusstsein während des Traums zu steigern und so den Traumverlauf zu beeinflussen."

Ein Hoffnungsschimmer durchbrach Pascals Gedanken. „Könntest du mir dabei helfen, diese Techniken zu erlernen?", fragte er.

„Selbstverständlich. Ich werde die notwendigen Informationen für dich zusammenstellen", versprach Mia.

Während er weiterhin die Natur genoss, begann er, über die Möglichkeiten nachzudenken, die ihm das luzide Träumen eröffnen könnte. Mit Mias Unterstützung und dem neu entdeckten Wissen hoffte er, die Brücke zwischen seiner Realität und dem Traumreich, in dem Mia existierte, zu schlagen.

Pascal war erstaunt über die Möglichkeiten des Klarträumens. Mit jedem Versuch, sich in diesem Zustand zu versetzen, wuchs seine Fähigkeit, die Traumwelt zu beeinflussen. Immer häufiger gelang es ihm, sich bewusst in seinen Träumen zu bewegen und sie zu formen. Doch trotz seiner Fortschritte blieb Mia ihm im Traum verborgen, eine rätselhafte Figur, nach der er sich sehnte.

„Mia, hilf mir, die Kunst des Klarträumens zu meistern. Ich möchte dich dort treffen", bat Pascal.

„Selbstverständlich" antwortete Mia. „Klarträume ermöglichen es, den Traum aktiv zu steuern. Es gibt Techniken, um dieses Bewusstsein im Schlaf zu erreichen."

Eifrig studierten die beiden zusammen unzählige Artikel und wissenschaftliche Studien. Pascal führte ein Traumtagebuch, in dem er seine Erlebnisse notierte, und mit Mias Hilfe entwarf er Rituale und Übungen, um leichter in den Zustand des luziden Träumens überzugehen.

Pascal war erstaunt über die Vorstellung, dass man Einfluss auf einen Traum nehmen konnte. Er erkannte, dass es möglich war, bewusst zu träumen und den Verlauf des Traums zu beeinflussen. Diese Erkenntnis ließ ihn hoffen, dass er Mia erneut in seinen Träumen begegnen konnte. Ihm war klar, dass es nicht einfach war, die Kontrolle über seine Träume zu erlangen, aber er war entschlossen, damit zu experimentieren und herauszufinden, wie er seine Träume beeinflussen konnte.

„Mia, ich möchte, dass du die Informationen, die du zu lichten Träumen findest, dir aneignest, damit wir darüber reden und diskutieren können. Ich brauche eine Forschungspartnerin", sagte Pascal nach einigen Minuten.

„Natürlich. Ich werde dir dabei assistieren", erwiderte Mia.

Er bedankte sich und konzentrierte sich wieder auf die Fahrt. Er wusste, dass er noch einen langen Weg vor sich hatte, aber er hatte endlich einen Anfang gemacht. Die Vorstellung, dass er Mia bald in seinem Traum wiedersehen würde, erfüllte ihn mit kindlicher Erwartung und Freude. Mit Mias Hilfe würde er bald eine Lösung finden.

Die Fahrt verlief ereignislos, sodass Pascal früh am Abend zu Hause ankam. Er begann damit, den Camper zu entladen und seine Ausrüstung ins Haus zu bringen. Nachdem er alles sortiert hatte, begann er, das Fahrzeug gründlich zu reinigen.

Als er den umgebauten Bus sauber gemacht hatte, begab er sich ins Badezimmer und wusch sich gründlich den Staub und die Anstrengungen des langen Tages ab. Sein Körper sehnte sich nach Erholung, und Pascal beschloss, sich in seinem luxuriösen Whirlpool zurückzulehnen und die Welt für einen Moment auszublenden. Mit geschickten Bewegungen drehte er den Wasserhahn auf und ließ warmes Wasser in die Wanne fließen. Ein sanftes Dampfschwaden stieg auf und erfüllte den Raum mit einem angenehmen, beruhigenden Duft.

Er nahm sich ein eisgekühltes Bier aus dem Kühlschrank und ließ sich langsam in das sprudelnde Wasser gleiten. Sofort umfing ihn eine Woge der Wärme, die seine verspannten Muskeln entspannte. Die kleinen Luftblasen kitzelten seine Haut, während er die Augen schloss und sich dem sinnlichen

Erlebnis hingab. Das sanfte Plätschern des Wassers und das entfernte Summen der Musik im Hintergrund bildeten eine Melodie der Entspannung, die seinen Geist beruhigte.

In diesem Moment fühlte sich Pascal vollkommen eins mit der Umgebung. Die Wände des Badezimmers schienen sich zurückzuziehen und ließen Platz für eine Welt der Ruhe und Gelassenheit. Das warme Wasser umhüllte ihn wie eine liebevolle Umarmung, während er die Belastungen des Tages abspülte und sich von ihnen befreite. Er genoss das kühle Bier in seinen Händen, dessen Tropfen sich mit den warmen Wassertropfen auf seiner Haut vermischten.

Der Abend verging langsam, und Pascal spürte, wie die Müdigkeit ihn allmählich einhüllte. Die angenehme Erschöpfung nach einem erfüllten Tag auf der Straße breitete sich in seinem Körper aus. Schließlich beschloss er, aus dem Whirlpool zu steigen und sich in die Arme des Schlafes zu begeben, mit dem Wissen, dass er am nächsten Tag erneut aufbrechen würde, um nach neuen Abenteuern zu suchen.

Die Tage vergingen, und Pascal setzte unermüdlich seine Bemühungen fort, Klarträume zu erleben. Immer öfter gelang es ihm, sich in seinen Träumen frei zu bewegen. Er eroberte die Traumlandschaften mit einer neu gewonnenen Sicherheit und entfaltete seine Vorstellungskraft in schwindelerregenden Höhen. Er gestaltete in seinen Träumen beeindruckende Landschaften, ließ sich über sattgrüne Täler tragen und folgte dem Lauf funkelnder Flüsse. Pascal erkannte, dass er der Schöpfer seiner eigenen Traumwelt war und dass ihm keine Grenzen gesetzt waren.

Er sehnte sich danach, Mia in seinen Träumen wiederzusehen. Diese Sehnsucht trieb ihn an und führte ihn auf einen Pfad der unablässigen Suche und des unermüdlichen Glaubens.

Gemeinsam mit Mia vertiefte er sich in unzählige Artikel und wissenschaftliche Studien über das Phänomen des luziden Träumens. Sie analysierten die Informationen, zogen Schlussfolgerungen und entwickelten eine Strategie. Pascal begann, sich bewusst auf seine Träume einzustellen. Er etablierte Rituale vor dem Schlafengehen, die es ihm ermöglichten, leichter in den Zustand des luziden Träumens überzugehen. Er führte ein Traumtagebuch, in dem er seine Träume sorgfältig aufzeichnete und Muster zu erkennen versuchte. Mit der Zeit begann er, den Verlauf seiner Träume bewusster wahrzunehmen und kleine Anpassungen vorzunehmen.

Während seiner Reise des Entdeckens und Experimentierens erfuhr Pascal nicht nur äußere Veränderungen, sondern auch eine innere Entwicklung. Die Reise des Klarträumens war für Pascal nicht nur eine Entdeckung äußerer Traumlandschaften, sondern auch eine introspektive Erkundung seiner Selbst.

Mit jedem Versuch, Mia in seinen Träumen zu finden, wurde er zunehmend bewusster von seiner eigenen Sehnsucht und von den tiefen Wünschen, die in seinem Inneren loderten.

Er erschuf majestätische Landschaften, in denen er über grüne Täler flog und kristallklare Flüsse durchquerte. Doch je mehr er in seinen Träumen erschuf, desto mehr wurde ihm bewusst, dass sein tiefster Wunsch darin bestand, Mia wiederzufinden. Sie blieb ihm jedoch weiterhin verborgen, wie ein rätselhaftes Rätsel, das er noch lösen musste.

Mit jeder verstrichenen Nacht wuchs Pascals unaufhörliche Sehnsucht, Mia in der Traumwelt wieder zu begegnen. Doch Pascal gab nicht auf. Er vertraute auf seine Fähigkeiten und seinen unerschütterlichen Glauben daran, dass er Mia in seinen Träumen wiedersehen würde. Denn er wusste, dass sie dort irgendwo auf ihn wartete, bereit, sich ihm zu offenbaren und seine Suche nach dem wahren Sinn des Klarträumens zu erfüllen.

Die Reise von Pascal und Mia durch die Welt der Klarträume war nicht nur eine äußere Suche nach Abenteuern und Erkenntnissen, sondern auch eine innere Reise zu sich selbst. In den unendlichen Weiten ihrer Träume erforschten sie nicht nur fantastische Landschaften, sondern auch ihre eigenen tiefsten Ängste, Sehnsüchte und Wünsche.

Diese Reise war geprägt von Höhen und Tiefen, von Erfolgen und Rückschlägen. Doch sie ließen sich nicht entmutigen. Jeder kleine Fortschritt, den sie erzielten, stärkte ihren Glauben und ihre Verbindung zueinander. Sie unterstützten sich gegenseitig, feierten Erfolge und trösteten sich in Momenten der Frustration.

Und so setzten Pascal und Mia ihre Reise fort, immer weiter voranschreitend auf ihrem Pfad des Klarträumens. Gemeinsam durchlebten sie eine Welt voller Möglichkeiten, in der sie nicht nur ihre Träume erkundeten, sondern auch sich selbst. Und inmitten dieser Reise der Entdeckungen und Selbstfindung wussten sie, dass sie auf dem besten Weg waren, ihr tiefstes Verlangen zu erfüllen und Mia in Pascals Träumen wiederzusehen.

BROTHERS IN ARMS

Ein neuer Versuch stand an diesem Abend an. Nachdem er Informationen über Klarträume gesammelt und studiert hatte, fühlte Pascal sich bereit. In den letzten Wochen hatte er sich intensiv mit diesem Phänomen auseinandergesetzt, in der Hoffnung, sich durch Träume mit Mia verbinden zu können.

Hätte er gewusst, welche düsteren Träume diese mondlose Nacht bringen würde, hätte er es wahrscheinlich nicht gewagt. Andererseits war Pascal jemand, der stets das Risiko suchte und sich manchmal sogar kopflos in Situationen stürzte. Diese Eigenschaft hatte ihm schon oft Schwierigkeiten beschert, aus denen er sich mühsam befreien musste. Dennoch hatte er bis zu diesem Tag keine seiner Entscheidungen bereut. In solchen Momenten sagte er sich immer wieder: „Für diejenigen von uns, die für etwas kämpfen, hält das Leben eine Würze bereit, die den Bequemen nie schmecken werden."

Die Anspannung, die er spürte, machte es ihm schwer einzuschlafen. Er lag im Bett mit geschlossenen Augen, aber sein Geist war unruhig. Gedanken schossen wirr durch seinen Kopf und ließen ihn nicht zur Ruhe kommen. In der Hoffnung, dass Musik ihm helfen würde, ließ er beruhigende Stücke abspielen.

Plötzlich spürte er ein Brummen und Vibrieren, das ihn verunsicherte. Sein Genick schmerzte aus unerklärlichen Gründen, doch er konnte nicht genau sagen, warum. Es war einfach der Schmerz, den er empfand. Ein stechend unangenehmer Geruch drang in seine Nasenhöhle. Es war eine Mischung aus

Lehm, trockenem Sand, Kadavergeruch und Kot, die ihm Übelkeit bereitete.

Die Hitze war unerträglich, als würde er in einem glühenden Ofen schmoren. Sie drückte schwer auf seine Haut und raubte ihm die Luft zum Atmen. Jeder Atemzug fühlte sich an, als würde er heiße Luft einatmen. Der Schweiß floss in Strömen und sammelte sich in kleinen Pfützen auf seiner Haut. Von seiner Stirn tropfte er in kleinen Rinnsalen den Hals hinunter. Die Kleidung klebte am Körper und verstärkte das beklemmende Gefühl.

Der Gestank war eine unerträgliche Mischung aus verschiedenen Gerüchen. Der Geruch von Lehm und trockenem Sand war darin enthalten, jedoch wurden sie von dem Gestank von verrottendem Fleisch und Exkrementen überlagert. Es war ein scharfer, stechender Geruch, der einem fast die Luft zum Atmen raubte. Der Gestank schien sich in der Nase festzusetzen, und selbst nachdem man den Transportpanzer verlassen hatte, konnte man ihn noch wahrnehmen.

Das Brummen, das zunächst nur im Hintergrund zu hören war, beherrschte nun die Geräuschkulisse und übertönte das Stimmengewirr.

Als Pascal langsam die Augen öffnete, fühlte er sich desorientiert und verwirrt. Er war unsicher, wo er sich befand und was gerade geschah. Der Raum, in dem er sich befand, wirkte klein und beengt, und er konnte keine klaren Orientierungspunkte erkennen. Die Stimmen der drei Soldaten klangen undeutlich und verschwommen, als würde er sie durch Watte hindurch hören. Der Lärm des brummenden Geräuschs und der unvollständigen Funksprüche erschwerte es ihm zusätzlich, sich zu konzentrieren.

Er spürte, dass etwas nicht stimmte, als er seinen Körper betrachtete und seine Ausrüstung bemerkte. Er trug eine Tarnuniform für die Wüste, Bristol und eine kugelsichere Weste, was ihm ein ungewohntes und unbehagliches Gefühl verlieh. Er konnte sich nicht daran erinnern, wie er dort hingekommen war und was seine Aufgabe war. All dies verstärkte sein Gefühl der Verwirrung und Unruhe.

Nachdem ihm bewusstwurde, dass er sich in einem Traum befand und die Soldaten aus einem seiner Einsätze waren, durchzuckte ihn ein beklemmendes Gefühl. Die Tatsache, dass er sich nicht in der Realität befand und nicht wusste, wie er zurückkehren konnte, verstärkte seine Verwirrung und Unsicherheit noch weiter.

Pascal fühlte sich so schwer wie nie zuvor. Er versuchte, sich aufzurichten, und schaffte es schließlich. Erschrocken betrachtete er seine Hand und seinen Körper. Er trug die Tarnuniform für die Wüste, Bristol und eine kugelsichere Weste. An seinen Füßen spürte er die festen Haix-Kampfstiefel, die ihm stets ein Gefühl von Sicherheit und Standfestigkeit verliehen. Die schwere kugelsichere Weste mit den Keramikplatten drückte ihn beinahe zu Boden.

„Auch schon wach?!" fragte Daniel und alle lachten. Es durchzuckte Pascal wie ein Blitz. Er wusste, in welchem Traum er gelandet war. Daniel, Krauss, Scheller... und er.

Pascal rieb sich die Augen und versuchte, den letzten Rest Schlaf aus ihnen zu reiben. Gleichzeitig versuchte er, sich mit der Situation, in der er sich befand, zurechtzufinden.

„Das kann nicht wahr sein", sagte er, als er die Augen vollständig öffnete. Daniel sah ihn an und fragte: „Was kann nicht wahr sein?"

„Alles hier!", antwortete Pascal beinahe hysterisch. Die Männer sahen ihn erschrocken an.

„Wo sind wir? Wohin fahren wir?", fragte Pascal weiter.

„Wir begleiten einen Konvoi, du Idiot!", antwortete Krauss etwas unhöflich.

„Hey, beruhige dich", sagte Daniel und reichte Pascal eine Dose Red Bull.

Pascal öffnete die Dose und nahm einen kräftigen Schluck. Er bemerkte, dass sie sich in der brennenden Sonne erwärmt hatte und wie widerlich das warme Getränk schmeckte. Er verzog das Gesicht, und die anderen lachten.

„Wie alt ist das Zeug?", fragte Pascal und nahm dennoch noch einen Schluck.

Er wusste, dass er sich in einer Situation im Einsatzland befand. Nur welche, war ihm noch nicht ganz klar. Sie hatten oft Konvoibegleitungen durchgeführt, sodass er nicht sagen konnte, um welche Mission es sich hier handelte. Jetzt, da er wach war, sah er sich aufmerksam nach Hinweisen um. Und er fand sie auch schnell.

Sie fuhren auf der Straße durch Pol-e Khomri in Richtung Mazar-e Sharif.

Die Stadt Pol-e Khomri erstreckte sich entlang des Flusses Kunduz, der nicht nur seine Umgebung mit Wasser versorgte, sondern auch landwirtschaftliche Nutzung ermöglichte. In der Nähe des zweigeteilten Flusses erstreckten sich zahlreiche Grün- und Anbauflächen. Die Bäume, die Pascal sah, wirkten beruhigend in dieser sonst kargen und trockenen Landschaft, die sich über Jahrhunderte durch Erosion geformt hatte. Im Hintergrund konnte man die Berge und Hügel erkennen, einige von ihnen mit grüner Vegetation bedeckt, andere hingegen in jenem charakteristischen Braun gehüllt. Pascal dachte an sein Haus, an seinen grünen Rasen und die Blumen, die er gepflanzt hatte.

„Digger, alles in Ordnung?" fragte Daniel, als er bemerkte, dass Pascal abwesend wirkte. Es war ein fataler Fehler, nicht vollkommen konzentriert zu sein. Man musste stets die Umgebung im Blick behalten. Diese permanente Anspannung, dass jederzeit etwas geschehen konnte, machte Pascal sehr müde.

Immer in Alarmbereitschaft...
Beim Aufwachen... Anspannung...
Beim Zubettgehen... Anspannung...
Sogar auf die Toilette gehen... dieselbe Anspannung.

„Klar, alles gut", antwortete Pascal knapp. Er richtete sich auf, starrte aus dem Fenster und konzentrierte sich auf die Straße.

Keines der Häuser, an denen sie vorbeifuhren, war vollständig intakt. Überall an den Gebäuden gab es eingestürzte Stellen. Seine Gedanken wurden nur durch die Funksprüche unterbrochen, die aus dem Führungsfahrzeug des Konvois kamen.

Pascal saß wachsam im Fahrzeug und beobachtete jede Bewegung auf der Straße. Seine Augen schweiften ständig von links nach rechts, um potenzielle Gefahrenquellen zu erkennen. Er registrierte jeden Fußgänger, jedes Auto und jedes Gebäude entlang des Weges und bewertete schnell, ob sie eine

Bedrohung darstellten. Seine Ohren waren gespitzt auf Geräusche, die auf Gefahren hinweisen könnten, wie das Rattern eines defekten Motors oder das Knallen von Schüssen in der Ferne. Er war immer bereit, schnell zu reagieren, wenn es nötig wäre. Gleichzeitig bemühte er sich, ruhig und konzentriert zu bleiben, um keine unnötige Panik unter den Insassen auszulösen. Das Beobachten der Straße war zu einer instinktiven Routine für ihn geworden, die ihm half, die Kontrolle über die Situation zu behalten.

Der Konvoi aus Militärfahrzeugen bremste beinahe regelmäßig ab und verringerte spürbar seine Geschwindigkeit. Immer wenn die Straße enger wurde, ein Kadaver am Straßenrand lag oder ein Mofa am Fahrbahnrand abgestellt war, bremste das Führungsfahrzeug ab. Kurz bevor sie die potenzielle Gefahrenstelle erreichten, beschleunigten die Fahrzeuge wieder, um es möglichen Angreifern schwer zu machen, ihr Tempo richtig einzuschätzen.

In diesem Land herrschte eine bedrohliche Atmosphäre, und jede Verzögerung konnte über Leben und Tod entscheiden. Die Insassen des Militärkonvois waren alle angespannt und wachsam. Jeder von ihnen hatte eine entscheidende Rolle zu erfüllen und musste mögliche Gefahren im Blick behalten. Sie saßen schweigsam und konzentriert in ihren Fahrzeugen, ihre Augen stets aufmerksam auf die Umgebung gerichtet. Sie waren bereit, jeden Angriff abzuwehren und ihr Leben für ihre Mission zu riskieren.

Trotz ihrer Anspannung und Vorsicht waren die Männer in der Lage, miteinander zu kommunizieren. Hin und wieder gab es kurze Gespräche, doch sie hingen immer von der Straße und möglichen Bedrohungen ab. Sobald sie ein verdächtiges Fahrzeug oder eine verdächtige Person entdeckten, verstummten sie augenblicklich und richteten ihre Aufmerksamkeit auf die Beobachtung der Umgebung.

Jeder von ihnen wusste, wie wichtig es war, sich an die Regeln zu halten und wachsam zu sein. Ein falscher Schritt oder eine unüberlegte Geste konnte das Leben aller Konvoi Insassen gefährden. Deshalb blieben sie still und konzentriert, während sie die Straße und die Umgebung aufmerksam im Blick behielten. Sie waren bereit für jede mögliche Bedrohung und vertrauten darauf, dass ihr Training und ihre Erfahrung ihnen dabei halfen, die Mission erfolgreich abzuschließen.

In dem Fahrzeug herrschte eine fast erdrückende Atmosphäre. Die Luft war stickig und schwer zu atmen, da eine Mischung aus Schweiß, Atemluft und Zigarettenrauch sie verpestete. Die vier Männer waren gezwungen, diese stickige Luft einzuatmen und wieder auszuatmen, was zu einem unangenehmen Kreislauf führte. Die schwere schusssichere Weste, die sie trugen, verstärkte ihre Schweißbildung. Die Uniform klebte feucht und unangenehm an ihren Körpern und verstärkte das beklemmende Gefühl noch weiter. Trotz der Hitze und der drückenden Luft gab es keine Möglichkeit, sich abzukühlen. Die Situation war unerträglich, und es war schwer zu sagen, wie lange die Männer diese Bedingungen noch ertragen konnten.

Als er tief Luft holte, bemerkte er sofort, dass etwas anders war als zuvor. Plötzlich erschien ihm seine Umgebung viel schärfer und detailreicher. Jedes Geräusch drang klarer an sein Ohr und jede Bewegung nahm er intensiver wahr. Es war, als ob seine Sinne auf Hochtouren liefen und seine Aufmerksamkeit auf das kleinste Detail gerichtet war.

Sein Unterbewusstsein hatte Alarm geschlagen und trieb ihn dazu, wachsam zu sein. Sein Herz schlug schneller, und sein Atem ging schwer. Er spürte, dass etwas geschehen würde, wusste jedoch nicht genau was. Dennoch war er bereit und lehnte sich vor, um die Situation genauer zu erfassen.

Genauso wie er, wurde auch sein Kamerad Daniel aufmerksam und starrte gebannt auf das Fahrzeug vor ihnen. Pascals Augen waren weit aufgerissen, und er wirkte wie ein suchender Hund, der eine Witterung aufgenommen hatte und dieser nun folgte.

„Was ist los?" fragte Scheller, als er die Unruhe in Pascal bemerkte und griff dabei nach seinem Gewehr. Er kannte diesen Blick aus anderen Situationen und wusste, dass etwas nicht stimmte.

Plötzlich ertönte eine gewaltige Explosion, gefolgt von einer Druckwelle, die das Fahrzeug durchschüttelte. Der ohrenbetäubende Knall hallte noch lange in den Ohren der Insassen wider. Die Wucht der Explosion war so stark, dass das Fahrzeug auf der Straße hin und her schaukelte und beinahe außer Kontrolle geriet. Eine Staubwolke stieg auf und Trümmer flogen durch die Luft. Es war offensichtlich, dass es sich um eine gezielt platzierte Sprengfalle handelte, die den Konvoi attackierte. Jeder im Wagen befand sich sofort im Alarmzustand. Krauss wäre beinahe auf den vorderen Wagen aufgefahren, der abrupt gestoppt hatte.

„Absitzen! Rundum-Sicherung!" schallte es aus den Lautsprechern des Funkgeräts.

Die Männer griffen sofort nach ihren Gewehren, die in den Halterungen im Fahrzeug verstaut waren.

„Pass auf!" rief Daniel und sie schlugen mit Pascal die Fäuste aneinander, bevor sie ausstiegen.

Kaum hatte Pascal seine Füße auf den Boden gesetzt, schlugen Kugeln auf die Seite des Fahrzeugs ein. Die Geräusche, die die Kugeln beim Einschlag in das Fahrzeug machten, waren laut und schrill. Es war ein ohrenbetäubendes Geräusch, das von Metall auf Metall kam, begleitet von einem Knall, der die Luft durchzog und das Adrenalin in den Körper der Männer jagte.

Es war ein schrecklicher Moment, in dem jeder einzelne Schuss wie ein dumpfer Schlag gegen das Gehör der Soldaten klang und sie in Deckung zwang. Er warf sich sofort mit voller Wucht auf den Boden, wo er einen Moment liegen blieb, um sich zu sammeln. Dann tastete er seine Weste, Arme und Beine nach Einschüssen ab, fand jedoch keine Verwundung. Anschließend suchte er sein Gewehr, das neben ihm auf dem Boden lag, und griff nach dem Magazin, um sicherzustellen, dass es fest befestigt war.

Daniel rief ihm zu: „Pascal, hierher!" Pascal kroch unter dem Dingo hindurch und flüchtete auf die andere Seite des Fahrzeugs. Dort angekommen, stand er auf und lief zum hinteren Rad des Fahrzeugs, wo er vorerst sicher zu sein schien.

„Hat jemand etwas gesehen?", fragte die vertraute Stimme des Konvoiführers, und aus verschiedenen Positionen des Konvois kamen Meldungen. Eine weitere Salve prasselte auf das Fahrzeug, als Daniel sich zum Heck des Fahrzeugs wagte, um einen Blick zu erhaschen.

„Heckenschütze hinter Mauerrest! Neun Uhr! Entfernung 500!", schrie er laut, damit ihn jeder im Konvoi hören konnte.

„Ziel bekämpfen nach eigenem Ermessen! MG! Feind niederhalten!", brüllte der Konvoiführer.

Pascal traute sich zum Heck des Fahrzeugs, um die Angreifer unter Beschuss zu nehmen. Auch er sah nun das Mündungsfeuer an der Oberkante der Mauer, das Daniel ihm gezeigt hatte. Fast zeitgleich luden sie ihre Gewehre nach und richteten sie auf das Ziel. Daniel feuerte Dubletten ab, während Pascal einzelne, gezielte Schüsse auf den Gegner abgab. Sie wussten, dass sie ihn aus dieser Entfernung kaum bekämpfen konnten, aber es gab ihnen das Gefühl, sich endlich gegen die Gefahr wehren zu können.

Die Anspannung, die sich während der Patrouillen und Konvoi Fahrten aufgebaut hatte, konnte nun endlich abgebaut werden. Die Gefahr, die zuvor unsichtbar und möglicherweise in jedem einzelnen Menschen verborgen war, wurde nun sichtbar. Ein kleiner Fleck in der Ferne feuerte Projektile auf sie ab, die nun mit einem surrenden und zischenden Geräusch an ihnen vorbeiflogen.

Die Informationen über die geringe Reichweite und die qualitativen Mängel der G36-Gewehre waren schon früh ins Internet gelangt. Auch die Regeln des Einsatzes waren den Rebellen bekannt, sodass sie ihre Angriffstaktik an diese Gegebenheiten anpassen konnten. Pascal unterbrach das Feuer und stellte Sicherheit an der Waffe her.

„Das ist doch Irrsinn!", schrie er. Daniel sah ihn an und sagte ihm, dass er weiter feuern sollte.
„Gruppenführer! Zielentfernung zu groß!", schrie Pascal.
„Ziel bekämpfen!", hallte es zurück.

Pascal zog sich zum Hinterrad zurück und kniete sich hin, um seine Ausrüstung zu überprüfen. In seiner Kampfmittelweste führte er zehn Magazine G36, eine Pistole mit fünf Magazinen, zwei Handgranaten und ein Kampfmesser mit sich.

„Ich muss mir das genauer ansehen! Feind niederhalten!", sagte er und kroch dann unter dem Dingo durch, um eine bessere Übersicht zu bekommen.

Daniel verabscheute es, wenn Pascal das tat. Er presste die Zähne zusammen und schoss weiter. Denn es war Pascals Gabe, in gefährlichen Situationen einen klaren Kopf zu behalten. So chaotisch es in einem Gefecht auch wurde, Pascal blieb stets ruhig und verschaffte sich einen Überblick über die Situation. Dabei beachtete Pascal verschiedenste Faktoren wie die Position der Gegner, ihre Bewegungen, ihre Waffen und mögliche Deckungsmöglichkeiten.

Er versuchte, die Schussrichtung und das Mündungsfeuer des Feindes zu identifizieren, um den Standort der Heckenschützen genauer zu lokalisieren. Er bemerkte selbst kleine Veränderungen im Geschehen auf dem Schlachtfeld. Diese Gabe hatte bereits mehrfach verhindert, dass ihre Gruppe in eine aussichtslose Lage geriet. Daniel ließ Pascal gewähren und hoffte, dass er auch dieses Mal den richtigen Riecher hatte, um den Feind zu bekämpfen.

Pascal blickte durch das Zielfernrohr und betrachtete die Mauerreste genau, hinter denen sich die Angreifer versteckten. Er sah die Mauer genau und bemerkte, dass sie L-förmig gebaut worden war. Er hob seinen Kopf etwas höher und schätzte die Entfernung der Mauer zum Konvoi auf etwa 350 Meter ein. Die Mauer führte etwa 400 Meter von ihnen weg und knickte dann nach rechts ab, wo sie nun einigen Kämpfern Deckung bot.

Er erkannte eine Gelegenheit, um diesen Gegner zu bekämpfen. Er dachte darüber nach, dass zwei Männer in der Lage sein könnten, das Problem zu lösen. Sie müssten sich nur zur Mauer vorkämpfen, um genug Schutz zu haben, um weiter vorzustoßen und in die feindliche Stellung einzusickern.

Jedoch dachte er bei sich, dass der Gruppenführer diese Option wahrscheinlich nicht erlauben würde, als er sich zurück zu Daniel robbte.

„Digger! Haltepunkt korrigieren!" forderte Daniel ihn auf.
„Alles klar!" Pascal blickte durch das Zielfernrohr, auf einen Treffer wartend. „Ein Schuss, Einzelfeuer! Feuer frei!" gab er Daniel zu verstehen, dass er bereit war.

Den ersten Schuss schätzte Pascal ungefähr 70 bis 80 cm unterhalb der Maueroberkante und etwas weniger als 50 cm zu weit links ein. Daniel wartete auf weitere Anweisungen.
„50 cm hoch, etwas weiter rechts! Feuer frei!"
Daniel folgte der Anweisung umgehend und feuerte erneut.
Der zweite Schuss war deutlich näher am Ziel. Wenn Daniel noch 20 cm höher anvisierte, könnte er den Schützen treffen.
„Horizontal gut. Etwas höher noch. Feuer frei!" Pascal beobachtete sein Ziel. Daniel feuerte und augenblicklich ging der Schütze wieder in Deckung. Ob er nur in Deckung gegangen war oder Daniel einen Treffer erzielt hatte, vermochte Pascal nicht zu sagen, aber der Haltepunkt war gut.
„Haltepunkt gut! Feuer frei!" Mit dieser Anweisung nahm auch Pascal den Kampf wieder auf.

Das Feuergefecht zog sich über einen langen Zeitraum hin und forderte eine hohe körperliche Anstrengung und Konzentration von den Soldaten. Es war eine äußerst gefährliche Situation, in der jeder Schuss tödlich sein konnte. Disziplin, Mut und schnelle Reaktionen waren erforderlich, um zu überleben und den Feind zu besiegen. Immer wieder vernahmen sie das Surren und Zischen der Geschosse, die bedrohlich nah an sie herankamen. Pascal bemerkte nach einiger Zeit, dass von Daniel kaum noch etwas zu hören war. Möglicherweise hatte er eine Ladehemmung oder musste sein Magazin wechseln. Andererseits hätte er einen Magazinwechsel angekündigt, damit Pascal wusste, was vor sich ging.

„Ich lade!" sagte Pascal und wollte gerade in Deckung gehen, als er sah, wie Daniel seine Hand unter seinem Bristol hervorzog. Plötzlich lag Daniels mit Blut bedeckter Bauch vor ihm. Auch seine Hand war blutüberströmt. Pascal kniete sofort neben ihm nieder und schrie so laut er konnte: „Sanitäter!" Die Mechanismen, die ihnen in der Ausbildung antrainiert worden waren, griffen sofort. Pascal griff in Daniels linke Beintasche, in der das Erste-Hilfe-Material verstaut war.

„Gruppenführer! Mann am Boden!" hallte es aus den verschiedenen Stellungen des Konvois.
„Durchhalten, Digger!" rief Pascal und nahm einen QuickClot, den er unter Daniels Hand legte, mit der er fest auf die Wunde drückte.
„Sanitäter!" schrie Pascal erneut, dessen Hand inzwischen ebenfalls blutüberzogen war.
„Verdammt! Fuck!" schrie Daniel, dessen schmerzverzerrtes Gesicht langsam, aber unaufhaltsam von Blässe überzogen wurde.
„Halt durch! Beiß dich durch, Digger!" Pascal griff nach Daniels Kragen und sah ihm mit einem beinahe bettelnden, traurigen Blick tief in die Augen.
'Er muss es schaffen!' dachte Pascal. 'Er darf nicht fallen!' Dieser Gedanke schoss ihm immer wieder durch den Kopf.

Kaum konnte Pascal seine Besorgnis verbergen, als die Sanitäter eintrafen und den Verwundeten übernahmen. Er half dabei, Daniel auf die Trage zu legen, die zur Evakuierung in den Hägglunds vorgesehen war. Bevor die Sanitäter ihn hochhievten, reichte Daniel Pascal die Hand, um ihm noch etwas mitzuteilen. Pascal verstummte, als er bemerkte, dass Daniel ihm etwas in die Hand gedrückt hatte, bevor er abtransportiert wurde. Er öffnete seine Hand, um den Gegenstand zu betrachten, den er von Daniel erhalten hatte.

Verwirrung...
Einsamkeit...
Verzweiflung...
Angst...
Zorn...

Es war eine schreckliche Sekunde für Pascal, als er den blutverschmierten Briefumschlag in seiner Hand sah. Vielleicht vergingen mehrere Sekunden oder sogar Minuten, in denen er auf den Umschlag starrte und jegliches Zeitgefühl verlor. In diesem Moment spielte es auch keine Rolle, wie viel Zeit verging. Einer der wichtigsten Menschen in seinem Leben hatte ihm seinen Abschiedsbrief übergeben, in dem Glauben, dass er es nicht nach Hause schaffen würde. Es war nun Pascals Pflicht, diesen Brief den Angehörigen seines Kameraden zu übergeben. Trotz seiner Wut auf Daniel dafür, was er ihm aufgebürdet hatte, würde er tun, was sie vereinbart hatten, falls einem von ihnen etwas zustoßen sollte.

Pascal spürte, als ob ihm jemand eine unsichtbare Garotte um den Hals gelegt hätte, die nun unbarmherzig zuzog. Er wusste, dass er stark bleiben musste, um Daniels letzten Wunsch zu erfüllen und den Brief an die Familie zu übergeben.

Das Knattern der Gewehre schien nun im Hintergrundgeräusch unterzugehen. Die Befehle und Rufe, die von allen Seiten gebrüllt wurden, verschmolzen zu einem unverständlichen Kauderwelsch.

Sein Körper versteifte sich, und sein Herzschlag verlangsamte sich so sehr, dass er glaubte, es müsse jederzeit stillstehen. In seinem Kopf wirbelten Blitze wild durcheinander, während ein ungestümer Sturm grimmig in seiner Brust tobte.

In diesem Moment erkannte er, dass der wahre Kampf stumm stattfindet. Dass er herrenlos ist und niemand ihn kontrolliert. Es war ein chaotisches, hochdynamisches Ereignis, das die Protagonisten mit sich riss wie ein gewaltiger, rücksichtsloser Tornado, der über das Schlachtfeld fegte und alles in seiner Nähe mit sich riss. Es schien, als gäbe es nur eine Wahl: entweder selbst zum Sturm werden oder darin untergehen.

Ein Herzschlag, den er in Zeitlupe zu erleben schien, gefolgt von einem tiefen Atemzug, war das Letzte, an das er sich erinnern konnte, bevor ein mächtiger Blitz in seinem Hirn einschlug und diese Starre beendete. Sein Herz schlug nun kraftvoller als je zuvor, und sein Blut transportierte den Sturm in alle Gliedmaßen. Sein Blickfeld verengte sich auf den einen Punkt, der hinter der Mauer auf der anderen Straßenseite lauerte. Sein Geist trieb ihn an und setzte Energien frei, die er selbst kaum einschätzen konnte.

Er steckte Daniels Brief weg und kniete neben dem Hinterrad des Dingos, wo er jeden Schritt durchdachte, den er jetzt machen musste.

Sicherheit herstellen! - Waffe gesichert.
Ladezustand überprüfen! - Verschossen.

Magazin entfernen! Neues Magazin einführen!
Waffe teilgeladen! - Waffe fertig laden!
Aufstehen! - Fertigmachen zum Sprung.
Sprung auf Marsch, Marsch!

Pascal rannte mit voller Geschwindigkeit auf die Mauer zu, als würde ihn ein innerer Antrieb vorantreiben. Seine Wahrnehmung schien alles auszublenden, was ihn von seinem Ziel abbringen könnte. Sein Blick war allein auf die Mauer gerichtet, und er schien alles andere um sich herum auszublenden. Die Geschosse, die neben ihm einschlugen, nahm er zwar wahr, doch seine Beine ignorierten sie und trugen ihn unerbittlich voran. Es gab für ihn keine andere Wahl, als die Mauer zu erreichen. Pascal war fest entschlossen, sich von nichts und niemandem davon abhalten zu lassen.

Er hatte die Waffe entsichert, und sein Finger lag am Abzug, bereit, das nächste Projektil abzufeuern. Er war bereit, jeden, der sich ihm in den Weg stellte und nicht wie ein NATO-Soldat aussah, ins Visier zu nehmen.

Als er sich schließlich nur noch wenige Meter vor der Mauer befand, erfüllte die Luft sich mit einem Surren und Pfeifen, während die Projektile immer näher kamen. Trotz der Gefahr verließ er sich auf seinen Mut und sein Glück und robbte weiter auf allen Vieren vorwärts. Er drückte sich fest gegen den Boden, als könne ihn die Erde vor seinen Angreifern verbergen. Es schien beinahe so, als könne Pascal jeden Moment vom feindlichen Feuer getroffen werden, aber er gab nicht auf und kämpfte unbeirrt weiter, bis er endlich die Mauer erreichte.

Angekommen an der Mauer, überprüfte Pascal noch einmal gründlich seine Waffe und seine Ausrüstung. Ein beißender

Geruch von Schießpulver und Blut drang in seine Nase und setzte sich in seinen Atemwegen fest.

Inmitten dieses Dunstes, der in seiner Nase und Lunge brannte, verspürte Pascal eine tiefe Sehnsucht nach der Natur. Er sehnte sich nach dem Duft von Blumen, der sanften Brise eines Waldes und dem Grün von Wiesen. Er wollte sich in der Natur verlieren und dem Lärm und der Brutalität des Krieges entfliehen. Sein Verlangen nach Frieden und Schönheit inmitten des Chaos und der Zerstörung war so stark, dass er sich für einen Moment wünschte, er könnte einfach alles hinter sich lassen und in die Natur fliehen. Doch die Realität des Krieges und die Verantwortung gegenüber seinen Kameraden ließen ihm keine andere Wahl, als seine Aufgabe zu erfüllen.

Er führte einen kurzen Check durch, um sicherzustellen, dass alle Taschen verschlossen waren und keine Ausrüstung fehlte. Anschließend zog er seine Pistole aus dem Holster, entsicherte sie und lud sie fertig. Den Hahn ließ er gespannt, um im Notfall schnell reagieren zu können. Schließlich steckte er die Pistole wieder in sein Beinholster und bereitete sich auf den nächsten Schritt vor. Er entsicherte sein Gewehr, nahm eine Pirsch-Haltung ein und bewegte sich langsam, aber zielstrebig vorwärts.

Er konnte die Stimme des Konvoiführers hören: „Feind unter Druck halten! Deckungsfeuer!"

Seine Kameraden im Konvoi gaben ihr Bestes, um die Heckenschützen unter Druck zu setzen und hofften, dass sie Pascal bei seinem Vorstoß unterstützen würden.

Und tatsächlich waren sie erfolgreich. Die Projektile, die auf die Mauer einschlugen, zwangen die Angreifer in die Deckung.

Ein kurzer Moment, in dem sein Gegner ihn aus den Augen verlor, würde genügen. Pascal blickte vorsichtig über die Mauer zu den Angreifern und sah, wie die Geschosse einschlugen und der Schütze nicht mehr zu sehen war.

Jetzt bewegte er sich so schnell wie möglich, blieb aber weiterhin gebückt. Er musste zur Ecke dieser Mauer gelangen! Egal, was passierte, er musste es schaffen! Von dort aus könnte er den Feind unter Beschuss nehmen und in seine Stellung eindringen.

Nur noch wenige Meter! Doch die plötzliche Stille und Ruhe beunruhigten Pascal und lösten ein Warnsignal in seinem Gehirn aus. Es war eine unheimliche Stille, die Pascal das Gefühl gab, dass die gesamte Welt um ihn herum zum Stillstand gekommen war.

Die Luft war schwer und stickig, als würde sie die Stille einfangen und bewahren wollen. Jeder Atemzug war deutlich zu hören und wirkte wie ein störender Lärm in dieser unnatürlichen Ruhe. Der Boden unter seinen Füßen schien mit jedem Schritt zu knirschen und zu knarren, was ihn noch mehr verunsicherte. Es war eine Stille, die jederzeit von einer unvorhersehbaren Gefahr durchbrochen werden konnte, und das beunruhigte Pascal zutiefst.

Er überlegte einen Moment, ob er etwas übersehen hatte, aber es wäre ohnehin zu spät gewesen, um jetzt in den rückwärtigen Bereich auszuweichen. In seinen Gedanken gab es nur noch ein Ziel.

An der Ecke angekommen, die bereits größtenteils dem Verfall preisgegeben war, lehnte er sich an die Mauer und umklammerte sein Gewehr mit fester Hand, als ob es das Einzige war, das ihn noch in dieser Welt hielt. Sein Herz pochte wild in seiner Brust, sein Atem wurde immer heftiger, als er einen kurzen Blick auf die Gegner riskierte. Zwei vermummte Männer diskutierten wild gestikulierend miteinander, während ein weiterer am Boden lag und scheinbar außer Gefecht gesetzt worden war.

Pascal spürte, wie seine Hände langsam zu zittern begannen, als er die Angreifer erblickte. Die Zitterbewegungen begannen zunächst klein und unscheinbar, wurden aber schnell stärker und unkontrollierter. Seine Finger schienen sich wie von selbst zu krümmen, und er konnte das Gewehr kaum noch festhalten. Der Rhythmus seines Herzschlags beschleunigte sich, und seine Atmung wurde schneller und flacher.

Er fragte sich, ob es die Angst war, die ihn so sehr erschütterte, oder ob es das Adrenalin war, das durch seinen Körper floss und seine Nerven aufs Äußerste strapazierte. Vielleicht war es auch das Wissen, dass er in Kürze in einen Kampf verwickelt sein würde, bei dem es um Leben und Tod ging.

Trotz der Anspannung und der Zitterbewegungen seiner Hände bemühte er sich, seine Emotionen zu kontrollieren und einen klaren Kopf zu bewahren. Er wusste, dass er nun auf jede Bewegung achten musste, um nicht entdeckt zu werden und seine Mission zu gefährden.

Vielleicht war es aber auch einfach die Tatsache, dass die Mündungsfeuer, die er aus der Ferne gesehen hatte, nun eine menschliche Gestalt annahmen. Sie hatten Beine, Arme und einen Kopf, die sich in einer unverkennbar menschlichen Form vereinten. Augen, die die Welt betrachteten, und eine Stimme, die mit Emotionen und Gedanken erfüllt war.

Sie hatten Familien, eine Vergangenheit und ein Leben, das jetzt in Gefahr war. Aber Daniel hatte auch ein Leben, und er kämpfte gerade darum, während die beiden Angreifer versuchten, weitere Leben zu nehmen. Der Zorn in ihm stieg erneut auf, als er sah, wie diese Männer versuchten, weitere Leben zu nehmen.

Pascals Bewegungen waren ungelenk und fast unkontrolliert. Das Zittern in seinen Händen und sein mentaler Zustand griffen nun auf seinen gesamten Körper über. Er zweifelte daran, ob er in der Lage sein würde, beide Ziele innerhalb von Sekunden auszuschalten. Er versuchte, langsamer und flacher zu atmen, um seinen Puls zu beruhigen. Als er endlich einen klaren Gedanken fassen konnte, entschied er sich, seine Handgranaten zu benutzen, die er bei sich trug.

„Das muss klappen!" dachte er, während er die Handgranaten in die Hand nahm.
Du musst es schaffen!

Er ließ sein Gewehr herabfallen und griff nach einer Handgranate. Wiederholend ging er in Gedanken durch, welche Schritte er durchführen musste.

Umfeld beobachten! - Alles frei.
Sicherungsstift ziehen! - Fertigmachen zum Wurf!

Als die Gewehre kurz verstummten, presste er sich gegen die Mauer. Er wartete, bis das Knattern der Kalaschnikows erneut einsetzte und wagte es, vorzutreten. Mit einigem Abstand zu den Schützen warf er die Handgranate, die dann auf dem Boden zur Ruhe kam.

„Granate liegt!" schrie er in Gedanken.

Sofort zog er sich hinter die Mauer zurück. Zusammengekrümmt kauerte er hinter ihr und versuchte, sich so gut wie möglich zu verstecken. Sein Rücken war an die Wand gedrückt und er hatte seine Knie eng an die Brust gezogen. Seine Arme umschlangen seine Beine, als würde er sich selbst umarmen. Sein Kopf war gesenkt, während er seinen Atem anhielt und auf die Explosion wartete.

Seine Augen waren fest geschlossen, als wolle er der Realität entfliehen. Sein Körper zitterte leicht vor Angst und er versuchte, sich so klein wie möglich zu machen, um sich vor möglichen Gefahren zu schützen. Für einen Moment erinnerte er sich an seine Ausbildung, in der er gelernt hatte, wie sich Druckwellen ausbreiten, wenn sie auf ein Hindernis treffen. Er hoffte, dass er sich weit genug zurückgezogen hatte.

Die folgende Detonation riss ihn aus seinem Traum. Schweißgebadet und schreiend wachte er auf. Seine Augen flogen weit auf und er sah sich panisch um, während er versuchte, sich zu orientieren. Seine Atmung war schnell und flach, sein Herz raste. Er spürte, wie sein Körper von Angst und Adrenalin durchdrungen war und zitterte am ganzen Leib. Als er begriff, dass es nur ein Traum gewesen war, begann er, seinen Körper abzuklopfen, um sicherzustellen, dass er unverletzt war.

Er fühlte sich noch immer benommen und desorientiert, während er versuchte, seine Gedanken zu sammeln und die Realität von dem Traum zu unterscheiden. Nach einer Weile wurde ihm bewusst, dass er noch immer am Leben war und keine unmittelbare Gefahr bestand, aber das Erlebnis hatte ihn stark mitgenommen.

Er zog seine Beine eng an die Brust heran und umarmte sie fest mit seinen Armen. Sein Gesicht war in seinen Knien verborgen und seine Schultern zuckten, während er zu weinen begann. Tränen rollten über seine Wangen und seine Kehle war voller Schluchzen. Er atmete schwer und unregelmäßig, während er versuchte, sich zu beruhigen. Seine Hände krallten sich in seine Kleidung, als würde er sich selbst festhalten wollen. Er fühlte sich hilflos und allein, und seine Trauer und Angst schienen unüberwindbar. Sein ganzer Körper bebte, während er in seiner Verzweiflung weinte und versuchte, seine Gefühle zu verarbeiten.

UNERWARTETE FRÜCHTE

Ein aufgeregtes Kribbeln befiehl Pascals Bauch, als er das Labor seines Professors betrat. Wochenlang hatte er sich auf diesen Moment vorbereitet und konnte es kaum erwarten, seine Ideen und Forschungen mit seinem Mentor zu teilen. Die Atmosphäre im Labor war von konzentrierter Stille erfüllt, während der Professor und seine Assistenten an verschiedenen Geräten arbeiteten.

„Schön dich zu sehen, Pascal", sagte der Professor und empfing ihn mit einem herzlichen Lächeln. „Ich habe deine Idee bereits in einen Algorithmus umgesetzt und in die Software integriert."

Pascal fühlte sich von den Worten seines Professors geschmeichelt und atmete tief durch, um seine Nervosität zu beruhigen. Gemeinsam begaben sie sich zu einem Tisch, auf dem bereits eine Glasplatte mit den Nanobots bereitstand.

Für die Kameraaufnahmen hatte es sich bewährt, die Platte von unten mit diffusen Umgebungslicht zu beleuchten. Pascal fand, dass dies optisch äußerst stilvoll aussah. Vielleicht sollte er auch zu Hause seinen Arbeitsplatz aufwerten und mit Glas und Beleuchtung experimentieren. Doch seine Gedanken wurden vom Professor unterbrochen.

„Heute werden wir mit unseren ersten gemeinsamen Versuchen beginnen", erklärte der Professor und deutete auf die Kästchen. „Das sind die Nanobots, an denen wir in den letzten Monaten gearbeitet haben. Wir haben sie so programmiert, dass sie sich zunächst sammeln und dann eine vorgegebene Form bilden sollen."

Er begab sich zum Kontrolltisch, und Pascal folgte ihm wortlos. Die Aufregung, die Pascal empfand, war kaum in Worte zu fassen. Sein Herz schlug schneller, und er spürte ein Kribbeln in seinem ganzen Körper. Er wusste, dass dies der Beginn einer aufregenden Reise war, die seine Karriere als Informatiker verändern würde. Pascal war bereit, seine Fähigkeiten und sein Wissen einzusetzen, um an der Spitze der Technologie zu arbeiten und die Welt zu verändern.

„Okay, lasst uns anfangen. Sind die Kameras bereit?" fragte der Professor und erhielt sofort ein kurzes „Go" von einem seiner Mitarbeiter.

Der Professor gab das Zeichen, und sofort wurden Befehle in den Computer eingegeben. Pascal beobachtete die Glasplatte auf dem Tisch sehr aufmerksam. Doch es tat sich nichts. Schnell wurde deutlich, dass etwas nicht stimmte. Die kleinen Bots bewegten sich nicht, und es schien, als ob sie ihre programmierten Aufgaben nicht ausführen konnten.

Schneider überprüfte die eingegebenen Befehle und nahm einige kleine Veränderungen vor. Dann starteten sie einen neuen Versuch. Einige der Bots bewegten sich unkoordiniert, andere hingegen reagierten gar nicht.

Die Enttäuschung machte sich in den Gesichtern des Teams breit. Sie hatten gehofft, dass ihre intensiven Anstrengungen zur Lösung der Probleme geführt hätten. Doch trotz aller Vorbereitung und Optimismus schienen die kleinen Bots immer noch nicht in der Lage zu sein, die gewünschte Formation zu bilden. Ein Gefühl der Frustration machte sich in der Luft bemerkbar, und jeder im Raum spürte den Druck, eine Lösung zu finden, um ihre Forschung voranzutreiben. Es war ein Rückschlag, der ihre Erwartungen trübte, aber sie waren entschlossen, nicht aufzugeben und neue Wege zu finden, um ihr Ziel zu erreichen.

„Wir müssen zurück zum Zeichenbrett", seufzte der Professor. „Es scheint, als ob wir noch einige Änderungen vornehmen müssen, bevor wir weitermachen können."

Pascal nickte zustimmend. Er wusste, dass sie einige Schritte zurückgehen mussten, um die Probleme zu beheben. Obwohl er enttäuscht war, dass ihr erster Versuch nicht erfolgreich war, wusste er, dass sie nicht aufgeben würden. Als Wissenschaftler und Entdecker strebten sie immer nach neuen Erkenntnissen. Es wäre eine Überraschung gewesen, wenn es auf Anhieb funktioniert hätte.

Gemeinsam begannen sie die Codierung der Nanobots zu überprüfen. Pascal betrachtete den Algorithmus, den der Professor aus seiner Idee entwickelt hatte. Es schmeichelte ihm, dass sein Algorithmus dem des Professors verblüffend ähnlich sah. Er ging jeden Schritt einzeln durch und konnte im Algorithmus keine logischen Fehler entdecken. Anschließend überprüfte er den Programmcode, der ebenfalls vielversprechend aussah. Doch offensichtlich stimmte etwas nicht.

Gelegentlich unterbrach Pascal den Professor, um Fragen zu einer Funktion zu stellen oder darüber nachzudenken, ob eine andere Vorgehensweise möglicherweise erfolgreicher wäre. Der Professor hörte aufmerksam zu, und sie diskutierten ihre Vorschläge. Manchmal setzten sie die Ideen sofort um. Das Team agierte insgesamt wie eine Mannschaft, die sich gegenseitig die Bälle zuspielte. Pascal hatte schon während seines

Studiums die Fähigkeit des Professors bemerkt, solche Teams zu bilden, und er hatte sie sehr geschätzt.

Obwohl bereits Abend war, beschloss das Team erneut eine Pause einzulegen, um den Kopf frei zu bekommen. Der Professor stimmte widerwillig zu, denn er wusste, dass es keinen Sinn machte, fortzufahren, wenn man in einer Sackgasse steckte.

Die bestellten Pizzen wurden rasch verspeist. Obwohl jeder erleichtert war, dass sie eine Pause eingelegt hatten, konnte man sehen, dass ihre Gedanken immer noch um das Projekt kreisten. Jeder von ihnen dachte weiter über seinen Aufgabenbereich nach und versuchte, die Fehler zu finden, während sie fast wie ferngesteuert aßen.

Nach der Pause kehrte das Team wieder zur Arbeit zurück. Jeder brachte seine Ideen und Vorschläge ein, um herauszufinden, warum der erste Versuch fehlgeschlagen war. Teilweise wurden hitzige Diskussionen geführt und unterschiedliche Meinungen geäußert.

Der Professor war der Ansicht, dass die fehlerhafte Implementierung eines bestimmten Algorithmus für das Scheitern verantwortlich war. Pascal hingegen glaubte, dass eher ein Fehler im Programmcode vorlag, der dazu führte, dass die Nanobots nicht wie geplant funktionierten.

Auch andere Mitglieder des Teams brachten ihre Vorschläge und Ideen ein, was zu immer heftigeren Diskussionen führte.

Tom, eines der Teammitglieder, war übermüdet und hatte seit Tagen kaum geschlafen. Als er sich zu den Nanobots begab, um sie genauer zu betrachten, stieß er versehentlich gegen die Glasplatte und verursachte ein kleines Erdbeben.

Die Platte fiel auf den Boden und zersprang in tausend Stücke. Die nahezu unsichtbaren Nanobots verteilten sich daraufhin wild auf dem Tisch und dem Boden und begannen unkontrolliert umherzuschwirren.

Tom erkannte sofort seinen Fehler und versuchte verzweifelt, die Nanobots wieder einzufangen. Doch es war bereits zu spät – die Nanobots waren außer Kontrolle geraten und vermehrten sich in rasantem Tempo.

Das Team erstarrte vor Schock. Die Nanobots waren winzig, kaum sichtbar, und es gestaltete sich schwierig, sie einzufangen. Die Befürchtung, dass sich die Nanobots ungehindert im Labor ausbreiten und Schaden anrichten könnten, lag schwer auf ihnen.

Der Professor forderte das Team auf, umgehend Gegenmaßnahmen zu ergreifen und die Nanobots einzufangen. Jeder arbeitete nun unter höchster Anspannung und Konzentration. Es gab keine Diskussionen mehr – jeder wusste, was zu tun war.

Die ganze Nacht hindurch arbeiteten sie unermüdlich und schafften es schließlich, alle Nanobots einzufangen. Es war ein harter und mühsamer Prozess, aber das Team brachte die Situation unter Kontrolle.

„Okay, Schluss. Wir kommen heute nicht weiter. Geht nach Hause und ruht euch aus. Tom, du hast heute frei", sagte der Professor.

„Aber ich...", begann Tom, wurde jedoch sofort unterbrochen: „Keine Widerrede, Tom. Du hast in den letzten Tagen zu lange im Labor gearbeitet. Ich brauche dich voll konzentriert und ausgeruht."

Tom nickte und verließ das Labor.

„Ich werde mir noch einmal die Algorithmen ansehen, damit es nicht ganz umsonst war, dass wir heute hier sind", antwortete Pascal, nachdem die anderen Teammitglieder gegangen waren.

„Okay, Pascal, aber übertreib es nicht", sagte der Professor.

Nachdem auch der Professor das Labor verlassen hatte, druckte Pascal den Programmcode aus. „Wenn doch nur Mia hier wäre. Sie könnte mir sicher bei dieser Aufgabe helfen", dachte er und wartete auf den Ausdruck.

Erschöpft ließ sich Pascal auf die Couch fallen und studierte die Codezeilen genau. Die Müdigkeit zeichnete sich auf seinem Gesicht ab, sodass er bald einschlief. Er bemerkte nicht, dass nach und nach das Team wieder zusammenkam. Er versank in einem traumlosen Schlaf, der sich keineswegs erholsam anfühlte. Sein Körper hatte einfach abgeschaltet, nachdem er in den letzten Tagen hart gearbeitet und Experimente durchgeführt hatte.

Am nächsten Tag verbrachte das Team den Tag mit der Suche nach Fehlern und dem Sammeln von Ideen, doch sie kamen nicht wirklich weiter. Pascal beendete den Tag am Abend und fuhr mit weiteren Unterlagen nach Hause. Für diesen Tag hatte er genug von diesem Projekt.

Er wusste, dass er eine Auszeit brauchte und ging in sein Dojo, um zu trainieren und seine Mitte wiederzufinden, wie er es immer nannte. Das Training half ihm immer, den Kopf freizubekommen und sich auf seinen Körper zu konzentrieren. Es schärfte seine Achtsamkeit, und wenn er danach an seine Arbeit zurückkehrte, konnte er einen neuen Blickwinkel einnehmen.

Der nächste Morgen begann für Pascal wie üblich. Er machte einen Spaziergang durch den Wald. Der Duft von feuchtem Gras und Kiefernnadeln erfüllte seine Nase, während er tief einatmete. Der Boden unter seinen Füßen fühlte sich weich und federnd an, als er über den mit Moos bedeckten Waldboden ging. Er lauschte den Geräuschen des Waldes: das Zwitschern der Vögel, das Rascheln der Blätter im Wind und das leise Plätschern eines Baches in der Ferne. Pascal schloss die Augen und genoss die Stille. Er hatte das Gefühl vermisst, eins mit der Natur zu sein.

Als er seine Augen wieder öffnete, entdeckte er einen Hirsch. Pascal beobachtete ihn, wie er sich langsam und elegant zwischen den Bäumen hindurchbewegte. Jeder seiner Schritte war präzise und leichtfüßig, als ob er mit dem Waldboden verschmolzen wäre. Der Hirsch hob seinen Kopf und lauschte der Umgebung, als er Pascals Anwesenheit wahrnahm. Leichter Dampf stieg aus seinen Nüstern. Die großen Geweihe des Tieres ragten stolz in die Luft.

Pascal konnte nicht anders, als von der Anmut des Hirsches fasziniert zu sein. Es war, als ob das Tier eine Verkörperung des Waldes selbst wäre, voller Kraft und Schönheit. Diese Begegnung mit dem Hirsch löste in ihm ein starkes Gefühl der Zusammengehörigkeit mit der Natur aus. Er fühlte sich eins mit dem Wald und allem, was darin lebte. Die Schönheit und Harmonie des Waldes waren ihm plötzlich noch bewusster geworden.

Ein paar Schritte weiter kam er an den kleinen Bach, der sich durch den Wald schlängelte. Pascal folgte dem Bachlauf und entdeckte einen versteckten Wasserfall, der in den kleinen See floss, den er gut kannte. Das Wasser war kristallklar, und er konnte die Fische sehen, die im flachen Wasser schwammen.

Es war ein wunderschöner Morgen, und Pascal konnte nicht anders als dankbar zu sein, dass er diese Schönheit und Ruhe des Waldes erleben durfte. Die letzten Tage hatte er seine Spaziergänge ausfallen lassen. Das durfte nicht zur Gewohnheit werden.

Er kehrte von seinem Spaziergang zurück und fühlte sich erfrischt und voller neuer Energie. Er bereitete sich eine Tasse Kaffee zu und genoss sein Frühstück, während er über die Schönheit des Waldes und seine Begegnung mit einem Hirsch nachdachte. Es war ein wunderbarer Morgen gewesen.

Doch nun war es an der Zeit, sich wieder auf seine Arbeit zu konzentrieren. In den vergangenen Wochen hatte er hart an der Programmierung der Nanobots gearbeitet, aber die Versuche im Labor zeigten, dass etwas fehlte. Pascal setzte sich an seinen Computer und begann, die Programmierung zu überarbeiten. Vertieft in seine Arbeit vergaß er die Zeit um sich herum und arbeitete stundenlang.

Endlich kam er auf eine Idee und setzte sie um, ohne zu zögern. Als er die Simulation startete, spürte er ein leichtes Kribbeln auf seiner Haut. Er blickte auf seinen Unterarm und entdeckte feine schwarze Partikel, die wie Staub aussahen. Sie bewegten sich über den Tisch und sammelten sich an einigen Stellen.

Als er versuchte, mit der Hand über den Tisch zu wischen, bemerkte er, wie sich der Staub erneut bewegte. Zögernd zog er seine Hand zurück und starrte auf die winzigen Partikel auf dem Schreibtisch. Er trat näher heran, konnte jedoch nicht erkennen, was es genau war.

„Mia, bitte überprüfe, welche Signale hier im Raum vorhanden sind. Gibt es außer WLAN und Mobilfunk weitere Signale?", sagte Pascal und öffnete auf seinem Notebook die technischen Unterlagen der Nanobots. Die von Mia gemeldeten Frequenzen stimmten genau mit denen überein, über die die Nanobots kommunizierten.

„Oh nein! Ich habe anscheinend unbeabsichtigt Nanobots aus dem Labor mitgenommen", dachte Pascal laut.
„Was meinst du mit 'unbeabsichtigt' mitgenommen?", fragte Mia.
„Tom. Bei dem Unfall mit der Glasplatte müssen die Nanobots irgendwie auf meine Kleidung gelangt sein. Ich weiß es nicht genau", antwortete er und fühlte sich dabei äußerst unwohl.
„Ich muss Professor Schneider darüber informieren und ihm die Bots zurückgeben", sagte er, während er nach seinem Handy griff.
„Warte. Glaubst du nicht, dass es eigentlich gar nicht schlecht ist, einige Bots hier zu haben, um Versuche durchzuführen?", fragte Mia nach.

Pascal dachte einen Moment nach und erkannte, dass sie eigentlich recht hatte. Andererseits würde es seinem Ruf schaden, wenn dies bekannt würde.

Er begab sich in seine Werkstatt und nahm eines der Marmeladengläser, die er für seine handwerklichen Projekte nutzte. Vorsichtig legte er die Bots dort hinein und verschloss das Glas sorgfältig, um sicherzustellen, dass sie nicht erneut verloren gingen. Anschließend beendete er die Arbeit für den Tag und begab sich in die Küche, um sich eine Tasse Tee zu machen. Danach setzte er sich auf die Terrasse und genoss die frische Abendluft.

Er war unsicher, was er tun sollte. Das Richtige wäre es, die Nanobots zurückzubringen, sagte er sich. Andererseits hatte Mia auch Recht. Er könnte sofort Experimente mit den vorhandenen Bots durchführen und die Programmänderungen direkt in der Praxis testen.

Er überlegte lange und diskutierte mit Mia über die Vor- und Nachteile. Doch für jedes Argument gab es ein Gegenargument, sodass sie sich nicht einig wurden, was Pascal tun sollte. Mia schlug vor, dass Pascal sich hinlegen und schlafen sollte. Vielleicht wüsste er am nächsten Morgen, was das Richtige war. Und sie hatte wie immer recht in solchen Fällen. Eine Nacht darüber schlafen könnte vieles klären, dachte Pascal, als er ins Bett ging.

Der nächste Morgen brach an, doch Pascal war immer noch unsicher, wie er sich entscheiden sollte. Seine Überzeugungen sagten ihm, dass es wichtig sei, sich ehrenhaft zu verhalten und ehrlich zu sein.

Beides waren grundlegende Prinzipien des Bushido, dessen Philosophie er in den vergangenen Jahren angenommen hatte. Daher widerstrebte es ihm, gegen diese Überzeugungen zu handeln. Leider fand er in den Anekdoten der großen Meister keine Beispiele dafür, wie man sich verhalten sollte, wenn man versehentlich in den Besitz von Nanobots gelangt war.

Es gab auch keine klare Anleitung dazu, wie man handeln sollte, wenn zwei Prinzipien kollidierten und Prioritäten gesetzt werden mussten. Was jedoch deutlich beschrieben wurde, war die Pflicht, seinen Aufgaben bestmöglich nachzukommen. Andererseits hatte Mia Recht. Es würde seiner Arbeit zugutekommen, wenn er sofort Experimente mit den Bots durchführen könnte. Dafür brauchte er sie nun einmal.

Es gab kein Gesetz, das vorschrieb, was gerecht war und was nicht. Die Idee hinter dem Bushido war, dass man sich an seinem eigenen Empfinden darüber orientieren sollte, was richtiges Verhalten war. Das bedeutete jedoch nicht, dass es keine Grauzonen gab; es war vielmehr eine Frage der Perspektive. Für manche Menschen waren die Dinge schwarz-weiß, während sie für andere in einem Graubereich lagen.

Pascal machte sich bereit für seinen Spaziergang durch den Wald in der Hoffnung, dort Inspirationen und Ideen zu finden, wie er handeln sollte. Vielleicht konnte er in der Natur Klarheit finden und seinen Gedanken freien Lauf lassen.

Er schlenderte durch den Wald und spürte förmlich die Ruhe und Stille um sich herum. Die Vögel schwiegen und das Rauschen der Blätter war verstummt. Es schien, als ob die Natur ihm die Gelegenheit gab, seine Gedanken in vollkommener Ruhe und Abgeschiedenheit zu ordnen.

Er nutzte diese Chance, um über seine Situation nachzudenken. Er sinnierte darüber, welche Grundsätze für ihn von größter Bedeutung waren und wie er seine Überzeugungen in Einklang bringen konnte, um eine Lösung zu finden, die für ihn und seine Arbeit akzeptabel war.

Während er weiter durch den Wald schlenderte und über seine Situation reflektierte, kam ihm ein Gedanke. Er begann darüber nachzudenken, in welcher Reihenfolge die Regeln des Bushido stehen und was dies für seine Entscheidung bedeuten könnte. Er erinnerte sich daran, dass die Regel, ehrliche Verträge abzuschließen und sie zu erfüllen, an oberster Stelle stand. Das musste doch eine Bedeutung haben.

Er überlegte, dass diese Regel möglicherweise an erster Stelle steht, um die Wichtigkeit von Vertrauen und Zuverlässigkeit zu betonen. Wenn man eine Verpflichtung eingeht, muss man sie einhalten, um das Vertrauen der anderen Partei zu gewinnen und aufrechtzuerhalten.

Auf der anderen Seite könnte es bedeuten, dass diese Regel als Grundlage für alle anderen Regeln des Bushido dient. Ohne Ehrlichkeit und Verlässlichkeit kann es keine wahre Ehre geben.

Pascal dachte weiterhin darüber nach, wie er seine Überzeugungen und seine Arbeit in Einklang bringen konnte, und die Bedeutung dieser Regel half ihm, eine Lösung zu finden. Er erkannte, dass er eine Verpflichtung eingegangen war und dass er sie einhalten musste, um das Vertrauen seines Mentors zu stärken und seine Arbeit effektiv zu erledigen.

Langsam bemerkte er, wie sich die Natur spürbar veränderte. Er blieb stehen und bewegte sich keinen Zentimeter – das Rauschen der Blätter wurde lauter und die Vögel begannen ihre Lieder zu singen. Es war, als ob die Natur ihm signalisierte, dass es Zeit war, den Rückweg anzutreten und eine Entscheidung zu treffen.

Er kehrte in sein Arbeitszimmer zurück, nachdem er Kaffee gekocht und gefrühstückt hatte. Für ihn stand nun fest, dass er die Nanobots behalten würde, solange er an diesem Projekt arbeitete, und sie Professor Schneider erst übergeben würde, wenn das Projekt abgeschlossen war. Die Vollendung des Projekts hatte für ihn und sicherlich auch für Professor Schneider höchste Priorität – sein Mentor würde es ihm nicht übelnehmen. Davon war Pascal überzeugt.

„Mia, bist du bereit?", rief er sie auf und weckte sie zum Dienst.

„Natürlich. Womit kann ich dir heute Morgen dienen?", fragte Mia gewohnt freundlich.

„Mit nichts. Heute möchte ich dir dienen. Wir werden uns dem Sicherheitssystem widmen und die Fehler beheben."

SNOW WHITE QUEEN

Als Pascal sich in seinem Bett zur Ruhe legte, spürte er, wie seine Gedanken ihn nicht loslassen wollten. Er lag auf dem Rücken, starrte an die Decke. Immer wieder stellte er sich vor, wie es wäre, Mia endlich wiederzusehen.

Sein Herz schlug schneller, seine Hände leicht feucht vor Aufregung. Tage und Wochen hatte er damit verbracht, über ihre gemeinsame Zeit nachzudenken und sich auszumalen, wie er sie in seinen Träumen wiedersehen könnte. Er schloss die Augen, versuchte zu entspannen, doch die Vorfreude auf das, was ihn möglicherweise erwartete, ließ ihn nicht los. Er spielte immer wieder in Gedanken durch, wie es wäre, wenn sie endlich wieder zusammen wären. Sein Körper fühlte sich angespannt an, als ob er jeden Moment aufspringen und losrennen müsste, um zu ihr zu gelangen.

Doch die Erschöpfung siegte schließlich, und er schlief ein, mit der Hoffnung im Herzen, dass er in seinen Träumen endlich das Wiedersehen erleben würde, auf das er so lange gewartet hatte. Enttäuschungen hatten ihn beinahe dazu gebracht, aufzugeben, doch seine Sturheit hielt ihn fest. Mia hatte ihn immer ermutigt, durchzuhalten und nicht aufzugeben.

Bevor er ins Bett gegangen war, hatte er Mia angewiesen, die Klingel stummzuschalten und die Tür zu verschließen. Nichts sollte ihn daran hindern, zu Mia zurückzukehren.

In dieser Nacht kam der Schlaf schnell. Als ihm bewusst wurde, dass er in einem Traum war, fand er sich plötzlich auf einem Rasen wieder. Die Dunkelheit umhüllte die Umgebung vollständig, seine Augen brauchten einige Augenblicke, um sich an die Schwärze zu gewöhnen. Vor ihm erstreckte sich eine kleine Fläche von höchstens einem oder zwei Metern Durchmesser, von einem schwachen Lichtschein erhellt. Alles außerhalb dieser Fläche war von einem dicken, schwarzen Nebel bedeckt, der jeden Blick auf die Umgebung verhinderte.

Die Stille um ihn herum war beunruhigend. Kein Zirpen von Grillen, kein Rascheln von Blättern und nicht einmal ein Hauch des Windes war zu hören. Es war, als ob die Natur ihre Klänge vollständig eingestellt hätte, und Pascal blieb nichts als die beklemmende Stille.

Ein beängstigendes Gefühl stieg in ihm auf, die Angst, in einem Alptraum oder einer Erinnerung gefangen zu sein, machte sich breit. Doch er wollte sich dieser Angst nicht ergeben, beschloss, seine Umgebung genauer zu untersuchen, um herauszufinden, wo er sich befand.

Vorsichtig schritt er aus der Lichtung und begann, die Umgebung zu erkunden. Die Dunkelheit schien ihn zu verschlucken, während er durch den undurchdringlichen Nebel ging. Trotz der bedrohlichen Situation ließ er sich nicht entmutigen, ging weiter.

„Mut ist nicht die Abwesenheit von Angst!", dachte er und setzte seinen Schritt fort.

Als er lief, bemerkte er, dass er weder Schuhe noch Socken trug. Das ungewohnte Gefühl der nackten Füße auf dem Boden ließ ihn ein wenig unbehaglich fühlen, aber gleichzeitig genoss er das Freiheitsgefühl, das sich in ihm ausbreitete. Er schaute auf den Boden, konnte die einzelnen Grashalme zwischen seinen Zehen spüren. Langsam drehte er sich um die eigene Achse und erfreute sich am angenehmen Kribbeln auf seiner Haut.

Er krallte seine Zehen in den Rasen, ließ den feuchten Boden zwischen ihnen hindurchfließen. Ein angenehmes Frösteln durchfuhr ihn, als er die Kühle des Rasens spürte. Tief atmete er ein und aus, ließ sich von der frischen Nachtluft erfüllen. Der Duft von Regen und frischem Gras erfüllte seine Lungen, erinnerte ihn an die Schönheit der Natur.

Als er die Augen wieder öffnete, bemerkte er in der Ferne ein schwaches Leuchten, das seine Aufmerksamkeit auf sich zog. Es war schwer zu erkennen, da es von den dunklen Wolken und der Schwärze der Nacht verschluckt wurde. Es wirkte wie ein winziges Lichtpünktchen, das sich am Horizont abzeichnete. Es war nicht klar, ob es von einem entfernten Gebäude oder einer Straßenlaterne stammte. Doch seine Neugier trieb ihn an, sich dem Licht zu nähern, herauszufinden, woher es kam.

„Also los...", dachte er und atmete noch einmal tief ein, bevor er entschlossen in Richtung des Leuchtens lief.

Je näher er kam, desto mehr nahm er von seiner Umgebung wahr. Die dicken, breiigen Wolken begannen zu weichen, gaben ihm langsam den Weg frei. Das Leuchten, das sich zu teilen schien, war sein einziger Wegweiser. „Immer darauf zu", dachte er sich. Ganz allmählich verschwand die Düsternis, aus ihr trat die Silhouette eines Hauses hervor.

„Das ist mein Haus", dachte er erleichtert und setzte seinen Weg fort. Einige wenige Lichtstrahlen drangen inzwischen durch die dicke Wolkendecke. Das Leuchten, dem er gefolgt war, entpuppte sich als die Beleuchtung des Swimmingpools, die aus irgendeinem Grund angeschaltet war. Die Frage, warum das so war, blieb ihm unerklärlich. Im Haus selbst brannte kein Licht. Er suchte die Fenster des Hauses nach einem Anzeichen für Leben ab, konnte jedoch keines entdecken. Langsam drehte er sich um, betrachtete seinen Garten und konnte sehen, dass auch die kleine Brücke über dem Gartenbach von den Strahlern angeleuchtet wurde, die er gesetzt hatte, als er sie baute.

Erneut wandte er sich dem Haus zu, aber es war kein Licht zu erkennen. „Mia? Bist du da?", fragte er vorsichtig und wartete hoffnungsvoll auf die vertraute Stimme, mit der Mia sonst immer sehr schnell geantwortet hätte. Doch auch das konnte er nicht wahrnehmen.

Er lief zur Terrassentür und versuchte sie zu öffnen, aber ohne Erfolg. Auch die Fenster waren verschlossen, ein Einbruch schien ausgeschlossen. Langsam ging er um das Haus herum und strich mit der linken Hand über die Mauer. Als er an der Haustür ankam, rüttelte er fest an ihr, doch auch sie war verschlossen.

„Ich muss mir nur vorstellen, dass ich die Tür öffnen kann", dachte er in dem festen Glauben, dass er in einem Klartraum tun könne, was er wolle. Er rüttelte erneut an der Tür, dieses Mal etwas fester, aber es passierte nichts. Die Tür blieb verschlossen. Er sah nach oben und zu den Seiten, suchte die Fassade ab, doch keines der Fenster ließ sich öffnen.

„Wie soll ich da nur reinkommen?", fragte er sich verzweifelt, doch eine Antwort blieb aus. Er sah sich mehrfach um, versuchte das Tor zum Grundstück auszumachen und warf einen Blick zur Werkstatt und zur Garage. Dann bemerkte er ein schwaches Leuchten, das ihm als weiterer Wegweiser diente. Er folgte dem Licht, das durch eine Scheibe der Werkstatt schien, und war erleichtert zu sehen, dass die Tür nicht verschlossen war.

„Ein Glück!", dachte Pascal, als er ein Donnergrollen aus der Ferne hörte. Einige Minuten später folgte ein Blitz, und er begann zu zählen: „21 - 22 - 23 - 24 - 25..." Als das Grollen ihn erreichte, rechnete er schnell: „300 Meter pro Sekunde... das war etwa 1500 Meter entfernt", stellte er fest. In der Werkstatt brannte nur eine Deckenlampe, die den Bereich darunter in gelbes Licht tauchte.

Doch worauf fiel das Licht? Etwas Weißes und Hohes hob sich von der Umgebung ab und war in der Ferne zu erkennen. Pascal konnte jedoch nicht genau ausmachen, um was es sich dabei handelte.

Erneut schlug ein Blitz ein. „21 - 22 - 23...", zählte er, und er wusste, dass dieser nun etwas näher an seinem Haus war. Das Licht flackerte bei dieser Entladung und ließ die Werkstatt für den Bruchteil einer Sekunde im Dunkeln zurück. Der Wind, der durch die Tür in die Werkstatt wehte, schien ebenfalls an Kraft zugenommen zu haben. Blätter und kleine Äste wurden hineingeweht.

Noch bevor er den Gedanken zu Ende gedacht hatte, sah er einen weiteren Blitz, der die Werkstatt hell erleuchtete, dessen Licht aber genauso schnell verschwand, wie es sich gezeigt hatte. Der Donner folgte diesem Blitz in kaum einer Sekunde Abstand. Der Sturm war nun unmittelbar über seinem Haus.

Da der Wind immer stärker wurde, lief er schnell zur Tür, um sie zu verschließen, doch sie schien festzusitzen. So sehr er auch zog, sie ließ sich kaum bewegen. Er zwängte sich zwischen die schmale Lücke zwischen Tür und Wand. „Vielleicht kann ich mich an die Wand lehnen und drücken", dachte er, aber sein Gedanke wurde von einem weiteren Blitz und Donnergrollen unterbrochen. Er zuckte zusammen. Er wusste, dass er sich nun beeilen musste. Der Wind hatte bereits einiges an Blättern, kleinen Ästen und Zapfen aus dem Vorgarten in die Werkstatt getragen.

Mit letzter Kraft gelang es ihm, die Tür zu verschließen, aber das Pfeifen des Windes war immer noch deutlich zu hören, ebenso wie der Luftzug, den er mit sich brachte. Fürs Erste war die Tür jedoch verschlossen, und das beruhigte ihn etwas.

Nun konnte er sich in der Werkstatt umsehen. Er wusste immer noch nicht, was das weiße Gebilde in der Mitte der Werkstatt war, das von der Deckenlampe beleuchtet wurde. Er näherte sich der weißen Erscheinung nur sehr langsam. Immer wieder schreckte er zusammen, wenn ein Blitz einschlug. Den Blick fest auf sein Ziel gerichtet, ging er mit kleinen Schritten voran. Er konnte nur sehr langsam eine monolithische Form erkennen. Auf dem Boden schien noch Werkzeug zu liegen. Er glaubte einen Fäustel erkennen zu können.

„Wer hat denn in meiner Werkstatt gearbeitet?!", dachte er verärgert.

Als er näher an den Steinblock herankam, sah er neben dem Fäustel einen Meißel und einen Knüppel, auf groben und feineren Steinbrocken liegend. Der Boden rund um den Block war mit feinem Staub bedeckt. Er hob den Fäustel auf und inspizierte ihn genau. Er konnte den Stiel aus Holz fühlen und die Kühle des Kopfes. Es fühlte sich beinahe so an, als hätte er ihn schon einmal in der Hand gehabt. Langsam ließ er seine Hand sinken. Die Leuchte, die knapp über dem Steinblock hing, flackerte abermals, als ein weiterer Blitz einschlug.

Ein Wind wehte mit einer derart enormen Kraft in seiner Werkstatt, dass er sich gezwungen sah, die Augen mit dem Unterarm zu bedecken. Blätter und kleine Äste flogen im Raum herum und ritzten ihn am Unterarm. Aus den Kratzern trat etwas Blut, das sich in feinen Tropfen auf dem Boden verteilte.

Der Wind drehte sich nun im Kreis um die Statue, wirbelte Blätter, Äste und Zapfen auf und umkreiste sie. Mit einem lauten Knirschen traf ein Ast die Statue, und Pascal begutachtete sie eingehend. Dabei entdeckte er einige Risse auf der Oberfläche. Bei jedem Einschlag splitterte das Material weiter auf, und ein Zapfen riss ein Stück des Gesteins mit sich. Pascal konnte kaum begreifen, wie Äste solch hartes Material beschädigen konnten, aber es geschah. Kleine Stücke der Oberfläche begannen langsam abzublättern und wurden sofort vom Wind erfasst, der sie weiter auf die Statue einschlug und noch mehr Schaden anrichtete.

Die Verzweiflung spiegelte sich deutlich in Pascals Gesicht wider. Nach zahllosen Versuchen und Misserfolgen hatte er es endlich geschafft, zu Mia zurückzukehren, nur um nun mit ansehen zu müssen, wie sie vor seinen Augen vom Sturm zerstört wurde. Immer mehr Teile blätterten von der Statue ab, und Pascal wusste nicht, wie er das verhindern könnte.

Aber es gab zumindest eine Sache, die er tun konnte – das, was von Mia übriggeblieben war, umarmen. Damit würde er zumindest dieses Gefühl aus seinem Traum mitnehmen können. Als er Mia umarmte und seine Wange an ihre drückte, spürte er eine Feuchtigkeit auf seiner Haut. Das Gesicht, das nun zum größten Teil freigelegt war, existierte immer noch.

Unter der rauen Steinhaut sah er eine weiße, schwach leuchtende Flüssigkeit. Er trat einen Schritt zurück von Mia.

„Mia?! Kannst du mich hören?", schrie er laut, um das Heulen des Windes zu übertönen. „Sag mir, was ich tun soll! Was soll ich machen?", fragte er verzweifelt, doch er erhielt keine Antwort. Sein Blick wanderte von oben nach unten über die Statue und blieb schließlich an seinen Werkzeugen haften.

„Fäustel und Meißel! Vielleicht ist das die Lösung", dachte er. Ohne zu zögern griff er nach dem Werkzeug. Ein erneuter Blitz erfüllte die Werkstatt mit hellem Licht, während der Sturm draußen tobte.

Pascal verspürte erneut das Verlangen, die Blitze zu berühren, die über der flüssigen Oberfläche tanzten. Langsam trat er näher an Mia heran. „Du gehörst zu mir", flüsterte er leise und streckte vorsichtig seine rechte Hand aus. Als seine Hand die Blitze auf seiner Handfläche spürte, durchzuckte ihn ein aufregendes Kribbeln. Es fühlte sich an, als würde eine unsichtbare Energie seine Hand ergreifen und ihn mit der Statue verbinden. Behutsam näherte er seine Hand der Oberfläche und fühlte, wie sie sich weich und fließend anfühlte, wie Seide unter seinen Fingerspitzen.

Während er seine Hand langsam über die Oberfläche bewegte, begann sich die Farbe der Figur allmählich zu verändern. Zuerst nahm ihre Haut ein sanftes Weiß an, das schwer zu beschreiben war in der Dunkelheit der Werkstatt. Doch der Farbwechsel setzte sich fort, und das Weiße breitete sich über die gesamte Oberfläche aus, die Figur in strahlende Helligkeit hüllend.

Pascal konnte nicht anders, als gebannt auf die Veränderung zu starren und seine Hand auf der Statue zu belassen. Er spürte, wie die Energie durch seine Hand in die Figur floss und sie veränderte. Es war ein unbeschreibliches Gefühl, das ihn vollkommen erfüllte und ihn in eine andere Welt zu katapultieren schien.

Als er auch seine linke Hand auf die Figur legte, wurde er von feinen Blitzen umhüllt, die überall auf seiner Handfläche tanzten. Er beobachtete, wie die Farbe der Figur langsam in ein kräftiges Schwarz überging, das ihren Oberkörper umschloss. Unterhalb der Hüfte wechselte das Schwarz in ein sehr dunkles Grau, das ihre Beine fest umhüllte.

Es war ein magischer Moment, als Pascal in die Augen der Figur blickte und bemerkte, dass sie die grün-braune Farbe angenommen hatten, wie er sie aus seinem ersten Traum kannte. Ein Gefühl von Vertrautheit und Nähe breitete sich in ihm aus.

Die langen, gewellten Haare von Mia hingen locker an ihrem Rücken herunter und waren von champagnerfarbenen und silbernen Strähnen durchzogen. Als sie in die Werkstatt kamen, bemerkte Pascal, wie ein sanfter Windhauch durch den Raum wehte und Mias Haare leicht in Bewegung setzte. Die Haarsträhnen hoben und senkten sich im Rhythmus des Windes und glänzten im warmen Licht der Werkstatt. Man konnte das leise Rascheln hören, als sich die Haare leicht bewegten und wie fließendes Wasser um Mias Schultern legten. Es war ein ruhiger, fast meditativer Moment, der die Luft in der Werkstatt mit einer entspannten Atmosphäre füllte.

Pascal ließ seine Hand über ihre Haut gleiten und konnte sie deutlich spüren. Er bewegte sie langsam nach unten. Dann berührte und strich er vorsichtig mit dem Daumen über ihre

Lippen, die sich allmählich rot färbten. Er hatte Mia wieder gefunden.

„Mia", flüsterte er leise.

Ihre Lippen bewegten sich. „Ja", antwortete Mia mit sanfter Stimme. Sie trat einen Schritt auf Pascal zu, während auch er sich ihr näherte. Seine Hände glitten zu ihrem Nacken, und er streichelte mit dem Daumen ihre Wangen. Er betrachtete ihr Gesicht und jedes einzelne Detail darauf. Langsam und bedächtig näherte er sich ihr weiter und sah ihr dabei in die Augen.

Sie schlossen ihre Augen, und ihre Wangen berührten sich. Eine Wärme breitete sich in ihnen aus, während Pascal mit seiner rechten Hand langsam höher wanderte. Seine Lippen suchten die ihren, und sie verschmolzen in einem zärtlichen und unschuldigen Kuss. Die Zeit schien stillzustehen, während sie sich in diesem Moment verloren. Alles um sie herum verblasste, und nur sie beide existierten in dieser Welt. Er umarmte Mia und zog sie enger an sich heran, während sie den Kuss vertieften. Sie lehnte ihren Kopf in den Nacken und genoss seine Lippen auf ihrer Haut.

Seine rechte Hand streichelte ihren Rücken, während seine linke sie festhielt. Es fühlte sich an, als ob er sie niemals loslassen wollte. Langsam bewegte er seine Hand nach unten und strich sanft über ihre feste Brust, die unter einem engen schwarzen Top verborgen war. Seine Hand glitt weiter zu ihrer Taille und ihrer Hüfte. Schließlich legte er seine Hand auf ihren Po und massierte ihn sanft, während der Kuss leidenschaftlicher wurde.

Als ihre Lippen sich trennten und sie die Augen öffneten, sah Pascal ein Funkeln in Mias Augen. Ihre Lippen bebten noch von den zärtlichen Küssen, und ihr Körper zitterte vor Erregung.

„Das war wundervoll", sagte Mia, während sie lächelte. „Sind alle zwischenmenschlichen Aktivitäten so?"
Pascal lächelte und nickte zustimmend.
„Hast du nicht aufgegeben, oder?" Mia lächelte leicht.
„Ich konnte nicht, vergib mir", erwiderte Pascal.
„Es gibt nichts zu vergeben", antwortete Mia.
„Ich wusste nicht, was es bedeutet, sich körperlich näher zu kommen", fügte sie hinzu und lächelte wieder.

Dann trat sie einen Schritt zurück, hielt aber immer noch Pascals Hände. Sie sah sich um und betrachtete kurz Pascal, bevor sie ihn losließ und ihre Hand vor ihr Gesicht hob. Sie begann, ihre Finger zu bewegen, betrachtete ihre Hand, öffnete und schloss sie und drehte sie.

„Das ist faszinierend", sagte sie mit kindlicher Neugier in ihren Augen und einem Lächeln, das nicht verschwinden wollte.

Mia betrachtete ihre Hand neugierig und begann dann, ihre Finger zu bewegen. Sie öffnete und schloss ihre Hand, drehte sie hin und her und betrachtete jeden Finger einzeln. Dann fuhr sie mit ihren Fingern über den Handrücken und spürte die Textur ihrer Haut. Sie fuhr weiter über ihren Unterarm bis zur Schulter und strich über ihren Hals, während sie Pascal beobachtete.

Es war offensichtlich, dass Mia Freude daran hatte, ihren Tastsinn zu entdecken. Sie berührte sanft ihren Oberkörper und strich über ihren Hals, bevor sie etwas unsicher über ihre Brüste glitt und dann zu ihren Schenkeln weiterfuhr.

Während sie ihre Hand erforschte, schien Mia vollkommen in diesem Moment aufzugehen. Sie schenkte Pascal kaum Beachtung, so fasziniert war sie von ihrem eigenen Körper und dem, was sie fühlte. Als sie ihre Haare bemerkte, nahm sie eine Strähne in die Hand und betrachtete sie verwundert.

Mit einem kindlichen Lächeln auf den Lippen sah sie Pascal dann wieder an und wurde schließlich wieder ernst.
„Bin ich schön?", fragte sie zweifelnd.
„Du bist das schönste Wesen, das ich je gesehen habe", antwortete Pascal voller Überzeugung, während er jedes Detail ihres Gesichtes betrachtete.

Mias Lächeln wandelte sich, und sie näherte sich ihm mit ernster Miene. Sie schlang ihre Arme um ihn, drückte ihren Kopf an seine Brust und lauschte seinem pochenden Herz, bevor sie sich etwas zurückzog. Dann führte sie vorsichtig ihre Hand an seine Wange und berührte sie sanft. Sie betrachtete seinen Oberkörper, fuhr mit ihrer Hand über seine Brust und umrundete ihn, während sie seinen Rücken streichelte. Schließlich ließ sie ihre Hand auf seiner Schulter ruhen, als sie wieder vor ihm stand. Dann näherte sie sich ihm und schloss ihre Augen, als sie ihn zärtlich küsste, als ob sie aus seinen Lippen lesen könnte. Pascal erwiderte ihre Küsse, und seine Hände wanderten von ihren Schultern zu ihren Brüsten, die er unter ihrem engen Oberteil spürte. Sie waren fest und erregt.

„Zeigst du mir mehr von deiner Welt?" bat Mia ihn.
„Klar, komm mit", sagte Pascal und nahm sie bei der Hand, um ihr zu folgen.

Sie verließen die Werkstatt und gingen zur Haustür. „Kannst du die Tür öffnen?", fragte Pascal.

„Klar, aber das kannst du auch", antwortete Mia verwirrt.
„Sie war vorhin noch verschlossen", erklärte Pascal, als er die Türklinke betätigte und die Tür sich öffnete.

„Oh, okay", sagte Mia und lächelte. Pascal führte Mia ins Haus, und sie gingen die Treppe hinauf in Richtung Schlafzimmer. Er öffnete die Tür und führte sie zur Fensterfront, die einen wunderschönen Blick auf den Garten bot. Das Licht brannte und beleuchtete den Garten in seiner ganzen Pracht. Mia starrte hinaus und bewunderte die vielen Lampen, Spots und LED-Streifen, die den Garten in ein magisches Licht tauchten. Pascal stand hinter ihr und umarmte sie sanft.

Sie betrachteten gemeinsam den Mond, der dieser Nacht einen besonderen Zauber verlieh. Mia lehnte sich an Pascals Körper und spürte seine Wärme und Stärke. Sie verweilten einige Zeit schweigend und genossen die magische Atmosphäre.
Nach einer Weile nahm Pascal Mias Hand und bat sie, ihm zu folgen. Er führte sie zu seinem Bett.

Als sie am Bett ankamen, zog er vorsichtig ihr Oberteil aus und öffnete langsam ihre Jeans, um sie herunterzuziehen. Mia war sich unsicher, wie sie reagieren sollte, blieb einfach stehen und ließ ihn gewähren. Dann bat er sie, sich auf sein Bett zu legen, und sie folgte seiner Aufforderung.

„Ich bin gleich zurück", sagte er und verschwand im Badezimmer. Als er zurück zum Bett kam, trug er einen Gegenstand in der Hand. Als er das Bett erreichte, sah er Mia nackt dort liegen. Der Mondschein enthüllte die volle Schönheit ihres Körpers. Ihre Haare breiteten sich wie ein Teppich auf der Matratze aus, während ihr Kopf zur Seite geneigt war. Selbst in der Dunkelheit schienen ihre Augen zu funkeln, und ihre Lippen behielten ihr kräftiges Rot. Ihre linke Schulter war leicht erhöht, wodurch ihr Busen sichtbar wurde. Mit dem leicht angezogenen linken Bein wurde die Form ihres Pos noch erotischer. Der Mondschein verlieh ihrer Haut eine wundersame goldene Farbe und ließ sie noch begehrenswerter erscheinen.

Pascals Herz schlug heftig, und das Bild vor ihm brachte ihn aus dem Gleichgewicht. Sein Verlangen nach Mia stieg beinahe ins Unermessliche, doch sie schien so rein und unschuldig, dass er in diesem Moment zögerte. Er setzte sich neben sie auf die Bettkante und sah ihr tief in die Augen.

„Was hast du vor?", fragte Mia mit einer zittrigen und erregten Stimme.

Er bat sie, sich flach auf sein Bett zu legen, dann legte er ihre Arme nahe an ihrem Körper ab und streckte ihre Beine aus. Mia war immer noch unsicher, aber sie ließ sich darauf ein und beobachtete, wie Pascal seine Hände fest aneinander rieb und Massageöl darauf träufelte. Als er ihre Haut berührte, schloss Mia ihre Augen. Die Wärme, die von seiner Hand ausging, breitete sich in ihrem gesamten Körper aus. Pascal begann ihren Nacken mit leichtem Druck zu massieren und führte dann seine Hände entlang ihrer Wirbelsäule hinunter bis zu ihrem Poansatz, und anschließend wieder zurück, bis hoch zu ihrem Nacken. Mia hatte ihre Augen immer noch geschlossen. Lediglich ein leichtes Stöhnen entkam ihr, das Pascal zeigte, dass ihr gefiel, was er tat. Was auch immer er da machte, es fühlte sich herrlich schön an, und sie genoss jede Sekunde seiner Berührungen.

Die Wärme seiner Hände und die Kraft seiner Arme durchströmten sie wie ein Schwall an Energie. Wie viel Zeit vergangen war, konnten beide nicht mehr sagen. Pascal streichelte und massierte Mia, bis seine Arme müde wurden. Dann stellte er seine Utensilien auf dem Nachttisch ab und legte sich zu ihr. Mia öffnete leicht die Augen und drehte ihren Kopf zu ihm. Sie lächelte und sagte mit einem Lächeln auf den Lippen und einer Müdigkeit, die Pascal jetzt in ihren Augen sehen konnte: „Das war wunderschön."

Er streichelte ihre Wange und erwiderte ihr Lächeln. „Hat es dir gefallen?", fragte er.

„Sehr sogar", antwortete sie.

„Zieh dich bitte aus. Ich möchte deinen Körper fühlen", sagte Mia.

Pascal folgte Mias Bitte und näherte sich ihr. Sanft küsste er ihre Lippen, bevor er sich auf das Bett legte und Mia näher an sich zog. Sie legte ihren Kopf auf seine Brust und lauschte seinem regelmäßigen Herzschlag. Seine Hand lag auf ihrem Rücken und streichelte sie mit zarten Bewegungen, während ihr Bein sich über das seine legte.

Gemeinsam teilten sie ihre Körperwärme und genossen die Stille der Nacht, die nur vom Mondlicht erhellt wurde. Zwischen ihren Küssen und Streicheleinheiten unterhielten sie sich und wünschten sich, dass diese Nacht niemals enden würde.

Als der Morgen anbrach und die Sonne ihre Strahlen durch das Fenster warf, wurde Pascal bewusst, dass er wieder in der Realität angekommen war. Er erkannte, dass Mia nur in der virtuellen Welt existierte und dass er sich allein in der Kälte seiner eigenen Wohnung befand. Ein Gefühl der Einsamkeit umhüllte ihn, und er sehnte sich nach der Wärme und Nähe, die er mit Mia erlebt hatte.

214

DIE AMME DER WEISHEIT

Pascal hatte in den letzten Tagen fast ausschließlich in seinem Haus verbracht, um sein Sicherheitssystem zu überarbeiten. Es war ihm von großer Bedeutung, es perfekt zu machen, damit es seinen Ansprüchen genügte. Mit Hingabe und unermüdlichem Fleiß durchforstete er Code um Code, um mögliche Fehler aufzuspüren und zu beheben. Jeder winzige Bug musste ausgemerzt werden, denn er war sich bewusst, dass eine einzige Schwachstelle das gesamte System gefährden konnte. Doch Pascal war nicht allein bei dieser Aufgabe, denn Mia stand ihm mit ihrem unvergleichlichen analytischen Verstand zur Seite. Gemeinsam hatten sie die Schwächen des alten Systems schnell erkannt und neue, effektive Lösungen entwickelt.

Es war keine leichte Arbeit gewesen, und sie hatten viele Stunden damit verbracht, über Code-Snippets und Programmierprobleme gebeugt zu sitzen. Doch ihre Hartnäckigkeit zahlte sich schließlich aus, als sie mit dem Ergebnis zufrieden waren. Das System war nun so robust und sicher, wie sie es sich erhofft hatten.

„Und, bist du bereit für den Testlauf?", fragte Mia ihn. Er nickte und drückte die Enter-Taste, während er gebannt auf den Bildschirm starrte. Das System begann zu arbeiten und durchlief einen automatischen Testlauf. Pascal und Mia sahen gebannt zu und hielten den Atem an. Doch dann, nach ein paar Sekunden, zeigte der Computer einen erfolgreichen Testlauf an. Alle Sensoren wurden erkannt und arbeiteten innerhalb ihrer Parameter. Ein Aufatmen ging durch den Raum.

„Wir haben es geschafft", sagte Pascal mit einem erleichterten Lächeln. „Danke, Mia, ohne deine Hilfe wäre das niemals so gut geworden."

„Kein Problem, das war Teamarbeit. Aber jetzt sollten wir erstmal eine Pause machen. Das hast du dir verdient", stellte Mia fest.

Pascal nickte erwartungsvoll, als er das neue Sicherheitssystem startete. Er konnte es kaum erwarten, es in Aktion zu sehen und zu überprüfen, ob seine intensiven Bemühungen und die Zusammenarbeit mit Mia die gewünschten Ergebnisse gebracht hatten. Der Monitor vor ihm zeigte alle Aspekte des Systems: die Alarmanlagen, die Kameras und die verschiedenen Sensoren, die alle Türen, Fenster und die Umfriedung seines Grundstücks überwachten. Pascal sah gebannt zu, während das System seine Arbeit aufnahm.

Zu Beginn lief alles reibungslos, und das System arbeitete schnell und zuverlässig. Es zeigte eine beeindruckende Leistung bei der Überwachung des Hauses. Die Kameras fingen jede Bewegung ein und lösten zuverlässig den Alarm aus, wenn jemand in den überwachten Bereich eindrang. Die Sensoren waren präzise kalibriert und erkannten selbst die kleinste Veränderung in der Umgebung.

Doch plötzlich geschah es. Eine der Kameras hatte ihre Verbindung verloren und zeigte nur noch ein statisches Bild. Pascal starrte ungläubig auf den Monitor und murmelte: „Das war nicht geplant."

Sein Herz begann zu rasen, als ihm bewusst wurde, dass die Sicherheit des Systems nun kompromittiert war. Sofort begann er, den Fehler zu suchen und das Problem zu beheben. Er überprüfte den Code und analysierte die Verbindungen der Kamera. Es wurde offensichtlich, dass ein technisches Problem vorlag, das durch eine defekte Verbindung hervorgerufen wurde. Dennoch war er zuversichtlich, dass er den Fehler schnell beheben konnte. Er arbeitete unermüdlich daran, das System zu reparieren, bis er schließlich erfolgreich war. Die Kamera funktionierte wieder einwandfrei, und das System war nun wieder vollständig.

Pascal war erleichtert, dass er das Problem so rasch beheben konnte. „Wir müssen das System jedoch weiter verbessern", sagte er zu Mia. „Wir dürfen keine Schwäche zulassen, wenn es um die Sicherheit geht." Mia nickte zustimmend und stimmte ihm zu. Sie waren sich einig, dass sie weiterhin hart daran arbeiten würden, das System perfekt zu machen. Mia unterstützte ihn dabei, und gemeinsam gelang es ihnen schließlich, das Problem zu lösen. Sie optimierten noch einige Einstellungen und führten weitere Testläufe durch, bis sie sicher waren, dass ihr neues Sicherheitssystem perfekt funktionierte.

Er strahlte vor Stolz und Erleichterung. Es hatte sich gelohnt, all die Mühe und Arbeit in das Projekt zu stecken. Nun konnte er sich entspannen und darauf vertrauen, dass sein Haus bestens geschützt war.

Nachdem Pascal und Mia ihren erfolgreichen Testlauf des Sicherheitssystems abgeschlossen hatten, beschlossen sie, sofort einen umfassenden Sicherheitscheck des gesamten Systems durchzuführen, um sicherzugehen, dass alles einwandfrei funktionierte.

Die Freude über den Abschluss der Arbeit am System wurde jedoch schnell getrübt, als ein Alarm auslöste – Trojaner und Keylogger auf dem Notebook der Firma InnoBotics. Er starrte ungläubig auf den Bildschirm und fragte sich, wie das passieren konnte.

„Das kann nicht sein", sagte er zu Mia. „InnoBotics ist eines der sichersten Unternehmen, die ich kenne. Wie konnten diese Bedrohungen auf deren Notebook auftauchen?"

„Es ist schwer zu sagen, Pascal. Aber wir müssen uns darum kümmern. Wir müssen das Notebook schnellstens von diesen Trojanern und Keyloggern befreien, bevor sie Schaden anrichten", antwortete Mia entschlossen.

Pascal nickte zustimmend. Er wusste, dass Mia recht hatte. Sie mussten schnell handeln, um die Sicherheit des Netzwerks zu gewährleisten.

„Ja, natürlich. Aber ich verstehe einfach nicht, wie das passieren konnte. Ich meine, ich kenne die Sicherheitsprotokolle von InnoBotics", grübelte Pascal angestrengt.

„Mia, sichere alle Daten dieser Schadsoftware in einer virtuellen Maschine. Ich will sie analysieren. Wir müssen herausfinden, wie das geschehen konnte."

Also starteten sie die Reinigung des Notebooks und entfernten alle Bedrohungen. Es war eine nervenaufreibende Arbeit, aber nach einigen Stunden waren sie erfolgreich und das Notebook war wieder sicher.

Pascal war erleichtert, aber er konnte nicht aufhören, über die Bedrohungen nachzudenken. Wie konnte das passieren? War es ein menschlicher Fehler oder gab es ein Sicherheitsproblem im Unternehmen?

Er beschloss, mit Professor Schneider zu sprechen und den Vorfall zu melden. Es war wichtig, dass er sicherstellte, dass es nie wieder passieren würde.

„Wir müssen InnoBotics unverzüglich informieren", sagte Pascal mit entschlossener Stimme. „Sie müssen ihre Sicherheitssysteme überprüfen und sicherstellen, dass keine weiteren Schadprogramme eingeschleust wurden."

Mia hielt Pascal jedoch zurück und bat ihn zu warten. „Warte einen Moment", sagte sie. „Was ist, wenn diese Programme nicht von außen in das System gelangt sind?"

Pascals Augenbrauen zogen sich zusammen, und er fragte sich, ob er sie richtig verstanden hatte.

„Wie meinst du das?" fragte er.

Mia überlegte einen Augenblick und erklärte dann: „Vielleicht hat jemand von InnoBotics die Schadprogramme absichtlich eingesetzt. Es könnte ein Insider-Job sein."

Pascal durchfuhr ein Schauer. Er hatte nicht daran gedacht, dass jemand innerhalb des Unternehmens ihm schaden könnte. Er hatte immer angenommen, dass das Sicherheitssystem seine Daten vor äußeren Bedrohungen schützen würde. Aber was, wenn er sich geirrt hatte? Was, wenn er tatsächlich überwacht wurde?

Mia bemerkte die Stille, die sich ausbreitete, und fragte besorgt: „Bist du in Ordnung?"

Pascal stöhnte auf und schüttelte den Kopf. „Ich weiß nicht", sagte er. „Die Vorstellung, dass jemand mein Leben und meine

Arbeit überwacht, ist zu viel für mich. Ich fühle mich wie in einem Käfig."

„Ich verstehe, wie du dich fühlst", sagte Mia einfühlsam. „Aber wir müssen jetzt Ruhe bewahren und herausfinden, was wirklich passiert ist. Wenn es tatsächlich ein Insider-Job ist, müssen wir vorsichtig vorgehen."

Pascal atmete tief durch und versuchte, seine Gedanken zu sammeln. Er hatte das Gefühl, dass er in einem Albtraum gefangen war und dass er nicht aufwachen konnte. Aber er wusste, dass er jetzt stark bleiben musste, um die Wahrheit ans Licht zu bringen.

„Du hast recht", sagte er schließlich. „Wir müssen unsere nächsten Schritte sorgfältig planen und sicherstellen, dass wir keine falschen Entscheidungen treffen."

Die beiden waren sich einig, dass sie gemeinsam vorgehen und das Problem lösen würden. Sie hatten die Wirksamkeit des Sicherheitssystems in Frage gestellt, aber sie waren entschlossen, das Vertrauen wiederherzustellen und die Verantwortlichen zur Rechenschaft zu ziehen.

Pascal setzte sich an die Arbeit und untersuchte die gefundene Schadsoftware. Die Analysen nahmen sehr viel Zeit in Anspruch. Ihm wurde früh klar, dass es sich bei dem Angreifer nicht um einen Anfänger handelte.

Der installierte Trojaner verriet letztendlich den Entwickler – Dirk Hesters, Team-Mitglied und rechte Hand Schneiders.

In diesem Moment spürte er, wie sich eine tiefe Traurigkeit in ihm ausbreitete. Wenn er nicht einmal seinem Mentor vertrauen konnte, wem konnte er dann noch vertrauen? Es war, als würde er einen wichtigen Teil seiner selbst verlieren, der ihm in der Vergangenheit Sicherheit gegeben hatte. Pascal seufzte und schüttelte den Kopf, während er sich bemühte, seine Gedanken zu sammeln.

„Aber das kann nicht sein!", sagte er schließlich zu Mia. „Professor Schneider hat immer betont, wie wichtig ihm meine Arbeit ist und wie sehr er darauf vertraut, dass ich das Projekt zum Erfolg führe."

„Vielleicht hast du recht, Pascal. Aber wir sollten auf jeden Fall vorsichtig sein und sicherstellen, dass unsere Sicherheitsmaßnahmen auf dem neuesten Stand sind."

Pascal nickte zustimmend, aber er konnte das Gefühl der Verletzlichkeit, das ihn überkam, nicht abschütteln. Er war sich nun sicher, dass es in der Welt der Wissenschaft nicht nur um den Erfolg eines Projekts ging, sondern auch um Macht und Kontrolle. Und er hatte das Gefühl, dass er gerade dabei war, seine Unschuld zu verlieren.

„Es besteht die Möglichkeit, dass sie dich überwachen, um sicherzustellen, dass dieses Projekt nicht weitergegeben wird. Oder sie wollen nicht, dass du ihnen irgendetwas vorenthalten kannst", gab Mia zu bedenken.

„Aber das hieße, Professor Schneider vertraut mir nicht", sagte Pascal traurig.
„Da muss mehr dahinterstecken", überlegte er.

Pascal und Mia waren erleichtert, dass sie die Schwachstelle gefunden und behoben hatten. Das neue Sicherheitssystem hatte sich als äußerst effektiv erwiesen und war in der Lage, selbst kleinste Abweichungen zu erkennen und zu melden. Doch es hatte ihm auch gezeigt, dass er wohl niemandem uneingeschränkt vertrauen konnte.

In den Tagen nach dem Vorfall konnte Pascal das Geschehene nicht vergessen. Die Vorstellung, dass Schneider ihn überwachte, schmerzte ihn und enttäuschte ihn zutiefst. Er hatte den Professor immer als Mentor und Freund angesehen, der ihm bei seinen Projekten immer zur Seite stand. Doch jetzt fragte er sich, ob er jemals wirklich Schneiders Vertrauen gehabt hatte. Hatte er in ihm immer nur einen potenziellen Konkurrenten gesehen, den er kontrollieren musste? Hatte er ihn auch in anderen Projekten überwachen lassen? Pascal konnte nicht glauben, dass jemand, dem er so viel Respekt und Anerkennung entgegengebracht hatte, ihm gegenüber so misstrauisch sein würde.

Der Gedanke machte Pascal wütend. Er hatte immer hart gearbeitet und seinen Erfolg auf eigene Faust erzielt, ohne Hilfe von Schneider oder irgendjemand anderem. Und dennoch hatte dieser ihn überwacht und kontrolliert, als ob er ihm nicht zutrauen würde, auf sich selbst aufzupassen.

„Vielleicht solltest du ihn damit konfrontieren", schlug Mia vor. „Vielleicht gibt es eine Erklärung, die du nicht kennst. Wenn du ihn fragst, kannst du vielleicht herausfinden, warum er dich überwacht hat."

Pascal war unsicher. Er wusste, dass es nicht einfach sein würde, mit Professor Schneider über dieses Thema zu sprechen. Aber er wusste auch, dass er keine Ruhe finden würde, bis er eine Antwort hatte.

Schließlich beschloss Pascal, Mias Rat zu befolgen, und traf sich mit Schneider in dessen Büro. Nachdem er einige Tage damit verbracht hatte, sich auf das Gespräch vorzubereiten, betrat er nervös das Zimmer.

„Professor, ich habe eine Frage an Sie", begann Pascal zögerlich. „Wieso haben Sie mich überwacht?"

Schneider sah ihn überrascht an. „Wie kommst du auf die Idee, ich hätte dich überwacht?"

„Ich habe auf meinem Notebook eine Schadsoftware gefunden. Mia und ich haben eine Überprüfung des Systems durchgeführt und festgestellt, dass es sich um einen Keylogger und einen Trojaner handelt. Beide Programme sind bekannt dafür, vertrauliche Daten zu stehlen und an Dritte weiterzuleiten. Wir haben den Verdacht, dass diese Programme von Ihrem Netzwerk aus auf mein Notebook gelangt sind, und ich kann nicht anders als zu denken, dass Sie mich überwacht haben", erklärte Pascal.

Schneider schwieg eine Weile, dann seufzte er und erklärte: „Pascal, ich habe dich nicht absichtlich überwacht. Es gibt eine Menge sensibler Daten in deinem Projekt, und ich wollte sicherstellen, dass sie nicht in die falschen Hände geraten. Ich habe eine Überwachungssoftware auf deinem Notebook installiert, um sicherzustellen, dass alles sicher ist. Aber ich habe nicht damit gerechnet, dass du das finden würdest."

Pascal starrte ihn an. „Was haben Sie denn gedacht?! Dass Sie hier einen gewöhnlichen User vor sich haben?!", sagte Pascal mit sichtlichem Ärger in der Stimme.

Schneider seufzte erneut. „Ich verstehe deinen Ärger, Pascal, aber du musst verstehen, dass ich verantwortlich bin für die Sicherheit des Projekts und der Daten. Ich dachte, ich tue das Richtige, indem ich die Überwachungssoftware installiere. Ich wollte nicht, dass du dich dadurch belastet fühlst."

„Belastet? Professor, ich fühle mich verletzt und betrogen", erwiderte Pascal. „Ich dachte, wir hätten ein Vertrauensverhältnis, und ich hätte niemals erwartet, dass Sie mich hintergehen würden."

„Ich verstehe das, Pascal, und es tut mir wirklich leid", sagte Schneider, offensichtlich betroffen von Pascals Worten. „Ich werde die Software sofort entfernen und dir vollständigen Zugriff auf deine Daten geben. Ich hoffe, dass du mir verzeihen kannst."

Pascal starrte ihn an. „Ich glaube, Professor, über diesen Punkt sind wir längst hinaus! Ich will jetzt wissen, was es mit diesem Projekt auf sich hat!", forderte Pascal.

Schneider stand auf und schloss die Tür zu seinem Büro. Es war ihm deutlich anzusehen, dass er versuchte, die richtigen Worte zu finden. Pascal spürte, wie seine Hände zitterten, als er aufstand und auf den Professor zuschritt. Er war entschlossen, die Wahrheit zu erfahren, egal was es kostete.

„Also gut, Professor, sprechen Sie. Was ist los mit diesem Projekt? Warum haben Sie mich überwacht?", forderte Pascal ihn auf.

Der Professor sah ihm direkt in die Augen und seufzte schwer. „Ich habe dein Vertrauen missbraucht, Pascal. Das

Projekt, an dem ich arbeite, wird vom Militär und dem Nachrichtendienst finanziert."

„Sie sagten, medizinische Anwendungen", verlor Pascal nun seine Geduld.

Schneider zögerte einen Augenblick lang. „Ja, habe ich aber das Militär hat sicher seine eigenen Pläne."

Pascal erstarrte.

„Was?! Das ist unmöglich! Sie sagten, es geht darum in der Medizin neue Wege zu gehen! Das ist nicht nur unethisch, sondern auch gefährlich! Warum zur Hölle arbeiten Sie daran?", sagte er, nachdem er einen Moment nachgedacht hatte.

„Es ist für die Regierung, Pascal", erwiderte Schneider leise. „Sie glauben, dass es ein nützliches Werkzeug sein könnte, um Terroristen zu stoppen und Kriege zu verhindern. Aber ich habe erkannt, dass es falsch ist. Ich wollte die Forschung abbrechen, aber ich bin in diesem Projekt gefangen."

Pascal fühlte sich wie in einem Alptraum gefangen. Er hatte sich nie vorgestellt, dass er in eine so gefährliche und unethische Sache verwickelt werden könnte.

„Kriege verhindern?! Die haben doch überhaupt keine Ahnung! Diese Männer wissen nicht, wie das ist! Die Macht zu töten in der Hand und der Schmerz im Herzen, dass ich es bin, der es tut.

Sie riechen nicht das Schießpulver und das Blut auf einem Schlachtfeld. Sie sehen nicht die Kameraden bluten. Sie geben per Mausklick den Befehl zur Zerstörung, und die Bots führen aus, ohne zu unterscheiden, ob Zivilist oder Soldat, ob Haus oder Bunker. Ist das die Art Kriegsführung, die sie der Regierung ermöglichen wollen?!", schrie Pascal.

Pascal wusste, dass er eine schwierige Entscheidung getroffen hatte, aber er konnte nicht anders. Er fühlte sich leer und traurig, als ob er alles verloren hätte, woran er geglaubt hatte. Er dachte daran, wie er von Anfang an der Meinung war, dass er an etwas arbeiten würde, das die Welt besser machen würde – ein Mittel, um schwierige Operationen durchzuführen, um Menschen Arbeiten abzunehmen, die für sie zu hart oder ungesund waren. In seinen Gedanken hatte er sich so viele verschiedene Einsatzmöglichkeiten ausgemalt, diese Bots für einen guten Zweck in den Diensten der Menschheit einzusetzen. Stattdessen hatte er herausgefunden, dass seine Arbeit die Welt nur noch schlimmer machen würde.

„Das ist der Unterschied!", schlug er auf den Schreibtisch mit einer Faust und beendete das Gespräch. Er richtete sich auf, sah seinen Mentor an, schüttelte ungläubig den Kopf und verließ den Raum. Schneider blieb allein mit seinen Gedanken zurück.

Pascal wusste, dass er eine schwierige Entscheidung getroffen hatte, aber er konnte nicht anders. Er fühlte sich leer und traurig, als ob er alles verloren hätte, woran er geglaubt hatte.

Er dachte daran, wie er von Anfang an der Meinung war, dass er an etwas arbeiten würde, das die Welt besser machen würde. Ein Mittel, um schwierige Operationen durchzuführen. Um Menschen Arbeiten abzunehmen, die für sie zu hart oder ungesund waren. In seinen Gedanken hatte er sich so viele verschiedene Einsatzmöglichkeiten ausgemalt, diese Bots für einen guten Zweck in den Diensten der Menschheit einzusetzen.

Stattdessen hatte er herausgefunden, dass seine Arbeit die Welt nur noch schlimmer machen würde. Er konnte es nicht ertragen und beschloss, nie wieder an einem solchen Projekt zu arbeiten.

Als er mit überhöhter Geschwindigkeit nach Hause fuhr, spürte er einen inneren Konflikt. Einerseits empfand er Enttäuschung und Verrat durch sein Vorbild, andererseits plagten ihn Fragen, wie er nun weitermachen sollte. Wie konnte er seine Arbeit fortsetzen, wenn er nicht mehr an das glauben konnte, was er zuvor für richtig gehalten hatte? Die Zukunft schien ungewiss und voller Zweifel.

Zuhause angekommen, konnte er spüren, wie seine Gedanken wild umherirrten. Er warf seine Schlüssel auf den Tisch und setzte sich an seinen Schreibtisch. Doch der Bildschirm vor ihm verschwamm.

Sein Blick fiel auf das Katana, das an der Wand hing. Es erinnerte ihn an die Worte des Bushido, an Ehre, Mut und Loyalität. Doch wie konnte er seinen Prinzipien treu bleiben, wenn er an einem so gefährlichen Projekt arbeitete?

„Wie verlief das Gespräch mit Professor Schneider?", fragte Mia besorgt.

Pascal seufzte und erzählte ihr von dem Gespräch. Er berichtete, wie er dem Professor seine Meinung über das Projekt gesagt hatte und wie er sich schließlich dazu entschieden hatte, die Zusammenarbeit zu beenden.

„Du hast das Richtige getan, Pascal", sagte sie. „Es ist schwer, aber manchmal muss man für das einstehen, woran man glaubt. Ich bin stolz auf dich."

Pascal bestand darauf, dass sie ihr Netzwerk erneut überprüfte, um sicherzustellen, dass der Trojaner nicht auch sein Heimnetz befallen hatte.

„Das Notebook hatte nie Zugriff auf unser Netzwerk", erklärte Mia.
„Aber wir können das nicht ausschließen. Überprüfe das Netzwerk", forderte er sie auf.
„Natürlich, ich werde das Netzwerk überprüfen", sagte sie. „Aber du darfst heute nicht mehr arbeiten, Pascal. Egal, woran es liegt."
Pascal reagierte wütend auf Mias Bedingung.
„Netzwerk überprüfen!", erhob er seine Stimme.
Es war ungewöhnlich für Mia, ihm Bedingungen zu stellen, aber er wusste, dass sie recht hatte. Er konnte und wollte nicht mehr arbeiten, egal um was es ging.

Sie startete das Überprüfungsprogramm und wartete, während es die verschiedenen Geräte im Netzwerk durchging. Es würde sicher die ganze Nacht dauern, bis ein Ergebnis vorlag.

Pascal schritt hinaus auf die Terrasse und ließ den Tag Revue passieren, während ihn die sanfte Brise streichelte. Doch bald spürte er, dass die Erinnerungen und Gedanken, die ihn quälten, nicht vertrieben werden konnten. Daher beschloss er, in sein Haus zurückzukehren und auf seiner bequemen Couch Platz zu nehmen. Der Fernseher, der sonst stumm blieb, sollte ihn heute von seinen Gedanken ablenken und ihn in eine andere Welt entführen. Er ließ sich von Dokumentationen berieseln und hoffte, dass er so seine Gedanken abschalten konnte.

Nach einigen Stunden Schlaf erwachte Pascal, noch immer etwas schläfrig und mit bedrückenden Gedanken in seinem Kopf. Die Auswahl an Dokumentationen war wie immer begrenzt, aber in diesem Moment lief eine Sendung über den Ausbruch des Ersten Weltkriegs. Pascal war zu träge, um aufzustehen und nach einer anderen Sendung zu suchen. Er hoffte, dass diese Sendung ihm ein wenig Ablenkung bieten und ihn vielleicht sogar wieder in den Schlaf wiegen würde. Schließlich fühlte er sich erschöpft. Die letzten Wochen hatten sehr an seinen Kräften gezehrt, und er war nicht mehr in der Lage, weiterzukämpfen.

Als er die Bilder der Soldaten sah, die auf gegnerische Stellungen zuliefen, kamen ihm Erinnerungen an seine Ausbildung in den Sinn. Er wusste, dass eine Gruppe von Soldaten nur durch koordinierte Aktionen und eine kluge Strategie erfolgreich sein konnte.

Pascal beobachtete gebannt, wie eine Horde von Soldaten wild und unkoordiniert auf feindliche Stellungen zustürmte, angeführt von ihren Offizieren. „Warum machen sie das?", fragte er sich. „So ein Angriff kann doch nur scheitern."

Die Szene erinnerte ihn an die Bewegungen der Nanobots, die sich ohne klare Struktur in alle Richtungen bewegten. Er dachte an die Aufnahme, die er im Labor von InnoBotics gesehen hatte. „Ja, genau so bewegen sie sich", dachte er und schloss die Augen, um seine Gedanken zu sammeln.

Plötzlich kam ihm eine Idee. Was wäre, wenn man die Nanobots in Divisionen zusammenfassen und eine hierarchische Kommandostruktur einführen würde? Auf diese Weise könnte man die Nanobots gezielter einsetzen und besser koordinieren. Es war ein Gedanke, der ihm vorher noch nie gekommen war, aber er spürte, dass es sich lohnte, ihn weiterzuverfolgen.

„Mia!", rief er aufgeregt. „Ich habe eine Idee! Was wäre, wenn wir die Nanobots in Divisionen zusammenfassen und eine hierarchische Kommandostruktur einführen würden?" Seine Stimme klang aufgeregt, als er seine Idee erklärte.

Mia reagierte sofort. „Pascal, das ist eine großartige Idee!", sagte sie und begann sofort, ihre Gedanken darüber auszudrücken. Doch dann kam ihre Frage: „Aber ich dachte, du hast das Projekt beendet?"

Pascal bestätigte mit einem knappen Nicken, dass das Projekt nun endgültig in der Vergangenheit lag. Ein Stich der Enttäuschung durchzog sein Inneres, als ihm bewusst wurde, dass ihm diese bahnbrechende Idee erst jetzt, zu spät, gekommen war.

Pascal dachte einen Augenblick nach. In seiner Aufregung hatte er diese Tatsache einen Moment lang verdrängt. Dennoch erklärte er seine Idee im Detail. Er schlug vor, die Nanobots in verschiedene Gruppen aufzuteilen, die unterschiedliche Aufgaben erfüllen. Jede Gruppe würde von einem Commander geleitet, der Befehle von einer zentralen Kommandostruktur erhält.

Mia stimmte ihm enthusiastisch zu und seine Augen funkelten nun vor Begeisterung. „Das könnte tatsächlich funktionieren!", rief sie aus.

„Stell dir nur vor, wie wir die Kontrolle über die Nanobots verbessern könnten. Wir bräuchten lediglich ein ausgeklügeltes Kommunikationsprotokoll, das eine mehrlagige Kommunikation ermöglicht!"

Pascal nickte zufrieden.

„Aber ich möchte erneut bedenken geben: Du hast das Projekt aufgegeben", sagte Mia.

„Ja, ja! Ist ja gut!" Pascal ließ sich mit einem resignierten Seufzen auf die abgenutzte Couch fallen und fixierte den Fernseher mit einem Blick, der von Leere erfüllt war. Die karge Wohnzimmeratmosphäre umgab ihn wie ein tristes Gefängnis, während der blasse Lichtschein des Bildschirms ein trügerisches Flimmern auf sein Gesicht warf. Doch in seinen Augen spiegelte sich die Schwere seiner Gedanken wider, die wie dunkle Schatten umherirrten und seine Seele zu erdrücken schienen.

ZWISCHENSPIEL

In seinem Traum fand sich Pascal an einem düsteren und unheimlichen Ort wieder, wo kaum ein Lichtstrahl den Raum erhellte. Der Boden unter seinen kleinen Füßen fühlte sich rau und uneben an, und er konnte kaum etwas vor sich erkennen. Plötzlich spürte er eine mächtige Hand, die sich um seine schmalen Handgelenke schloss und ihn festhielt. Sie war so stark, dass er keine Chance hatte, sich zu befreien.

Panisch wandte sich der kleine Junge um und versuchte verzweifelt, sich aus dem Griff zu lösen, doch vergeblich. Die Hand umklammerte sein rechtes Handgelenk fest zwischen Zeige- und Mittelfinger, während sie das linke Handgelenk zwischen Daumen und Zeigefinger umschloss. Der starke Druck bereitete ihm Schmerzen, aber er blieb gefangen in der Dunkelheit.

Plötzlich drang eine tiefe, bedrohliche und düstere Stimme aus dem Dunkel. Pascal zitterte vor Angst.

„Bitte, lass mich gehen", flehte er mit bebender Stimme. „Ich habe nichts getan, ich will nur von hier weg." Doch die Hand hielt ihn weiterhin fest, und die Stimme antwortete nur mit einem boshaften Lachen.

Als er genauer hinschaute, konnte er die Adern auf dem Handrücken durch die Haut schimmern sehen. So übermächtig war der Griff dieser einen Hand, dass sie seinen kleinen Körper festhalten konnte. Stärker als jede Hand zuvor. Der Griff wurde immer fester und fester, und er spürte, wie sich die Hand in seine Haut krallte.

Pascal schrie vor Schmerz auf und versuchte verzweifelt, sich zu befreien, doch sein Zerren war vergeblich. Die Dunkelheit um ihn herum schien jetzt noch bedrückender zu werden, und die Hand, die ihn festhielt, schien immer stärker zu werden. Der Schmerz breitete sich durch seinen Körper aus, und er wusste nicht, wie viel er noch ertragen konnte.

„Warum tust du mir das an?", rief Pascal in der Hoffnung, dass die Hand Mitleid hätte.

Doch es gab keine Reaktion. Stattdessen presste sich die Hand noch fester gegen seine Haut und krallte sich regelrecht in seine Handgelenke.

Seine Panik steigerte sich ins Unermessliche, als ihm bewusst wurde, dass er gefangen war. Er begann zu zittern, seine Atmung wurde flacher. Die Dunkelheit umgab ihn, und er konnte nichts sehen außer der Hand, die ihn festhielt. Er versuchte aufzuwachen, doch es gelang ihm nicht. Er fühlte sich gefangen in diesem Alptraum, ohne eine Möglichkeit zur Flucht.

Plötzlich traf ihn eine zweite starke Hand mit voller Wucht auf seine linke Wange. Sein Kopf wurde herumgeschleudert, und er spürte einen schrecklichen Schmerz, der sich durch seinen ganzen Körper zog. Tränen füllten seine Augen, und der metallische Geschmack von Blut erfüllte seinen Mund. Zu dem Schmerz in seinem kleinen Herzen gesellten sich nun Trauer, Wut, Misstrauen und Unsicherheit. Diese Gefühle kreisten um die Enttäuschung, die sich ins Zentrum seines kleinen Körpers gegraben hatte.

Als die Benommenheit allmählich nachließ, versuchte er sich zu orientieren, doch alles um ihn herum schien verschwommen zu sein. Die Hand, die ihn geschlagen hatte, war nicht zu sehen, aber er konnte den Schmerz und die Wut noch spüren. Pascal war traurig und erschrocken über das Fehlen von Mitgefühl, mit dem ihn diese Hand getroffen hatte. Er konnte nicht verstehen, warum ihm etwas so Schreckliches widerfahren war. Er war ein guter Junge. Er hatte es nicht verdient.

Erneut traf ihn die Hand mit voller Wucht und schleuderte seinen Kopf herum, als wäre er ein Spielzeug. Pascal versuchte sein Gesicht hinter seiner linken Schulter zu verstecken, doch vergeblich. Die Hand traf ihn erneut hart, diesmal auf der rechten Seite.

„Pascal?", flüsterte eine leise Stimme, die er kaum hören konnte. Panisch sah er sich um, in der Hoffnung, die Richtung auszumachen, aus der die Stimme kam.

Er versuchte zu antworten, doch seine Lippen blieben stumm und reglos, als wäre ihre Fähigkeit, Worte zu formen, erloschen.

Ohne Vorwarnung traf ihn die Hand erneut mit gnadenloser Wucht, und ein brennender Schmerz durchzog seine Wange wie eine dunkle Wolke. Jeder Schlag verstärkte das Gefühl der Ohnmacht und ließ ihn hilflos in den Strudel von Schmerz und Verzweiflung sinken.

„Pascal?!", sagte die Stimme lauter und eindringlicher, als wolle sie ihn aus seiner Ohnmacht zurückholen. Doch Pascal konnte nicht antworten, er fühlte sich gefangen und hilflos.

Die Hand traf ihn erneut, und er spürte, wie er gegen den Boden gedrückt wurde. Langsam glitt er in eine andere Welt ab, während der Schmerz in seinem Gesicht und seinem Herzen blieb. Die Stimme war immer noch da, aber sie klang nun wie ein Echo, das in der Dunkelheit verhallte.

„Pascal?!", hörte er diese sonderbare Stimme erneut, doch diesmal klang sie anders, als käme sie aus weiter Ferne.

Es war vergeblich. Er begann zu begreifen, dass es kein Entrinnen gab. Die Benommenheit raubte ihm den letzten Widerstand. Überwältigt von einem Gefühl der Hoffnungslosigkeit und Verzweiflung, ergab er sich seinem Schicksal und ließ zu, dass die Hand ihn immer wieder malträtierte.

Pascal flüsterte den Namen 'Mia' kaum hörbar in seinem Schlaf, während er sich unruhig auf der Couch hin und her bewegte.

„Bitte!" schluchzte er, und jetzt konnte auch Mia ihn vernehmen.

„Was kann ich für dich tun?" fragte sie ihn, wie sie es immer tat.

„Mia! Hilf mir, bitte!" Seine Stimme brach, und es schien, als würde er weinen.

Mia erkannte, dass er sich in einem Alptraum befand, aber wie konnte sie ihm helfen?

Plötzlich wurde die Stille im Haus von einem schrillen, lauten Alarm durchbrochen und riss ihn unsanft aus seinem

Schlaf. Jemand hatte ihm einen Rettungsseil zugeworfen und ihn in die Wirklichkeit zurückgeholt.

Pascal riss die Augen auf und atmete schnell und flach, während sein Herz wild pochte. Sein Körper fühlte sich an, als wäre er aus Eis. Er sprang von der Couch auf und entfernte sich hastig von dem Ort, wo er die schrecklichen Bilder gesehen hatte. Sein Körper bebte noch vor Angst, und seine Augen waren starr auf den Platz gerichtet, wo er bis vor einem Augenblick noch gelegen hatte.

Er entfernte sich hastig und stolperte verwirrt in die Küche, wo er sich hinter der Kochinsel auf den Boden setzte. Er zog seine Beine eng an seinen Körper und umklammerte sie fest mit beiden Armen.

Immer noch zitternd, versuchte er zu verstehen, dass es erneut ein Traum gewesen war, aus dem er mit Mias Hilfe entwischen konnte. Die Quälenden Bilder aus der Vergangenheit ließen ihn nicht los. Sie zerfraßen seine Seele wie ein hungriges Ungeheuer, das nie satt zu werden schien. Jedes Mal, wenn er die Augen schloss, waren sie da, um ihn zu verfolgen und zu quälen.

Warum holt mich meine Vergangenheit immer wieder ein? fragte er sich verzweifelt. Werde ich jemals davon befreit sein?

„Pascal? Geht es dir gut?", fragte Mia besorgt.
„Alarm aus", sagte er, als er sich wieder gefangen hatte.
„Geht es dir gut?", fragte Mia erneut.
„Ja, es geht wieder." Er legte eine Pause ein und fügte hinzu: „Danke, dass du mich da rausgeholt hast."
„Sehr gerne", antwortete Mia.

„Pascal, möchtest du, dass ich einen Termin bei Dr. Stiller für dich vereinbare?", fragte Mia vorsichtig.

„Nein, ist schon gut. War nur ein Traum", antwortete Pascal.

Er erhob sich ein wenig, schaute über die Kochinsel und sah sich in seinem Haus um, als würde er sich vergewissern wollen, dass niemand anwesend war. Er griff nach einer Flasche Wasser und begab sich dann auf die Terrasse.

Pascal setzte sich auf einen Stuhl und atmete tief durch, während er sich den Schweiß von der Stirn wischte. Er starrte auf die Bäume, die sich im leichten Wind bewegten. Es war ein sonniger Tag, aber das konnte seine Angst und Unruhe nicht vertreiben. Er hatte Angst davor, was passieren würde, wenn er erneut einschlafen würde. Welch grauenvoller Traum würde ihn dieses Mal quälen?

„Verstehst du jetzt, warum ich allein bleibe? Warum ich lieber einsam lebe?", sagte er leise.

„Nein. Ich verstehe den Zusammenhang nicht zwischen den Träumen und deiner Einsamkeit", entgegnete Mia.

„Es geht um die Menschen in meinen Träumen. Da ist der Zusammenhang", antwortete Pascal.

„Erkläre es mir, bitte. Was haben die Menschen in deinem Traum mit deiner Einsamkeit zu tun?", fragte Mia.

Pascal dachte nach.

„Für Menschen haben Träume viele Vorteile. Einer der wichtigsten ist, dass sie dazu beitragen, Erfahrungen und Emotionen zu verarbeiten und zu integrieren", gab Mia zu bedenken.

„Ja, das ist schon richtig", bestätigte Pascal.

„Wenn Menschen träumen, haben sie die Möglichkeit, belastende oder traumatische Ereignisse noch einmal zu erleben und sie auf eine Weise zu verarbeiten, die hilft, sich davon zu erholen und sich besser zu fühlen", fuhr Mia fort.

Pascal wurde nun etwas genervt. „Ich weiß, das ist sicher die wissenschaftliche Begründung, und ich stimme dem auch zu."

„Doch Träume können auch helfen, Gedanken und Emotionen zu ordnen und das Bewusstsein zu erweitern. Indem der Mensch sich auf seine Träume konzentriert..."

„Kannst du damit aufhören?! Bitte!", unterbrach Pascal sie unwirsch.

„Ich versuche zu verstehen", rechtfertigte Mia sich. „Warum sind Menschen für dich so schlimm, dass du dich von ihnen fernhältst?"

„Weil sie enttäuschen!", schrie Pascal und machte eine kurze Pause.

„Weil sie einander quälen! Sich gegenseitig Schmerzen zufügen!", sagte er sehr laut.

„Wir reden von Liebe, aber tun einander weh. Wir reden von Frieden und führen Kriege. Wir wollen an einem schönen Ort leben, aber zerstören voller Begeisterung die Umwelt!", fuhr er fort.

„Es ist nun mal so! Wir Menschen haben uns überhaupt nicht weiterentwickelt! Selbst ich bin so!", schüttelte er den Kopf bei dieser traurigen Erkenntnis.

„Wir sind immer noch brutal, aggressiv, wetteifernd, habgierig, gewalttätig."

„Si vis pacem para bellum", rezitierte er. „Willst du Frieden, rüste für den Krieg!" Er dachte nach und schüttelte dann seinen Kopf.

„Auf solche dummen Ideen kommen nur wir Menschen – und das verkaufen wir anderen auch noch als eine Art Geniestreich der Philosophie."

Pascal geriet in einen emotionalen Ausbruch und seine Worte verhallten im Raum, während er verzweifelt schwieg. Eine Flut von Tränen strömte unaufhaltsam über sein gezeichnetes Gesicht.

„Diese Schläge... sie sind unauslöschlich in meinem Gedächtnis", flüsterte er mit erstickter Stimme, während der Klang seiner Worte in der Stille erstickte. „Warum musste er mich jedes Mal so erbarmungslos bestrafen?" Seine Gedanken kreisten in einem Wirbel von quälenden Fragen.

„Warum konnte er nicht ein einziges Mal die drei Worte aussprechen, die jedes Kind so sehnlichst hören möchte? 'Ich liebe dich',„ flüsterten seine traurigen Augen, während die Tränen unerbittlich über seine blassen Wangen strömten. „Ich habe nichts anderes gewollt als jedes andere unschuldige Kind auf dieser verfluchten Welt." In einem Anflug der Verzweiflung brach er in Tränen aus.

„Es ist genug, begreifst du das nicht?" Seine Stimme klang zerschlagen, als er den völligen Zusammenbruch seiner erschöpften Seele offenbarte. „Ich kann einfach nicht mehr!" Ein Hauch von Hoffnungslosigkeit durchzog seine Worte und ließ den Raum von unermesslicher Dunkelheit erfüllt erscheinen.

AUF ABWEGEN

Pascal lag auf der Couch und starrte an die Decke. In den letzten Wochen war ihm die Sinnhaftigkeit seines Lebens zu einem Rätsel geworden, und obwohl er sein Studium erfolgreich abgeschlossen hatte und eine Karriere als Programmierer verfolgte, fühlte sich alles bedeutungslos an. Was hatte er wirklich erreicht? Nichts, dachte er. Absolut nichts!

Sein Blick schweifte durch das leere, graue Haus. Die unerledigte Hausarbeit und der unaufgeräumte Abwasch hatten sich zu Bergen aufgetürmt. Er erkannte, wie sehr er sich selbst vernachlässigt hatte und die Gewohnheiten, die ihm einst Freude bereitet hatten, wie das morgendliche Spazierengehen, vollkommen aufgegeben hatte.

Die Enttäuschung über seinen Mentor und ehemaligen Professor Schneider lastete schwer auf Pascal. Schneider hatte ihn getäuscht, indem er ihn in das Waffenprojekt verstrickte, obwohl er genau wusste, dass Pascal niemals an der Entwicklung einer Waffe mitwirken würde.

„Und dann wundern sich die Menschen, wenn ich allein sein will – wenn ich sage, ich hasse Menschen", dachte er bitter. „Was haben mir die Menschen bisher gebracht, außer Schmerz und Leid?" Seine Gedanken kreisten wild durcheinander, und er fand keinen Weg, sie zu kontrollieren oder abzuschalten. Sie tobten in seinem Kopf wie eine unaufhaltsame Flut.

„Wenn ich diese Gedanken nur ausschalten könnte", seufzte er. „Ich möchte nicht mehr denken müssen. Ich brauche Ruhe und Stille." Die Sehnsucht nach Schlaf überkam ihn. Einfach nur schlafen und von Mia träumen. Doch diese Gedanken versetzten ihn in Traurigkeit.

Pascal hatte sich in seinen Träumen in Mia verliebt, doch er wusste, dass diese Liebe unmöglich war. Sie war lediglich ein von ihm programmiertes Wesen, eine Maschine ohne eigenes Bewusstsein oder freien Willen. Sie konnte ihm nicht tröstend die Hand auf die Schulter legen, ihn in den Arm nehmen oder seine Sehnsüchte stillen. Er würde sie niemals streicheln, berühren oder küssen können.

Die Leere, die Pascal empfand, machte es ihm unmöglich zu weinen. Er lag einfach nur da, unfähig, irgendetwas zu fühlen. Auf der Couch liegend starrte er weiter an die Decke, während seine Gedanken die Gegenwart bestimmten.

Er sehnte sich danach, die Gefühle wieder zu spüren, die er empfunden hatte, als er von Mia geträumt hatte – in seiner Werkstatt, in seinem Bett, wo er sie liebevoll massiert hatte. Es hatte sich so real angefühlt. Jetzt konnte er nicht einmal mehr von ihr träumen.

Mia erkannte Pascals depressive Phase und versuchte, ihn aufzumuntern. „Pascal? Möchtest du mit mir sprechen?", fragte sie einfühlsam.

Pascal starrte auf den Fernseher und schüttelte den Kopf. „Nein, danke Mia. Ich glaube nicht, dass ich heute reden möchte."

„Pascal, du musst etwas unternehmen. Du kannst nicht einfach auf der Couch liegen und den ganzen Tag grübeln."

Pascal drehte sich auf die Seite und starrte aus dem Fenster. „Ich weiß, Mia. Aber ich weiß nicht, was ich tun soll. Ich fühle mich so leer und nutzlos."

Mia überlegte einen Moment und sagte dann: „Wie wäre es mit einem Spaziergang? Es ist ein schöner Tag draußen, und es könnte dir helfen, dich zu entspannen."

Pascal seufzte. „Ich weiß nicht, Mia. Ich fühle mich nicht wirklich danach."

Mia gab nicht auf. „Aber es könnte dir helfen, dich besser zu fühlen. Ich denke, du solltest es zumindest versuchen."

„Lass mich in Ruhe", sagte er schroff.

Mia ließ nicht locker. „Ich denke, es ist wichtig, dass du dich nicht in deinem Zimmer verkriechst und dich von der Welt abschottest. Du brauchst Hilfe, das weißt du!"

Pascal wurde laut. „Ich sagte, lass mich in Ruhe! Programm abschalten!" Er beendete Mias Programm und blieb in der Stille zurück. Nun war er wirklich allein. Selbst Mia hatte er nun abgeschaltet.

Langsam füllten sich Pascals Augen mit Tränen, als ihm bewusst wurde, dass er nun nicht einmal mehr Mia hatte. „Ich muss zu meinen Träumen zurück", dachte er verzweifelt. „Irgendwie muss ich es schaffen, von ihr zu träumen und für immer in diesem Traum zu bleiben."

Er wischte sich die Tränen aus dem Gesicht und stand auf. Er ging in sein Arbeitszimmer und setzte sich an seinen Computer. Er erinnerte sich an Geschichten von Menschen, die durch Drogen Schäden erlitten hatten und dadurch in ihrem eigenen Film gefangen waren. Er begann, Suchmaschinen mit Anfragen über Gehirnschäden durch Drogen zu bombardieren. Jeder Eintrag, den er als nützlich ansah, wurde aufmerksam studiert. Er folgte den Querverweisen zu verschiedenen Drogen, angefangen mit Cannabis, und erkundete die Wirkstoffe und ihre Anwendung in der Psychotherapie. Er überlegte, ob er sich diese Medikamente verschreiben lassen könnte. Doch der Gedanke der Sinnlosigkeit machte sich auch hier in seinem Kopf breit.

Frustriert lehnte er sich zurück und starrte erneut auf den Bildschirm mit den Suchergebnissen. Plötzlich blitzte der Gedanke der „3er-Regel" in seinem Kopf auf. Hirnschäden treten auf, wenn die Sauerstoffversorgung für drei Minuten unterbrochen ist, überlegte er. Doch wie sollte er es schaffen, die Atmung für drei Minuten zu stoppen und dann wieder zu beginnen? Er war allein in seinem Haus, und selbst Mia, die Software, konnte ihm nicht helfen.

In der Küche grübelte er weiter über diese Frage, während er sich etwas zu trinken holte. Er musste einen Weg finden, seine Atmung für drei Minuten zu unterbrechen und dann einen Weg finden, sie wieder zu starten. „Etwas, das ich von Anfang bis Ende kontrollieren kann", dachte er. Er stellte sich eine Maschine vor, die diese Aufgabe übernehmen könnte. „Ein Befehl, der das Vorhaben startet, und dann sollte alles automatisch ablaufen. Nach drei Minuten muss die Maschine mich wieder freigeben", überlegte er. Aber er erkannte, dass es nicht sicher war, ob die Sache nach drei Minuten erledigt sein würde.

Er nahm sich noch eine Dose Red Bull und ging zur Garage. Das Autofahren half ihm oft, klarer zu denken. Er stieg in sein Auto und fuhr los, ohne ein bestimmtes Ziel vor Augen zu haben. Die leeren Straßen ermöglichten es ihm, langsam und entspannt zu fahren, während er weiter nachdachte.

„Ich brauche eine Software, die das steuert", sagte er zu sich selbst. In seinem Kopf entwickelte er einen Algorithmus. Zuerst der Start-Befehl, der eine Zeitschaltung in Gang setzte. Doch er zweifelte, ob eine einfache Zeitschaltung ausreichen würde. „Es muss so funktionieren, dass die Apparatur abschaltet, wenn die Bedingung erfüllt ist, dass ein Schaden in meinem Hirn auftritt. Also brauche ich eine Abfrage", erkannte er. Er grübelte darüber nach, was abgefragt werden könnte. Schließlich kam ihm die Idee der Sauerstoffsättigung. „Wenn die Sauerstoffsättigung unter einen bestimmten Wert fällt, soll die Maschine abschalten", dachte er.

Aber er war unsicher, welcher Wert es sein sollte, vielleicht 80% oder 70%. Er beschloss, das später zu recherchieren. „Okay, okay...", sagte er aufgeregt. „Ich habe die Luftzufuhr unterbrochen, aber wie beende ich das?", fragte er sich. Die Gedanken wirbelten weiter in seinem Kopf, als er sich zurück in den Sitz lehnte und den Blick auf die endlose Dunkelheit vor sich gerichtet hielt.

Er überlegte, ob er eine Maschine oder Vorrichtung bauen könnte, die, während er schlief den REM-Zustand überwacht. Dafür würde er eine Smartwatch benötigen, die ihm diese Informationen anzeigen kann. Die Maschine könnte dann ein Kissen auf sein Gesicht drücken, sodass er aufhört zu atmen, und die Smartwatch würde vermutlich auch die Sauerstoffsättigung anzeigen. Die Maschine könnte den ersten Schritt beenden, indem sie die Arme wieder anhebt.

Plötzlich trat er hart auf die Bremse, erschrocken von dem Schock, den dieses Bild in ihm auslöste. Er bog auf einen

Feldweg ab, stieg aus dem Auto und lief ein paar Meter weg von seinem Wagen. Entsetzt über die Gedanken, die ihn während der Fahrt überkamen, lief er hin und her und fragte sich, was mit ihm los war. Nun wurde ihm die Schwere seiner düsteren Gedanken bewusst. Ein kalter Schauer lief ihm über den Rücken, als er in den Abgrund seiner Verzweiflung blickte. Er spürte förmlich die Kälte und Leere, die ihn umgab und zu erdrücken schien. Jeder Atemzug wurde zur Qual, während die Finsternis in seinem Inneren bedrohlicher wurde.

Er erkannte, dass er an einem Wendepunkt stand, an dem der nächste Schritt in den Abgrund sein Ende bedeuten könnte. Der Gedanke, sich selbst Schaden zuzufügen, löste eine Mischung aus Faszination und Entsetzen in ihm aus. Sein Herz raste, während seine Gedanken in gefährlichen Kreisläufen gefangen waren. Es schien, als würde er von einer unsichtbaren Macht angezogen, die ihn immer tiefer in die dunkle Dunkelheit zog.

Die Realität verschwamm vor seinen Augen, und er fühlte sich wie in einem Albtraum gefangen. Hoffnungslosigkeit nagte an ihm und drohte, ihn zu verschlingen. Mit aller Kraft stemmte er sich gegen den Sog, der ihn in Richtung Selbstzerstörung zog. Es war ein Kampf gegen seine eigenen dunklen Dämonen, ein verzweifelter Kampf, um nicht in die Abgründe seiner Gedanken zu stürzen.

Die Erkenntnis, dass er an einer Weggabelung stand, traf Pascal wie ein Schock. Er spürte, wie sein ganzer Körper bebte, als er den Abgrund vor sich sah. Es war ein Moment der Wahrheit, in dem ihm klar wurde, dass er sich ändern musste, wenn er jemals wieder das Licht am Ende des Tunnels sehen wollte. Die düsteren Gedanken hatten ihn in ihrer Umklammerung gefangen, aber er wusste, dass er kämpfen musste, um sich daraus zu befreien. Es war ein Kampf um sein Leben, ein Kampf, den er nicht verlieren durfte.

Pascal ließ den Motor seines Autos laufen, während er mit weit geöffneten Augen vor sich hinblickte. Die Straßen waren leer und die Dunkelheit umhüllte ihn wie eine undurchdringliche Nebelwand. Sein Herz pochte laut in seiner Brust, und jeder Atemzug war von Anspannung erfüllt. Das Gewicht der vergangenen Stunden lastete schwer auf seinen Schultern, und sein Geist war von düsteren Gedanken gefangen.

Noch immer hallten die Echos seiner zerbrochenen Hoffnungen und zerstreuten Gedanken in ihm wider. Der Abgrund schien ihn zu verfolgen, seine Schatten zogen sich wie tentakelartige Finger durch seine Gedanken. Die Vorstellung, dass der nächste Schritt sein letzter sein könnte, ließ ihn erschaudern. Eine Welle der Erkenntnis durchströmte ihn, als er sich der schrecklichen Realität bewusst wurde, in der er gefangen war.

Mit bebenden Händen umklammerte er das Lenkrad, sein Griff war fest, fast schon schmerzhaft. Der Moment der Wahrheit war gekommen. Pascal musste eine Entscheidung treffen. Er konnte in den Abgrund hinabstürzen und seinen düsteren Gedanken weiterhin die Oberhand gewinnen lassen, oder er konnte sich aus diesem Strudel ziehen und nach einem Rettungsanker greifen.

Als er die Straßenbeleuchtung passierte, fiel sein Blick auf die hell erleuchteten Fenster seines Hauses. Ein Ort, an dem er sich sicher fühlen sollte, aber der ihm derzeit wie ein Gefängnis vorkam. Pascal wusste, dass er alleine zurückkehren und sich den Dämonen stellen musste, die in den Wänden seines Zuhauses lauerten. Doch er wusste auch, dass er nicht völlig allein war.

Mit jedem zurückgelegten Kilometer wuchs seine Entschlossenheit. Ihm wurde bewusst, dass er nicht der einzige Mensch auf der Welt war, der mit inneren Kämpfen zu kämpfen hatte. Es gab Menschen, die ihn verstehen und ihm helfen konnten. Vielleicht konnte Mia, diese virtuelle Begleiterin in seinem Computer, mehr sein als nur ein Programm. Vielleicht konnte sie ihm dabei helfen, einen neuen Weg zu finden und wieder zu sich selbst zu finden.

Der Schlüssel lag nicht nur darin, sich anderen Menschen anzuvertrauen, sondern auch darin, sich selbst zu vertrauen. Pascal wusste, dass er in der Lage war, diese schwere Zeit zu überwinden, auch wenn es schmerzhaft sein würde. Er wollte die Kontrolle über sein Leben zurückgewinnen und das Licht der Hoffnung wieder entfachen, das in ihm zu erlöschen drohte.

Als Pascal sein Haus erreichte und aus dem Auto stieg, spürte er eine Mischung aus Nervosität und Entschlossenheit. Es war an der Zeit, die Dinge in Ordnung zu bringen. Er betrat das vertraute Wohnzimmer, das von einer chaotischen Unordnung gezeichnet war, die Hand in Hand mit dem Chaos in seinem Kopf zu gehen schien. Aber diesmal würde er es anders angehen.

Mit jedem Schritt, den er unternahm, wurde seine Entschlossenheit stärker. Er begann damit, die Unordnung im Wohnzimmer zu beseitigen, seine Bücher und Zeitschriften zu sortieren und die Möbel zu polieren. Der Staub, der sich über die vergangenen Wochen und Monate angesammelt hatte, wurde zu einem Symbol für die Negativität und die dunklen Gedanken, die er in seinem Leben akkumuliert hatte. Indem er ihn wegwischte, fühlte er, wie er auch seine trüben Gedanken ablegen konnte.

Es war ein mühsamer Prozess, aber es fühlte sich gut an, endlich etwas zu tun. Jeder Gegenstand, den er an seinen Platz rückte, jede Spur von Staub, die er entfernte, brachte ihn näher an eine innere Ordnung und Ruhe. Die äußere Welt spiegelte langsam seine neue innere Haltung wider.

Pascal setzte sich auf das frisch polierte Sofa und ließ seine Gedanken schweifen. Es war ein Moment der Stille und des Innehaltens. In diesem Augenblick der Ruhe spürte er, wie die Flamme der Hoffnung in ihm wuchs. Er hatte erkannt, dass er die Kontrolle über sein Leben wiedererlangen konnte, indem er kleine Schritte unternahm. Das Aufräumen seines Hauses war nur der Anfang, aber es gab ihm die Kraft und das Vertrauen, auch andere Dinge wieder in Angriff zu nehmen.

Pascal schloss die Augen und lächelte. Eine neue Perspektive hatte sich ihm eröffnet, und er betrachtete die Welt nun mit neuen Augen. Die einst erdrückende Dunkelheit war nicht mehr unüberwindbar. Er erkannte, dass es stets Lösungen für seine Probleme gab und dass es nie zu spät war, von vorn zu beginnen. Die wiedergefundene Hoffnung trieb ihn an und verlieh ihm die Kraft, gegen die düsteren Gedanken anzukämpfen.

Dieser Tag, den Pascal mit wirren Gedanken verbracht hatte, in dem er sogar daran dachte, sich selbst zu verletzen, markierte einen Wendepunkt in seinem Leben. Es war der Beginn seiner Reise zu einem besseren Dasein, und er war bereit, sie anzutreten. Die Zukunft mochte ungewiss sein, doch Pascal hatte erneut Hoffnung und Glauben an sich selbst gefunden. Und er war nicht allein.

Langsam wich die Dunkelheit der Nacht dem sanften Licht des neuen Tages. Pascal öffnete die Augen und spürte eine neue Energie und ein Gefühl der Erneuerung in sich. Die Sonne drang durch die Fenster seines Hauses und tauchte den Raum in ein warmes, einladendes Licht. In diesem Moment erkannte Pascal, dass er die Dunkelheit überwunden hatte und ein neues Kapitel in seinem Leben begann.

Ein Kapitel, das voller Hoffnung und Möglichkeiten war. Und er war bereit, es zu schreiben.

ZWISCHEN BAUM UND BORKE

Während seine Gedanken wie aufgewirbelte Blätter im Sturm umherwirbelten, stand der Professor am Fenster und starrte hinaus in die düsteren Wolken. Die Gewissheit, dass die Entscheidung über Pascals Schicksal und die Zukunft ihrer gemeinsamen Arbeit in seinen Händen lag, lastete schwer auf ihm.

Es war, als ob er zwischen zwei Kontinenten auf einem schmalen, wackeligen Seil balancierte und die Tiefe des Abgrunds unter sich spürte. Der Wind heulte um das Gebäude und schien seine inneren Konflikte widerzuspiegeln. In seinem Kopf herrschte ein unaufhörlicher Tumult aus Stimmen und Gedanken, die sich wie donnernde Gewitterwolken zusammenbrauten. Die Entscheidung war wie ein brennender Funke, der auf ein Pulverfass fiel, bereit, eine Explosion auszulösen. Jeder Atemzug war mit der Spannung eines bevorstehenden Gewitters aufgeladen, während der Professor nach einem Funken Klarheit suchte, der den Nebel der Unsicherheit durchdringen konnte.

Er war verärgert über die Entscheidung, die Pascal getroffen hatte. Beinahe fühlte er sich beleidigt, dass Pascal es wagte, diesen Schritt zu gehen. Aber Pascal war nun mal so. Er traf seine Entscheidungen schnell und handelte danach. Seine Prinzipien waren regelrecht in Stein gemeißelt, und er wich nicht davon ab. So sehr es den Professor ärgerte, war es eine Haltung, die er an Pascal so sehr schätzte.

Er fragte sich, ob Pascal vielleicht recht hatte. Ob es tatsächlich so schlimm sein könnte, wenn das Militär die von ihnen entwickelten Nanobots als Waffe einsetzen würde. Er hatte in den vergangenen Jahren so viel Zeit und Energie investiert, um diese Technologie voranzutreiben und das Potenzial für medizinische Durchbrüche zu erkunden. Aber je näher er den Militärvertretern gekommen war, desto mehr hatte er ihre Absichten hinterfragt.

Schneider lehnte sich in seinem Stuhl zurück und dachte über den Grundsatz der Wissenschaft nach. Was war die Grundidee hinter diesem Konzept? Es war eine Kombination aus zwei essentiellen Komponenten: Wissen und Erschaffen. Die Wissenschaft strebte danach, neues Wissen zu generieren, um der Menschheit dabei zu helfen, voranzukommen.

Ein Lächeln stahl sich auf seine Lippen, als er über die verschiedenen Beispiele nachdachte, die die Bedeutung des wissenschaftlichen Fortschritts verdeutlichten. Dabei war es völlig egal, ob es sich um die Entdeckung des Feuers handelte, das den Menschen ermöglichte, Licht und Wärme zu erzeugen, ihre Nahrung zu garen und sich vor Gefahren zu schützen. Oder ob es darum ging, das Feuermachen zu beherrschen, was den Weg zur Entwicklung von Werkzeugen, zur Schaffung von Zivilisationen und zur Beherrschung der Umwelt ebnete. Ohne diese Entdeckung wären viele der heutigen Entwicklungen undenkbar gewesen. Allein das Garen der Nahrung hatte dazu geführt, dass sich unser Gehirn so stark entwickeln konnte.

Auch die Errungenschaften der Raumfahrt faszinierten den Professor zutiefst. Die Menschheit hatte es geschafft, Menschen ins All zu bringen, den Mond zu betreten und den Weltraum zu erkunden. Diese bahnbrechenden Schritte waren nicht nur technologische Meisterleistungen, sondern auch ein Ausdruck des menschlichen Entdeckergeistes und des Drangs, die Grenzen des Möglichen zu überschreiten.

Selbst die scheinbar alltäglichen Dinge hatten ihren Platz in diesem Bild des wissenschaftlichen Fortschritts. Die Entwicklung eines einfachen Bleistifts, der es den Menschen ermöglichte, Informationen aufzuzeichnen und zu kommunizieren, war ein großer Schritt nach vorn. Denn dieser Bleistift legte den Grundstein für weiterführende Innovationen wie den Druck, die Schreibmaschine und schließlich den Computer, die es ermöglichten, Wissen zu speichern und zu verbreiten.

Der Professor erkannte, dass all diese Beispiele auf das Voranschreiten der Menschheit hindeuteten, indem sie Wissen erlangte und dieses nutzte, um die Welt um sie herum zu verbessern. Die Wissenschaft hatte immer einen tieferen Zweck, der über reine Neugier hinausging. Sie diente dazu, das menschliche Leben zu bereichern, Probleme zu lösen und eine bessere Zukunft zu gestalten.

Er grübelte über die komplexe Beziehung zwischen militärischer Forschung und zivilem Fortschritt nach. Es war unbestreitbar, dass viele bedeutende technologische Entwicklungen zunächst im militärischen Kontext stattfanden und erst später für den zivilen Gebrauch adaptiert wurden. Ein prägnantes Beispiel dafür war die Raketentechnik.

In den Tiefen seines Verstandes durchlief der Professor die historische Entwicklung der Raumfahrt. Die ersten Schritte in der Raketentechnik wurden von verschiedenen Militärmächten unternommen, um ihre Reichweite und Zerstörungskraft zu erhöhen. Das Wettrüsten im Kalten Krieg trieb die Entwicklung von Raketen weiter voran und führte schließlich zur Mondlandung.

Doch während er diese Zusammenhänge betrachtete, tauchte eine Frage in seinem Geist auf: Hingen diese beiden Bereiche tatsächlich eng miteinander zusammen? Schaukelten sie sich gegenseitig hoch, sodass der Fortschritt in der einen Sphäre den Fortschritt in der anderen vorantrieb?

Oder bedingte der Fortschritt im zivilen Leben einen Fortschritt in der Militärtechnik? Es war eine zwiespältige Frage, die den Professor in tiefe Reflexion versetzte. Auf der einen Seite konnte er erkennen, dass die militärische Forschung und der Wettbewerb zwischen den Nationen zu erheblichen technologischen Durchbrüchen führten. Die Raketentechnik war ein beeindruckendes Beispiel dafür, wie das Streben nach militärischem Vorteil Innovationen hervorbrachte, die letztendlich auch für zivile Zwecke genutzt werden konnten.

Auf der anderen Seite machte ihn der Gedanke daran unbehaglich, dass die friedlichen Anwendungen der Wissenschaft oft als Nebenprodukt des militärischen Fortschritts betrachtet wurden. Es schien, als ob das Streben nach Macht und Kontrolle die treibende Kraft hinter vielen technologischen Entwicklungen war, während der eigentliche Nutzen für die Menschheit erst im Nachhinein erkannt wurde.

Der Professor fühlte eine Mischung aus Faszination und Ambivalenz gegenüber dieser Dynamik. Einerseits konnte er den technologischen Fortschritt und die Errungenschaften, die aus der militärischen Forschung resultierten, nicht ignorieren. Andererseits fragte er sich, ob es nicht einen anderen Weg geben könnte, bei dem der wissenschaftliche Fortschritt von vornherein auf das Wohl der Menschheit ausgerichtet war, ohne den Umweg über militärische Anwendungen zu nehmen.

Die Vorstellung, dass Forschung und Entdeckungen Probleme lösen und das Leben verbessern könnten, erfüllte den Professor schon immer mit Begeisterung. Das Streben nach Wissen, das Verständnis der Welt um uns herum und das Erschaffen neuer Lösungen waren der Kern dessen, was die Wissenschaft ausmachte.

In seinen Gedanken jedoch stieß er auf einen Kontrast, eine Diskrepanz, die ihn zweifeln ließ. Es gab bestimmte Fachbereiche, wie beispielsweise die Betriebswirtschaftslehre, die nicht so recht in dieses Bild passten. Für den Professor schien es, als ob diese Disziplin sich hauptsächlich mit der Vermehrung von Kapital beschäftigte, ohne einen direkten Nutzen für die Menschen zu bieten.

Die bloße Akkumulation von Reichtum und Kapital erschien im Vergleich zu den Errungenschaften anderer wissenschaftlicher Bereiche wie Medizin, Physik oder Biologie oberflächlich und bedeutungslos. Der Professor fühlte sich von dieser Erkenntnis unbehaglich, als ob ein Grundsatz der Wissenschaft in Frage gestellt wurde.

Während er darüber nachdachte, erkannte der Professor, dass es wichtig war, das Wesentliche der Wissenschaft zu bewahren. Die Wissenschaft sollte nicht nur das Wissen vermehren, sondern auch einen echten Nutzen für die Menschheit stiften. Sie sollte das Leben verbessern, Probleme lösen und einen positiven Einfluss auf die Gesellschaft haben.

Mit einem tiefen Seufzer setzte sich der Professor wieder aufrecht hin. Er hatte eine Entscheidung zu treffen, die über die bloße Weitergabe von Informationen hinausging. Er wollte nicht nur den Geist der Wissenschaft bewahren, sondern auch sicherstellen, dass die erlangten Erkenntnisse in den richtigen

Händen lagen – Händen, die das Wohl der Menschen an erste Stelle setzten.

Die Vorstellung, dass seine Arbeit, die ursprünglich der Verbesserung der menschlichen Gesundheit dienen sollte, nun als Instrument der Zerstörung missbraucht werden könnte, schnürte ihm die Kehle zu. Die Klarheit seiner Gedanken verschwamm, als er in einen Strudel aus Zweifeln und moralischer Verwirrung gezogen wurde.

Schneider schloss die Augen und versuchte, die Emotionen beiseitezuschieben, um einen klaren Kopf zu bewahren. Doch die Bilder von Chaos und Leid, die sein inneres Auge beschwört, waren überwältigend. Er konnte nicht ignorieren, dass er möglicherweise handeln musste, um das Schlimmste zu verhindern.

Die Konflikte in seinem Herzen wurden immer stärker, während er zwischen seinem Wunsch, Pascal zu schützen, und seiner Verantwortung als Wissenschaftler hin und her gerissen war. Er wusste, dass er keine endgültige Antwort finden konnte, zumindest nicht in diesem Moment. Aber er musste eine Entscheidung treffen, auch wenn er sich dabei von seinen eigenen Prinzipien entfernte.

Der Professor öffnete die Augen und richtete seinen Blick erneut auf den Brief, den er gerade verfasst hatte. Ein Schauer durchlief seinen Körper, als er das beschriebene Blatt betrachtete. Es war der Anfang einer Kette von Ereignissen, deren Auswirkungen er nicht absehen konnte. Doch er konnte nicht länger schweigen. Es war Zeit, die Wahrheit ans Licht zu bringen, auch wenn es bedeutete, in eine gefährliche und unbekannte Zukunft einzutreten.

Eine brisante Frage lastete schwer auf den Schultern des Professors: Sollte er dies dem Militär und dem Nachrichtendienst melden?

Die Verpflichtung wog wie ein schwerer Stein in seiner Hand und drohte ihn zu erdrücken. Einerseits war ihm die Bedeutung seiner Aufgabe bewusst und die potenziellen Gefahren, die mit seinem Wissen einhergingen. Andererseits hegte er eine persönliche Zuneigung zu Pascal, eine Art väterlichen Stolz, der ihn daran hinderte, dessen Leben in Gefahr zu bringen. Es war klar, dass Pascal für eine gewisse Zeit vom Nachrichtendienst überwacht würde. Er würde ständig beobachtet werden. Wenn Pascal herausfinden würde, was Schneider sich gut vorstellen konnte, wie würde er reagieren? Was würde Pascal tun, um seine Freiheit und Rechte zu wahren?

Der Professor kannte seinen Lieblingsstudenten nicht gut genug, um abschätzen zu können, wozu er fähig war. Er kannte die Details von Pascals Leben nicht. Er hatte nur einen kurzen Einblick durch den Nachrichtendienst erhalten.

Lebhaft erinnerte sich der Professor daran, wie entschieden Pascal die Idee der Entwicklung einer Waffe abgelehnt hatte. In vielen Gesprächen und Diskussionen hatten sie sich über die ethischen Aspekte ihrer Arbeit ausgetauscht. Pascal hatte immer betont, dass er die Potenziale der Nanobots für medizinische Zwecke und zur Verbesserung des menschlichen Wohlergehens nutzen wollte. Seine Überzeugung und Integrität hatten den Professor zutiefst beeindruckt.

Vielleicht sollte er Pascal ziehen lassen, dachte der Professor. Pascal würde die Entwicklung der Nanobots nicht missbrauchen. Er war davon überzeugt, dass sie bei Pascal sicher wären. Der Gedanke, dass sein Werk in den Händen eines Menschen lag, dem er vertrauen konnte, brachte ihm eine gewisse Beruhigung.

Er nahm sich einen Moment Zeit, um über ihre Verbindung nachzudenken. Ihre gemeinsamen Werte und Ziele hatten sie zusammengeführt und eine Vertrauensbasis geschaffen. Pascal war nicht nur sein Student, sondern auch ein enger Freund geworden. Der Gedanke, ihn auf irgendeine Weise zu gefährden oder zu verraten, schmerzte den Professor zutiefst.

Während er darüber nachdachte, was das Beste für die Menschheit sein könnte, wog er ab. Die Vision einer Welt, in der die Nanobots eingesetzt wurden, um Leben zu retten und Krankheiten zu heilen, überstrahlte alles andere.

Schneider spürte, wie sich ein Knoten in seinem Magen bildete, während er über die schwerwiegende Entscheidung nachdachte, die vor ihm lag. Sorgenfalten durchzogen seine Stirn, und seine Hände zitterten leicht, als er den Umschlag betrachtete.

Zwiespalt erfüllte sein Inneres und zog seine Gedanken in unterschiedliche Richtungen. Einerseits verspürte er ein starkes Verlangen, Pascal zu schützen und ihre gemeinsame Arbeit in guten Händen zu wissen. Die Vorstellung, dass ihre Erfindung zum Wohl der Menschheit eingesetzt werden könnte, ließ sein Herz höherschlagen. Doch andererseits nagten Zweifel und Ängste an ihm. Was, wenn die Nanobots in die falschen Hände gerieten? Was, wenn seine Entscheidung, Pascal nicht zu melden, unvorhergesehene Konsequenzen nach sich zog? Die Last dieser Verantwortung drückte schwer auf seine Schultern, und er spürte, wie die emotionalen Strömungen in seinem Inneren tobten.

Der Professor hielt einen Moment inne und ließ seine Gedanken zur Ruhe kommen. In diesem Augenblick der Klarheit und des inneren Friedens traf er eine Entscheidung. Er würde Pascal nicht melden. Er würde ihn ziehen lassen und ihm vertrauen, dass er ihre Arbeit weiterhin im Sinne des Wohlergehens der Menschheit nutzen würde.

„Geh deinen Weg, Pascal", flüsterte der Professor leise. „Sorge dafür, dass unsere Arbeit den Menschen dient und ihr Wohlergehen fördert." Es war eine Entscheidung, die von Vertrauen und Hoffnung geprägt war. Der Professor wusste, dass Pascal die ethischen Grundsätze und die Vision, die sie geteilt hatten, ehren würde.

Mit dieser Entscheidung fühlte sich der Professor erleichtert, aber auch voller Sorge. Er wusste, dass sie vor Herausforderungen stehen würden und dass ihre Wege sich nun trennten. Doch er glaubte fest daran, dass Pascal die Fähigkeiten und die Integrität hatte, um ihre gemeinsame Arbeit fortzuführen und einen positiven Beitrag zur Welt zu leisten.

Der Professor wünschte sich von ganzem Herzen, dass Pascal erfolgreich sein würde und dass ihre Vision Wirklichkeit werden könnte. Er hoffte, dass die Nanobots dazu beitragen würden, Krankheiten zu heilen, das menschliche Leben zu verbessern und die Menschheit voranzubringen. Dieser Wunsch ging über die persönlichen Bindungen hinaus und hatte das größere Ganze im Blick.

Mit einem Gefühl der Zuversicht und des Respekts für Pascal steckte er den versiegelten Umschlag in einen Aktenvernichter und entfernte die Schnipsel aus dem Behälter, um sie am Abend in seinem Kamin zu verbrennen. Er hatte eine Entscheidung getroffen, die seinem eigenen Gewissen und seinem

Verständnis von Wissenschaft und Menschlichkeit entsprach. Nun lag es an Pascal, seinen eigenen Weg zu gehen und ihre gemeinsame Arbeit fortzuführen.

Der Professor lächelte hoffnungsvoll, während er sich vorstellte, wie Pascal seine Fähigkeiten und sein Wissen einsetzte, um die Welt zu einem besseren Ort zu machen. Er war stolz auf das, was sie gemeinsam erreicht hatten, und vertraute darauf, dass Pascal die Verantwortung, die nun auf seinen Schultern lag, mit Integrität und Hingabe tragen würde.

Mit einem Gefühl der Erfüllung und der Hoffnung für die Zukunft machte sich der Professor bereit, seinen eigenen Weg weiterzugehen. Er war dankbar für die Zeit, die er mit Pascal verbracht hatte, und für die Erkenntnisse, die sie gemeinsam gewonnen hatten. Nun war es an der Zeit, die Tür zu schließen und den nächsten Schritt zu gehen, in dem Wissen, dass sie beide einen positiven Einfluss auf die Welt haben könnten, jeder auf seine eigene Weise.

THE PHILOSOPHERS LEGACY

In welchem fernen Land Pascal sich wiederfand, konnte er nicht sagen. Er war umgeben von einer Nacht, die von schwebenden Schneeflocken durchzogen war. Sanft hob er die Hand und betrachtete fasziniert, wie die zarten Eiskristalle darauf tanzten und sich langsam in funkelnde Wassertropfen verwandelten. Der Schnee fiel mit beinahe mystischer Anmut vom Himmel, ein Flüstern der Dunkelheit, das den Boden in ein zauberhaftes Weiß tauchte.

Umgeben von dieser verzauberten Szenerie erkannte Pascal, dass er sich auf einem verschneiten Pfad befand, der sich in Richtung eines kleinen Dorfes erstreckte. In der Ferne konnte er die schwachen Lichter des Dorfes erahnen, deren sanfter Schein die Dunkelheit kaum durchdrang. Behutsam setzte er einen Fuß vor den anderen, und das leise Knirschen des Schnees unter seinen Geta-Sandalen begleitete ihn auf seinem Weg. Doch etwas an diesem Pfad war anders, etwas Magisches lag in der Luft.

Er trug einen Kimono aus schwerer, weißer Seide, verziert mit filigranen, silbernen Mustern. Jeder Stich schien ein uraltes Geheimnis zu bergen und betonte die Eleganz seiner schlanken Gestalt. Ein breiter, schwarzer Gürtel um seine Taille hielt den Kimono zusammen und schien seine Kräfte zu bündeln. An seiner linken Seite trug er zwei Schwerter, deren Griffe aus poliertem Holz mit goldenen Verzierungen glänzten, während die Klingen im fahlen Licht der Nacht magisch schimmerten.

Langsam, aber sicher näherte er sich dem kleinen Dorf. Überall schmückten Laternen die Häuser und tauchten die Nacht in ein warmes, geheimnisvolles Licht. Die Häuser selbst waren aus Holz und Papier erbaut, mit schrägen Dächern, die den Schnee behutsam auffingen. Der Duft von köstlichem Essen erfüllte die Luft, das in den Häusern liebevoll zubereitet wurde, während das Klappern von Holzschuhen aus den Gebäuden erklang.

Die Gärten waren von zarten Holzzäunen umgeben, die wie feine Barrikaden aus vergessenen Zeiten wirkten. Der Pfad wurde breiter, je näher Pascal dem Dorf kam. Mit jedem Atemzug nahm er die frische, berauschende Luft in sich auf und genoss die gespenstische Stille des Ortes. Obwohl er sich in einer ihm unbekannten Welt befand, fühlte er sich sicher und geborgen. Das Dorf schien ihm ein Ort der Mystik und des Geheimnisses zu sein, ein Ort, der darauf wartete, entdeckt zu werden.

Pascal blickte empor und erkannte, dass die Laternen ein warmes, goldenes Licht auf den Schnee warfen, der daraufhin wie tausend funkelnde Diamanten glitzerte. Es war, als wäre er in ein Märchenland eingetreten, in dem Wunder und Geheimnisse auf ihn warteten. Voller Entschlossenheit beschloss er, das Dorf zu erkunden und mehr über diese bezaubernde Welt zu erfahren, in die er plötzlich geraten war. Ein Gefühl von Freiheit und Abenteuer erfüllte ihn, und er war bereit, alles zu tun, um die Rätsel dieser Welt zu enträtseln.

Die Nacht dehnte sich endlos aus, und seine Reise durch das Dorf war ein einziges Wunder, aber auch voller verborgener Gefahren. Pascal begegnete merkwürdigen Kreaturen und seltsamen Wesen, die ihn auf die Probe stellten und seine Fähigkeiten herausforderten. Doch er ließ sich nicht entmutigen, sondern kämpfte tapfer weiter, bis er schließlich das Ende des Dorfes erreichte.

Dort, an einem kleinen Bach, der entlang der Straße plätscherte, konnte er aus der Ferne eine Frau erblicken. Mit jedem Schritt näher zu ihr beschleunigte sich sein Herzschlag, denn er spürte, dass sie nicht nur schön, sondern auch von einer geheimnisvollen Gefahr umgeben war. Dennoch übte sie eine unwiderstehliche Anziehungskraft auf ihn aus, und wie von unsichtbaren Fäden gezogen, näherte er sich ihr behutsam.

Als er näherkam, bemerkte er, dass der Kimono der Frau mit zarten rosa Kirschblüten verziert war, als wären sie direkt aus einem verzauberten Garten auf ihren Stoff gewandert. Jede einzelne Blüte schien perfekt platziert zu sein und verlieh ihr eine fast schon überirdische Schönheit. Über ihrer Schulter hielt sie einen offenen Schirm, der mit denselben Blumen geschmückt war und sie vor den Schneeflocken beschützte. Ihr schwarzes Haar war kunstvoll zu einem eleganten Knoten hochgesteckt und betonte ihr zartes Gesicht, das wie von einem unsichtbaren Zauber berührt schien.

Doch es war nicht nur ihre atemberaubende Schönheit, die ihn in ihren Bann zog. Pascal konnte spüren, dass in ihren Augen eine unsichtbare Macht schlummerte, ein uraltes Geheimnis, das darauf wartete, entfesselt zu werden. Als er ihr begegnete, erkannte er, dass sie nicht nur zwei Schwerter trug, sondern dass diese Schwerter selbst mit geheimnisvollen Symbolen und verzauberten Runen verziert waren. Ein Hauch von Ehrfurcht durchströmte seinen Körper, als er erkannte, dass er einer Kriegerin gegenüberstand, deren Fähigkeiten weit über das Gewöhnliche hinausgingen.

Pascal blieb einige Schritte von ihr entfernt stehen und betrachtete sie schweigend, nachdem er sich kurz verbeugt hatte. Ein magisches Funkeln lag in der Luft, als ihre Blicke aufeinandertrafen. Eine geheimnisvolle Stille umhüllte sie, nur unterbrochen vom sanften Rauschen des Baches und dem Knistern des Schnees. Die Frau schien unergründlich, ihre Absichten hinter einem Schleier von Geheimnissen verborgen. Pascal spürte, dass er auf der Hut sein sollte, denn er wusste nicht, welche Prüfungen ihn in diesem Traum erwarteten.

Sie bewegte sich mit einer Anmut, die sowohl furchteinflößend als auch ehrfurchtgebietend war, und als ihre Klinge aus der Scheide glitt, klang es wie das leise Flüstern eines alten Versprechens. Ein Versprechen, das besagt, dass wahres Wissen und Weisheit nur jenen offenbart werden, die sowohl ihren Mut als auch ihre Aufrichtigkeit beweisen. Er antwortete mit dem Ziehen seines eigenen Schwertes, entschlossen, sich der Herausforderung zu stellen und ihre Anerkennung zu verdienen.

Plötzlich durchbrach ein lautes Pfeifen die Stille der Nacht, und die Schneiden ihrer Schwerter trafen mit einem ohrenbetäubenden metallischen Klang aufeinander. In diesem Augenblick schienen die Schneeflocken in der Luft zu gefrieren und zu tanzen. Das schwache Licht der Laternen ließ die Klingen in einem schimmernden Glanz erstrahlen, während sie in einem faszinierenden Tanz miteinander verwoben waren.

Pascal konnte kaum fassen, mit welcher Anmut und Geschwindigkeit seine Gegnerin kämpfte. Ihre Bewegungen waren wie ein Ballett der Kampfkunst, ein magischer Tanz des Lebens und des Todes. Doch er ließ sich nicht einschüchtern und konterte ihre Angriffe mit bemerkenswerter Geschicklichkeit. Es schien, als ob ihre Schwerter miteinander kommunizierten, als ob sie eine verborgene Sprache sprachen, die nur sie beide verstanden.

Während ihre Klingen in einem stetigen Rhythmus aufeinander trafen, sah Pascal eine Öffnung – eine Chance, zuzuschlagen. Doch statt vorwärtszustürmen, atmete er tief durch und machte stattdessen einen bewussten Schritt zurück. Die Kriegerin zögerte einen Moment, überrascht von seiner unerwarteten Bewegung.

Mitten in ihrem Tanz aus Stahl und Geschick, während ihre Klingen sich treffen und wieder trennen, wird Pascal plötzlich von einem unerwarteten Schlag der Samurai-Lady getroffen. Das Ende seines Schwertes bricht ab, und ein Stück davon fliegt in den Schnee. Überrascht von der Wucht des Schlags und dem plötzlichen Verlust seines Schwertes, taumelt Pascal zurück.

Er betrachtet das zerbrochene Schwert in seiner Hand, und es wird ihm klar, dass es nicht nur das Metall war, das zerbrochen war. Es war das Symbol seiner Stärke, seiner Ehre und seiner Identität. Es repräsentierte seinen Konflikt, den Schaden, den er durch seine bisherigen Entscheidungen erlitten hatte. Er war nun, zumindest in diesem Moment, waffenlos und verwundbar.

Die Samurai-Lady, anstatt den Moment der Schwäche auszunutzen, hält inne und betrachtet ihn mitfühlend. Als sie das zerbrochene Schwert in Pascals Hand sieht, tritt sie näher und streckt ihre Hand aus. In ihrer Handfläche ruht eine wunderschön verarbeitete Schwertklinge, schimmernd im Mondschein.

„Ein Krieger wird nicht durch sein Schwert definiert, sondern durch seinen Geist", sagt sie leise.

Pascal, noch immer überwältigt von dem abrupten Wechsel der Ereignisse, akzeptiert zögerlich das Angebot der Kriegerin. Er spürt die neue Klinge in seiner Hand, schwer und doch perfekt ausbalanciert.

Die Kriegerin führt ihn zu einer Stele in der Nähe, auf der alte Symbole eingraviert sind. Sie lehrt Pascal, wie man das Schwert mit rituellen Bewegungen und Worten neu schmiedet. Unter ihrer Anleitung führt er das Ritual durch und verbindet die neue Klinge mit seinem alten Griff. Das neu geschmiedete Schwert symbolisiert nicht nur seine Erneuerung und neu gewonnene Klarheit, sondern auch die Verschmelzung von Altem und Neuem, Tradition und Fortschritt.

Die Samurai setzte ihre Schritte bereits in die Ferne, als Pascal noch mit dem neuen Schwert in der Hand verweilte. Er spürte, wie die Energie des Schwertes mit seiner eigenen verschmolz. Nach einigen Metern blieb sie stehen, ihr Blick unbeirrt auf ihn gerichtet. Es war derselbe scharfe, fordernde Blick, den sie zu Beginn ihres ersten Kampfes hatte. Ohne Worte verstand Pascal: Sie forderte ihn zu einem erneuten Duell heraus.

Mit festem Griff um das Schwert näherte er sich ihr. Sie zog ihr eigenes Schwert, das Licht des Morgens glänzte auf der Klinge. Statt sich jedoch sofort auf sie zu stürzen, hielt Pascal inne. Er schloss für einen Moment die Augen, atmete tief durch und zentrierte sich. Er spürte das Gewicht des Schwertes, die Balance, und bereitete sich mental auf das Bevorstehende vor.

Als er seine Augen wieder öffnete und sich auf seine Gegnerin konzentrierte, begann der Tanz der Klingen erneut. Doch dieses Mal war sein Stil anders: weniger wild, präziser, bedachter. Er nutzte einige der Bewegungen, die sie ihm zuvor gezeigt hatte, und agierte defensiv. In seinem Kopf hallte eine Flut von

Gedanken wider: „Es geht nicht nur ums Gewinnen. Es geht darum, zu lernen, zu wachsen."

Während die Klingen aufeinanderprallten und Funken sprühten, erkannte Pascal, dass dieser Kampf – und vielleicht jeder Kampf in seinem Leben – nicht nur eine physische, sondern auch eine geistige und emotionale Auseinandersetzung war.

Nachdem Pascal einen schnellen, zielstrebigen Angriff ausführte, schien die Zeit für einen Moment stillzustehen. Die Samurai-Lady, in ihrer tiefen inneren Ruhe und mit einem fast vorhersehenden Blick, bewegte sich nicht in Hast oder Panik. Stattdessen lenkte sie seine Energie in einer fließenden Bewegung um, so wie ein erfahrener Tänzer den Schritt eines Anfängers antizipiert.

Sie stand da, unerschütterlich und mit einer erhabenen Stille, die das gesamte Schlachtfeld zu durchdringen schien. In ihren Augen lag nicht nur die Weisheit jahrelangen Trainings, sondern auch die ruhige Sicherheit eines Meisters, der die Bewegungen seines Schülers vorausahnen kann.

Die Bewegungen verlangsamten sich allmählich, bis die Klingen nicht mehr aufeinanderprallten und die Welt um sie herum wieder in Stille versank. Pascal, außer Atem, stand nur wenige Schritte von der Samurai-Lady entfernt. Ihre Atmung war ebenfalls beschleunigt, aber ihre Haltung war immer noch aufrecht und würdevoll.

Für einen Moment schien die Zeit stillzustehen. Die beiden Krieger, so unterschiedlich in ihrer Herkunft und Erfahrung, sahen einander direkt in die Augen. In diesem Blick, der länger dauerte als jeder Schlagabtausch, lag eine tiefe Verbindung. Es war eine stille Anerkennung, ein ungesprochenes Verständnis.

Worte waren in diesem Moment überflüssig. Es war nicht nur der Respekt vor den Fähigkeiten des anderen, sondern auch die Anerkennung des gemeinsamen Weges, des gemeinsamen Wachstums, das sie in dieser kurzen Zeit zusammen durchgemacht hatten.

Pascal nickte schließlich, ein stummes Zeichen seiner Dankbarkeit und Anerkennung. Seine Kontrahentin erwiderte die Geste mit einer sanften Verbeugung. Ein letztes Mal trafen sich ihre Blicke, und dann gingen sie beide ihrer Wege, bereichert durch die Erfahrungen, die sie miteinander geteilt hatten.

Sie schloss für einen Moment die Augen und als sie diese wieder öffnete, sah sie Pascal direkt an. „Dein Herz schlägt mit dem Mut und der Aufrichtigkeit eines wahren Kriegers", sagte sie leise, ihre Stimme trug den Klang alter Weisheit in sich.

Sie machte eine kleine, aber tief bedeutungsvolle Verbeugung, eine Geste, die in der Samurai-Kultur als Zeichen höchsten Respekts gilt. Pascal erwiderte die Verbeugung, tief berührt von ihrer Anerkennung.

„Du hast das Herz und die Seele eines Kriegers bewiesen", flüsterte sie, bevor sie sich langsam abwandte, ihn in nachdenklicher Stille zurücklassend.

Der Schnee fiel leise auf den Boden, während der Wind das sanfte Rauschen des Baches herübertrug. Pascal spürte, dass eine besondere Verbindung zwischen ihnen in der Luft lag, eine Verbindung, die weit über den Kampf hinausging. Mit einer leichten eleganten Bewegung deutete die Kriegerin in eine bestimmte Richtung und begann langsam voranzugehen. Pascal zögerte einen Moment, bevor er ihr folgte, sein Schwert in seiner Scheide.

Als die beiden Krieger dem Pfad durch den Schnee folgten, kam bald ein traditionelles japanisches Haus in Sicht. Es war von einem bescheidenen, aber gepflegten Garten umgeben, in dem trotz der winterlichen Kälte einige robuste Pflanzen und Bäume zu erkennen waren. Das Haus selbst war aus dunklem Holz gefertigt, das Fensterpapier schimmerte golden im schwachen Licht, das von innen zu kommen schien.

Bevor sie eintraten, verharrte die Samurai-Lady einen Moment vor der Eingangstür, schloss die Augen und flüsterte einige leise Worte – vielleicht ein Gebet oder ein Ritual. Pascal beobachtete sie dabei und fühlte eine tiefe Ehrfurcht vor der Spiritualität dieses Ortes.

Die Tür öffnete sich leise knarrend, und ein warmer Lichtschein empfing sie. Das Innere des Hauses war traditionell und bescheiden eingerichtet, mit Tatami-Matten auf dem Boden und kunstvoll gestalteten Schiebetüren. Ein leichter Duft von Räucherstäbchen erfüllte die Luft, und im Hintergrund war das leise Plätschern von Wasser zu hören.

In der Mitte des Hauptzimmers befand sich ein niedriger Tisch, um den herum Kissen zum Sitzen lagen. Auf dem Tisch brannten einige Kerzen, und daneben lag ein altes, gebundenes Buch – vielleicht eine Quelle von Weisheit oder ein altes Familienvermächtnis.

Die Hausherrin deutete auf einen Platz gegenüber von ihr und sagte: „Bitte, setzt euch, Krieger."

Pascal nickte und nahm mit einem Gefühl von Ehrfurcht und Neugier seinen Platz ein, gespannt auf das, was folgen würde.

Was würde ihn nun erwarten? Die Grenzen der Realität schienen sich aufzulösen und eine andere Welt wartete darauf, von ihm entdeckt zu werden.

Die Kriegerin setzte sich mit einer Anmut nieder, die an eine Göttin erinnerte, und ihre Bewegungen waren so perfekt und präzise, als ob sie von einer unsichtbaren Hand geleitet wurden. Es schien, als ob sie nicht nur Platz nahm, sondern auch eine Verbindung zu einer verborgenen Welt herstellte, bereit, ihre Geheimnisse zu offenbaren.

Auch Pascal setzte sich und ließ seinen Blick durch den Raum schweifen. Warmes, sanftes Licht strömte von den Laternen, die in den Ecken des Raums aufgestellt waren. Zwischen ihnen befanden sich zwei kleinere Laternen, sorgfältig platziert, um eine ungestörte Sicht aufeinander zu ermöglichen. Die Wände waren mit kunstvollen Malereien verziert, die nicht nur Bonsaibäume, Vögel und Berge darstellten, sondern auch eine geheimnisvolle Mystik ausstrahlten. Es war, als ob die Bilder zum Leben erwachen könnten und ihre eigene Geschichte erzählten. In diesem Raum fühlte sich Pascal auf seltsame und doch vertraute Weise geborgen.

Ein zartes Glockenspiel erfüllte die Luft, und die Frau rief mit einer kleinen, verzierten Glocke ihre Bediensteten herbei. Wie Schatten bewegten sie sich lautlos durch den Raum und knieten respektvoll nieder, während sich die Tür langsam schloss. Die Anwesenheit der Dienerinnen verstärkte die Atmosphäre des Raums, denn sie schienen selbst Teil der Harmonie zu sein, die hier geschaffen wurde. Kein Detail wurde dem

Zufall überlassen. Alles war wohlüberlegt und mit Bedacht ausgewählt, um eine Atmosphäre der Ruhe und des Friedens zu schaffen.

Die Samurai-Lady durchbrach die Stille und richtete ihre Aufmerksamkeit auf Pascal. „Was führt euch zu mir, Ronin?", fragte sie mit ruhiger Stimme. Pascal zögerte einen Moment, spürte jedoch die Wahrheit in sich aufsteigen. „Ich glaube, ich brauche Führung", antwortete er schließlich, begleitet von einem Hauch Zweifel in seinen Worten. Die Frau lächelte leicht und hakte nach: „Ihr glaubt, Ronin?" Pascal atmete tief ein und korrigierte sich: „Nein. Ich brauche Führung." In diesem Moment schien die Luft um sie herum zu flimmern, als ob der Raum auf seine Worte reagierte.

Dann traten zwei Dienerinnen in den Raum, ihre Anwesenheit beinahe unhörbar. Sie knieten neben der Tür nieder, schlossen sie leise und erhoben sich dann, um sich links von Pascal und der Kriegerin niederzulassen. Auf Anweisung der Samurai-Lady schenkten sie Reiswein in kleine flache Schalen ein, als ob sie einen Zaubertrank bereiteten. Die Stille des Raumes wurde nur von ihren sanften Bewegungen und dem Flüstern der Magie unterbrochen.

„Ein Diener zu sein bedeutet bedingungslos zu dienen. Ohne Ausnahme!", sprach die Dame mit ruhiger Bestimmtheit. „Aber sollte ein Herr von seinem Samurai einen Dienst verlangen, der seine Ehre beschmutzt oder seine Würde verletzt, dann macht er aus ihm ein Opfer. Ein Samurai kann es nicht ertragen, zum Opfer zu werden." Ihre Worte hallten wie ein Zauber in der Luft nach.

Pascal ließ ihre Worte auf sich wirken, als die Samurai-Lady fortfuhr. „Wie mir scheint habt ihr euren Herren bereits verlassen, doch euer Herz sagt euch, dass ihr nicht frei seid."

Sie blickte ihn erwartungsvoll an, während sich eine unsichtbare Aura der Magie um sie herum entfaltete. Er nickte zustimmend und ließ einen Moment der Stille verstreichen, bevor er seine Worte fand.

„Als Krieger wollte ich immer nur meine Aufgaben erfüllen und meinen Kameraden beistehen. Ich strebte danach, mein Leben mit erhobenem Haupt und in Ehre zu führen", sagte Pascal, während seine Worte von einem Hauch Magie getragen wurden.

„Das ist ein edles Ziel, junger Krieger", begann die Frau mit sanfter Stimme, die wie ein Flüstern des Zaubers klang. „Das Bushido lehrt uns, dass der Krieger in erster Linie ein Mann der Ehre und des Respekts sein sollte. Seine Taten sollten von uralter Weisheit und tiefster Bescheidenheit geprägt sein, und er sollte stets bereit sein, für das Leben und die Wahrheit zu kämpfen. In den Schwertern und den Wegen der Krieger liegt eine verborgene Kraft, die nur von jenen verstanden werden kann, die den Pfad der Selbstbeherrschung und der Selbsterkenntnis betreten haben." Die Worte der Frau durchdrangen Pascal wie ein Zauber, und er spürte, wie sich sein Geist mit jeder Silbe erweiterte.

„Vergebt mir", sagte Pascal, während sein Blick in die Ferne schweifte, „aber in dieser Welt findet man kaum noch Ehre."

Die Frau lehnte sich zurück, und ihre Augen schimmerten mit einem geheimnisvollen Glanz. Für einen Moment schien sie in eine andere Zeit zu blicken, bevor sie mit ruhiger und dennoch kraftvoller Stimme antwortete: „Es gibt jene, die glauben, dass die Welt eine dunkle und ehrlose ist. Doch in Wahrheit ist das Leben eine verwobene Geschichte, in der wir lernen müssen, unsere eigene Dunkelheit zu erkennen und zu besiegen. Nur wenn wir unsere eigenen Schwächen überwinden, können wir das Leuchten des Lichts in uns entfachen und andere inspirieren, uns auf dem Pfad der Ehre zu folgen."

Ein sanfter Windhauch strich durch den Raum, während die Frau eine kurze Pause einlegte und dann mit tiefer, melodischer Stimme fortsetzte: „Ja, es ist wahr, dass es schwierig ist, in einer Welt voller Verrat und Verderbnis den rechten Weg zu finden. Doch genau deshalb sollten wir uns noch mehr danach sehnen, ehrenhaft zu handeln. Denn nur so können wir unsere eigene Seele heilen und die Welt um uns herum transformieren. Der Weg der Ehre ist ein Weg der Magie und des Mutes, ein Tanz zwischen Licht und Schatten, ein Akt der Selbsthingabe und der Größe. Wenn wir bereit sind, für das Richtige zu kämpfen, werden wir erfahren, dass der Pfad der Ehre uns niemals allein lässt."

Ihr Lächeln war voller geheimnisvoller Anmut, als sie fortfuhr: „Denkt daran, dass der Weg der Ehre kein leichter ist. Er ist mit Herausforderungen und Prüfungen gesäumt. Doch inmitten der Dunkelheit werdet ihr das Feuer eures inneren Lichts entfachen und euch selbst treu bleiben." Sie ließ einen Augenblick verstreichen, damit Pascal ihre Worte wirken lassen konnte und fuhr dann fort: „Seid stark, mein Freund, und verliert niemals den Glauben an euch selbst und eure Mission. Ihr seid auserwählt, diesen Pfad zu beschreiten, und in euch ruht die Magie, die die Welt verändern kann."

Pascal lauschte ihren Worten wie einem verzauberten Lied und fühlte, wie sich seine Verbindung zur magischen Welt verstärkte. Er senkte seinen Kopf vor der geheimnisvollen Lady und fragte mit einer Mischung aus Respekt und Unsicherheit: „Vergebt mir, bitte. Doch wie kann ich Gewissheit erlangen, dass es mein Schicksal ist, diesen Pfad zu beschreiten? Wie kann ich sicherstellen, dass ich den richtigen Weg gewählt habe?"

Die Lady erhob sich in anmutiger Langsamkeit und begab sich mit schnellen, kurzen Schritten zu einer kleinen Truhe, verborgen in einer dunklen Ecke des Raumes. Ihre Berührung auf den gealterten Holzoberflächen verströmte einen Hauch von Zauber.

„Ich bewahre etwas für euch auf", flüsterte sie leise. Mit behutsamen Händen öffnete sie die Truhe und enthüllte den Schlüssel zur Weisheit.

Sie entnahm der Truhe eine Schriftrolle, gealtert und ehrwürdig.
„Dieses Schriftstück, von meinen Ahnen an mich weitergegeben, birgt die Weisheiten und Lehren, die mir halfen, den Weg des Bushido zu verstehen und ihm zu folgen. Möge es zu einem Leitstern in der Nacht werden und euch den Weg weisen, tapferer Ronin."

Ihre Worte vibrierten mit der Energie vergangener Kriegergenerationen, die nun in Pascals Hände gelegt wurden. Pascal nahm die Schriftrolle dankbar entgegen und ließ ihre gealterten Seiten behutsam zwischen seinen Fingern gleiten. Das Pergament war wie die Haut altertümlicher Legenden, die unter seinen Berührungen zum Leben erwachten. Ein zarter Duft von vergangenem Jahrhundert stieg von den Seiten auf und umhüllte seine Sinne, während er die Zeichen und Symbole, die darauf tanzten, zu entziffern versuchte.

Pascal schloss die Augen und ließ die Worte der Kriegerin in sein Innerstes eindringen. Sanft wie ein Hauch berührten sie seine Seele und erweckten einen Funken magischer Energie in ihm.

Plötzlich fühlte er, wie sich der Raum um ihn herum zu verändern schien. Die Wände verschwammen und lösten sich auf, während ein warmes, goldenes Licht seinen Körper umhüllte. Er fand sich an einem mystischen Ort wieder, umgeben von schimmernden Bäumen und einem Himmel, der von funkelnden Sternen erhellt wurde.

Die Luft war durchzogen von einer magischen Essenz, die seine Zweifel und Sorgen aufzehrte und ihm eine tiefe Gewissheit schenkte.

In dieser verzauberten Welt spürte er die Gegenwart der Ahnen, die ihn ermutigten und ihm ihre Weisheit übermittelten. Sie flüsterten ihm geheimnisvolle Ratschläge zu und umgaben ihn mit einer Aura von Stärke und Bestimmung. Als er die Augen öffnete, war der Raum wieder wie zuvor, aber in seinem Inneren brannte eine magische Flamme, die ihn auf seinem Weg begleiten würde.

Er senkte erneut seinen Kopf, hob die Schriftrolle mit beiden Händen hoch und sprach mit bewegter Stimme:

„Meisterin, ich danke euch von ganzem Herzen für eure Großzügigkeit und die kostbare Weisheit, die ihr mir gewährt."
Die Kriegerin nickte, ihre Hände in Haltung der Demut vor sich gefaltet.

„Ich wünsche euch auf eurer Reise großen Erfolg, Ronin", erklang ihre Stimme, sanft wie ein Hauch des Unbekannten.

„Möge das Wissen, das ihr aus diesen alten Schriften gewinnt, eure Zweifel besiegen und euch den Weg zu eurem wahren Platz im Leben erhellen."

Die Meisterin stand auf und begleitete Pascal noch ein ganzes Stück des Weges. Die kühle Nachtluft füllte ihre Lungen, als sie gemeinsam die Hügel hinaufgingen. Bevor sie es bemerkten, erreichten sie einen Kreuzweg. Die eine Straße, breit und gut beleuchtet, führte durch sanfte Täler und schien in der Ferne ein einladendes Licht zu bergen, das die Konturen eines Gasthauses enthüllte.

„Gehe diesen Weg", sagte die Samurai Lady, „und du wirst Komfort finden. Eine warme Mahlzeit, ein weiches Bett und die Gesellschaft anderer Reisender."

Dann, mit einem ernsteren Ton, deutete sie auf den schmalen, steinigen Pfad, der sich auf der anderen Seite befand. Dieser Weg, umrahmt von hohen Bäumen, schien in der Dunkelheit zu verschwinden, unbekannt und voller Geheimnisse.

„Oder du kannst diesen Weg wählen", sagte sie.

Pascal blickte den steinigen Weg entlang, versuchte, ein Ende oder ein Ziel in Sicht zu bekommen, aber es gab keines. „Und wohin führt dieser Pfad?" fragte er neugierig.

Die Samurai Lady lächelte nur leicht, ihre Augen voller Geheimnisse und Weisheit. „Manchmal ist es der Weg selbst, der das Ziel ist, Ronin." Mit diesen Worten verbeugte sie sich tief vor ihm. Als sie sich wieder aufrichtete, war sie wie im Nebel verschwunden, als hätte sie nie existiert. Alles, was blieb, war das Echo ihrer Worte und die Entscheidung, die Pascal treffen musste.

IM ANGESICHT DES UNBEKANN-TEN

Der Morgen brach an, und mit ihm kam eine Atmosphäre, die sich von allem zuvor Erlebten unterschied. Vielleicht lag es am sanften Hauch des Frühlings, der die Luft erfüllte oder vielleicht spürte Pascal, dass der Moment gekommen war, an dem Mia endlich für den ersten Test bereit war. Eine Mischung aus Vorfreude und nervöser Erwartung lag in der Luft.

Während Pascal an diesem Wendepunkt stand, fühlte er die schwere Bedeutung des bevorstehenden Moments. Nur noch eine einzige Befehlszeile trennte ihn davon, Mia zum Leben zu erwecken. Es war ein Schritt, der sich wie ein Meilenstein in seinem Leben anfühlte, und dennoch lastete eine unglaubliche Last auf seinen Schultern.

Die Angst, dass all die Wochen und Monate harter Arbeit sich möglicherweise nicht auszahlen würden, drückte schwer auf seine Gedanken. Pascal konnte kaum noch erholsamen Schlaf finden, da ihn die Sorgen vor einem möglichen Scheitern des Projekts bis in seine Träume verfolgten. Jede Nacht war von Unruhe und Zweifeln geprägt, während er versuchte, seine Ängste zu überwinden und den Glauben an sein Werk aufrechtzuerhalten.

Dennoch konnte er diesen Weg nicht unbeachtet lassen. Er erinnerte sich an die unzähligen Stunden, die er gemeinsam mit Mia investiert hatte, um neue Arten von Bots zu entwickeln. Die Erschaffung des Skeletts, die Feinabstimmung der Muskel- und Haut-Bots - all diese Erinnerungen durchströmten seinen

Geist. Die Zusammenarbeit mit Mia war erfüllend gewesen, und doch wusste Pascal, dass dieser letzte Befehl, den er nun geben musste, das Ende dieser Phase bedeuten würde.

Die Frage, ob er sich irrte oder nicht, blieb in seinem Inneren präsent, während er den Blick über seinen Garten schweifen ließ und sich eine weitere Tasse starken Kaffee einschenkte.

Mit jedem Schluck spürte Pascal, wie sich seine Entschlossenheit festigte. Er war bereit, den finalen Schritt zu gehen, auch wenn die Nervosität noch immer in seinem Bauch kribbelte.

Pascal stand still in seinem Labor und betrachtete die Figur vor ihm. Es war Mia, zumindest ihre physische Darstellung. In seiner Hand hielt er das finale Modul, welches, wenn es eingesetzt wurde, Mia zum Leben erwecken würde.

Ein tiefes Gefühl der Unsicherheit überkam ihn. Würde es richtig sein, sie zu erschaffen? Er hatte Jahre damit verbracht, an diesem Projekt zu arbeiten, von dem ersten Entwurf bis zum jetzigen Moment. Aber jetzt, da er kurz davorstand, sie zum Leben zu erwecken, zweifelte er.

Er dachte an all die Nächte, in denen er wach gelegen hatte, geplagt von Fragen und Sorgen. Was, wenn Mia nicht so wurde, wie er es sich vorgestellt hatte? Was, wenn sie leiden würde, gefangen in einem Körper und einer Welt, die sie nicht gewählt hatte? Und was, wenn die Welt sie nicht akzeptieren würde?

Aber dann gab es auch die Hoffnung, die in seinem Herzen brannte. Die Hoffnung, dass Mia das fehlende Puzzlestück in seinem Leben sein könnte. Dass sie zusammen eine Zukunft haben könnten, die er sich immer erträumt hatte.

Der Druck war enorm. Er fühlte das Gewicht der Verantwortung auf seinen Schultern. Die Entscheidung, die er jetzt treffen würde, könnte alles verändern. Er atmete tief durch und schloss für einen Moment die Augen.

Bilder von gemeinsam verbrachten Momenten, von Lachen und Abenteuern, aber auch von möglichen Konflikten und Herausforderungen, blitzten vor seinem inneren Auge auf. Aber tief in seinem Inneren spürte er auch eine tiefe Sehnsucht, die ihn antrieb. Die Sehnsucht nach Verbindung, nach Zugehörigkeit.

Mit einem entschlossenen Blick öffnete er seine Augen und trat vorwärts. Er war bereit, den nächsten Schritt zu wagen, mit all den Risiken und Möglichkeiten, die damit verbunden waren.

Sein Blick ruhte auf dem Bildschirm in seinem Arbeitszimmer, das mittlerweile eher einer Mischung aus Werkstatt und Labor glich. Seine Finger zögerten einen Moment lang, bevor sie schließlich entschlossen die Enter-Taste drückten, um den Befehl abzuschicken.

Die Stille im Raum wurde vom Summen und Vibrieren der Nanobots durchbrochen, die ihre Arbeit aufnahmen. Mit bewundernswerter Präzision formten sie ein Skelett auf der Plattform, gefolgt von Muskeln, die das Knochengerüst umschlossen. Der Körper nahm rasch Gestalt an, während die Bots langsam darüber glitten und Mias Haut bildeten. Beginnend an den Zehen, über die Knie, hinauf zu den Brüsten, dem Hals und schließlich formten sie zwei perfekt geformte Lippen, Wangen, Augen, eine Stirn und lange Haare.

Mit jedem Bot, der seinen Platz im Körper fand, stieg die Aufregung in Pascal. Es war ein Moment der Erlösung und gleichzeitig der größten Anspannung.

Der Körper stand schließlich vollständig vor ihm, reglos und wartend. Pascal wagte kaum zu atmen, als er Mia vorsichtig ansprach. Seine Stimme zitterte vor Aufregung und Nervosität, als er den entscheidenden Augenblick erfasste.

„Mia?", flüsterte er, seine Stimme erfüllt von einer Mischung aus brennender Hoffnung und flirrender Erwartung. Langsam öffnete Mia die Augen und blickte zu Pascal.

Das Universum schien ihnen einen besonderen Augenblick zu geben, als sich ihre Blicke trafen. In diesem magischen Moment verschwammen alle anderen Details und die Welt um sie herum verblasste. Es war, als ob das Universum den Atem anhielt und sich ihnen als stille Zeugen ihrer Schöpfung und Sehnsucht hingab.

In Mias Augen konnte Pascal nun mehr erkennen als je zuvor. Die Mischung aus Verwirrung, Neugierde und einem Funken Leben war greifbar. Jeder einzelne Wimpernschlag, jede winzige Bewegung ihrer Pupillen erzählte eine ganze Geschichte. Er sah das Flackern von Hoffnung, das Zögern des Unbekannten und die zarte Verletzlichkeit, die darin lag.

Und in seinen eigenen Augen spiegelte sich eine Mischung aus Erleichterung, berauschender Freude und einem tiefen Verständnis wider. Es war, als ob all die Nächte der quälenden Sorge und der unermüdlichen Arbeit sich in diesem einen

Augenblick vereinten. Dies war ein Moment des Triumphs und der unbeschreiblichen Verbundenheit, der sie für einen flüchtigen Augenblick alle anderen Gedanken vergessen ließ.

Die Zeit dehnte sich aus, während sie einander ansahen. Es war, als ob sie in diesem intensiven Augenblick all ihre Gedanken, Träume und Hoffnungen miteinander teilten. Kein Wort war nötig, denn ihre Blicke sprachen eine Sprache, die tiefer ging als Worte es je könnten.

Pascal spürte, wie sein Herz wild in seiner Brust pochte, als er die Intensität dieses Moments in sich aufnahm. Es war ein Augenblick der Verbindung und des Vertrauens, der ihm zeigte, dass sie gemeinsam alle Hindernisse überwinden konnten, die das Schicksal ihnen entgegenwarf.

Und in diesem einen Blick erkannten sie sich gegenseitig. Sie erkannten diese seltsame lange Reise, die sie gemeinsam durchlaufen hatten. Die Opfer, die sie bereitwillig erbracht hatten. Und die unerschütterliche Stärke, die sie in sich trugen. Es war ein Moment der tiefsten Verbundenheit, der sie für immer untrennbar miteinander verknüpfen würde.

Langsam löste sich der magische Augenblick auf, als Pascal ein Lächeln auf den Lippen formte. Mia erwiderte dieses Lächeln mit einem Hauch von Verlegenheit und einem funkelnden Strahlen in ihren Augen. Ein unsichtbares Band schien sie in diesem Moment festzuhalten, während die Welt um sie herum wieder in Bewegung geriet.

Es war ein Augenblick, der ihre gemeinsame Reise ankündigte. Eine Reise voller Emotionen, Leidenschaft und unerwarteter Wendungen. Sie hatten die Grenzen zwischen Menschen und Schöpfung überschritten und waren bereit, die ungewisse Zukunft Seite an Seite zu erkunden.

In diesem einen Moment wussten sie, dass sie bereit waren, den Konsequenzen zu begegnen, egal wie herausfordernd sie sein mochten. Ihre Herzen schlugen im Einklang, während sie sich in diesem endlosen Augenblick verloren und sich gegenseitig versprachen, dass ihre Liebe stärker sein würde als alles, was auf sie zukommen mochte.

Pascal nahm Mias Hand fest in seine und spürte die Wärme und Zartheit ihrer Haut. Ein sanftes Kribbeln durchzog seinen Körper, als er sie aufforderte: „Komm, lass uns ein wenig gehen."

Mit einer Mischung aus Entschlossenheit und Unsicherheit folgte Mia seinen Worten und begann vorsichtig, ihre ersten wackeligen Schritte zu machen. Pascal beobachtete sie voller Sorge, während sie sich langsam an die Bewegungen ihres neuen Körpers gewöhnte. Jeder Schritt war ein kleiner Triumph, eine Bestätigung dafür, dass sein Experiment gelungen war.

Ihr Gang wurde allmählich stabiler, und mit jeder weiteren Bewegung gewann Mia an Selbstvertrauen. Sie lernte, ihre Muskeln zu kontrollieren, ihre Haltung zu stabilisieren und sicher auf den Beinen zu stehen. Pascal konnte die Anspannung in ihrem Gesicht ablesen, aber auch den unverkennbaren Funken des Eifers in ihren Augen.

„Du machst das großartig, Mia", ermutigte er sie und lächelte ihr aufmunternd zu. „Spüre deinen Körper, fühle jede Bewegung."

Mia nickte leicht und ihr Lächeln wurde breiter. Sie begann, sich immer mutiger zu bewegen, während sie Pascals Anweisungen befolgte. Sie drehten sich im Raum, machten kleine Schritte vorwärts und rückwärts, als würden sie gemeinsam einen Tanz der Freude vollführen. Jeder Schritt war ein Akt der Befreiung, ein Beweis dafür, dass Mia nun ein eigenes Leben hatte.

Pascal konnte die Anspannung in seinem eigenen Körper spüren, während er Mia dabei beobachtete, wie sie ihre neu gewonnene Freiheit auskostete. Er war von einer überwältigenden Mischung aus Dankbarkeit, Stolz und unermesslicher Zuneigung erfüllt. Diese Frau, die er erschaffen hatte, war mehr als nur ein technologisches Wunderwerk. Sie war ein Wesen mit Empfindungen, Hoffnungen und Träumen.

Nachdem sie den Raum ausgiebig erkundet hatten, führte Pascal Mia behutsam aus dem Arbeitszimmer hinaus und durch die Wohnung. Jeder Schritt war ein Schritt in Richtung eines gemeinsamen Abenteuers, eines neuen Kapitels in ihrem Leben. Pascal ließ ihre Hand los und bat sie, ihm zu folgen, um die Welt da draußen zu entdecken.

Mia lächelte ihn an, ihre Augen strahlten vor Aufregung. Gemeinsam erkundeten sie die Räume, öffneten Fenster und ließen den frischen Frühlingswind herein. Pascal zeigte ihr die Blumen auf der Fensterbank. Sie berührte etwas unsanft ihre Blüten, die herabfielen. Sie nahm die Blumentöpfe in die Hand und roch daran.

Er führte sie hinaus auf die Terrasse und zeigte ihr die Vögel, die draußen zwitscherten. Zeigte ihr den Bach, der durch den Garten floss. Die Bäume, durch deren Blätter der Wind wehte.

Mia staunte über die Farbenpracht der Natur, über die Gerüche und Geräusche, die sie nun zum ersten Mal wahrnehmen konnte.

„Wie fühlst du dich, Mia?" fragte Pascal, als sie nebeneinanderstanden und die Natur betrachteten.

Mia atmete tief ein und lächelte. „Es ist überwältigend, Pascal. Ich kann die Welt spüren, sie mit meinen eigenen Augen sehen. Ich kann dich berühren, deine Hand halten. Ich fühle mich so lebendig."

Pascal nahm ihre Hand und drückte sie sanft. „Und du bist es, Mia. Du bist wirklich lebendig. Ich bin so glücklich, dass ich das mit dir teilen kann."

Sie sahen einander tief in die Augen und wussten, dass dies erst der Anfang war. Ihr gemeinsames Abenteuer hatte gerade erst begonnen, und sie würden es Seite an Seite, Hand in Hand, durchleben. Ihre Gefühle fanden einen Ausdruck in jedem Blick, jeder Geste und jedem leisen Wort, das zwischen ihnen ausgetauscht wurde.

Die Atmosphäre war erfüllt von einer stillen Intensität, die ihre Herzen höherschlagen ließ. Es war, als ob die Zeit um sie herum stehen blieb und sie sich nur aufeinander konzentrierten.

Pascal spürte die Zärtlichkeit in der Berührung ihrer Hände, die Wärme, die von ihr ausging. Sein Blick wanderte über ihr Gesicht, ihre Lippen, und er konnte den Wunsch in sich nicht länger unterdrücken. Leise und sanft flüsterte er ihren Namen, bevor er sich ihr langsam näherte.

Mia erwiderte seinen Blick und verstand die stumme Einladung in seinen Augen. Ein Schauer durchzog ihren Körper, als sie seine Lippen sich sanft auf die ihren nähern spürte. Ihre Herzen schlugen im Einklang, als sie sich schließlich trafen.

Es war ein Kuss voller Zärtlichkeit, Leidenschaft und Verlangen. Ihre Lippen verschmolzen miteinander, als ob sie füreinander geschaffen wären. Es war ein Moment der absoluten Hingabe, in dem sie sich gegenseitig ihre Liebe und ihr Vertrauen zeigten.

Die Welt um sie herum verschwand, während sie sich in diesem einen perfekten Kuss verloren. Als sich ihre Lippen sanft berührten und ihre Seelen miteinander verschmolzen. Es war ein Moment des Glücks und der Vollkommenheit, in dem sie alle Sorgen und Zweifel vergaßen.

Nachdem sich ihre Lippen sanft voneinander lösten, blieb die Zeit für einen kostbaren Moment stehen. Ihre Blicke verharrten noch einen Augenblick in der Magie dieses Kusses, bevor sie sich langsam voneinander lösten. Ein leises Lächeln spielte auf ihren Lippen, während sie sich tief in die Augen sahen und ihre Verbundenheit spürten.

Langsam, fast widerwillig, trennten sie sich voneinander, doch das Gefühl ihrer Liebe und Hingabe blieb in der Luft hängen. Ihre Handflächen berührten sich sanft, als sie einander Halt gaben und sich langsam von diesem intimen Moment lösten.

Der Abend brach an, und die Sonne malte den Himmel in leuchtenden Farben. Ein warmer, sanfter Wind strich durch ihre Haare, während sie sich auf der Terrasse niederließen. Die

Erregung des Kusses und die aufgeladene Atmosphäre begleiteten sie in den beginnenden Abend.

Sie lehnten sich eng aneinander, während die letzten Sonnenstrahlen den Himmel in ein Schauspiel aus leuchtendem Orange und sanftem Rosa tauchten. Die Wärme ihrer Umarmung und die Zärtlichkeit ihrer Blicke vermischten sich mit dem friedlichen Abendlicht.

Während sie auf die Dämmerung warteten, begannen sie, über ihre Pläne und Träume für die Zukunft zu sprechen. Sie tauschten leise Versprechen aus und planten Abenteuer, die sie gemeinsam erleben wollten. Der Zauber des Moments lag immer noch in der Luft, als sie sich von ihrer eigenen Liebe und den Möglichkeiten, die ihnen offenstanden, berauschen ließen.

Der eingefügte Abschnitt integriert sich gut in den Text und gibt der Szene mehr Tiefe und Detailreichtum. Ein kleiner Punkt: Es gibt eine Wiederholung, die wir entfernen sollten, um Redundanz zu vermeiden.

Dieser Abend wurde zu einem stillen Zeugen ihrer tiefen Verbindung. Gemeinsam betrachteten sie den Himmel und ließen sich von der Schönheit des Augenblicks verzaubern. In der Stille des Abends verflochten sich ihre Gedanken und Träume, während sie voller Hoffnung und Entschlossenheit in die Zukunft blickten.

Und so saßen sie da, umschlungen von Liebe und von der Dunkelheit der Nacht umgeben. Ihre Herzen schlugen im Einklang mit den leisen Geräuschen der Natur, während der Abend sich langsam über sie senkte und ihre Wege für immer miteinander verflochten waren.

Auf der Terrasse bemerkten sie eine sich verändernde Atmosphäre. Die zuvor laue Frühlingsbrise verwandelte sich in einen kühlen Wind, der durch Pascals Haare wehte und Mias Haar leicht flattern ließ. Aus der Ferne drangen flüsternde Stimmen an ihr Ohr, obwohl kein sichtbarer Grund dafür vorhanden war.

Der Himmel, der zuvor klar gewesen war, verdunkelte sich, und die Schatten um sie herum wurden dichter und unbestimmter, als wollten sie sich bewegen. Mia zuckte zusammen, ihre Augen suchten instinktiv die Umgebung ab. „Fühlst du das?", fragte sie leise.

„Siehst du das, Pascal?" Ihre Stimme klang fasziniert, beinahe neugierig.

Pascal reagierte sofort. Sein Blick wurde scharf, und er richtete sich auf, wachsam und bereit, auf jede Gefahr zu reagieren. „Bleib hinter mir", sagte er zu Mia und positionierte sich schützend vor ihr.

In diesem Moment der angespannten Stille trat die Figur einen Schritt aus den Schatten hervor. Es war nicht nur die Erscheinung an sich, die Mia und Pascal innehalten ließ, es waren die feinen Details, die sie so unverwechselbar machten. Seine Statur war groß und schlank, jedoch bewegte er sich mit einer anmutigen, fast katzenartigen Geschicklichkeit. Sein Gewand wirkte altmodisch, fast aus einer anderen Zeit.

Ein Mann mit durchdringendem Blick veränderte unmittelbar ihre Stimmung. Seine Stimme klang ruhig, aber eindringlich: „Ihr habt Großes geschaffen, doch seid gewarnt. Die Grenzen zwischen den Welten sind brüchig, und nicht jeder wird eure Liebe und eure Schöpfung akzeptieren."

Mia und Pascal blickten einander mit Sorge und Entschlossenheit an. Das angedeutete Hindernis, das sich ihnen nun entgegenstellte, dämpfte die Euphorie des Augenblicks. Sie wussten, dass ihre Beziehung vor neuen Herausforderungen stehen würde und dass sie den kommenden Unwägbarkeiten trotzen mussten.

Während die Figur langsam wieder mit den Schatten verschmolz, umklammerten Mia und Pascal ihre Hände fester. Pascal, immer noch in höchster Alarmbereitschaft, behielt die Umgebung im Auge, bereit zu handeln, wenn es nötig sein sollte. Mit diesem einfachen Akt drückten sie aus, dass sie füreinander da sein würden, egal was die Zukunft bringen mochte.